KB245176

스핑크스도 모른다

스핑크스도 모른다

송하춘 창작집

현대문학

차례

　이 책으로 나는 다섯 번째 창작집을 갖게 되었다. 2000년대에 들어 처음 내는 창작집이라 그런지 여간 잘 꾸미고도 싶고 가슴조차 설레는 걸 느낀다.

　그동안 열심히 쓴다고 써왔건만, 이번 창작집은 꽤 오랜만이라는 생각이 들어서 돌이켜보니 나름대로 이유가 없지도 않았다.

　2000년대로 접어드는 그 밀레니엄의 경계에 나는 태평양을 횡단했었다. 그리고 2004년, 장편 『태평양을 오르다』를 펴냈다. 2년 뒤인 2006년, 이제는 창작집을 내야지 하고 원고를 손질하는데, 갑자기 산문집을 내고 싶다는 생각이 들었다. 산문도 내 문학의 자산임을 그때 알았다. 첫 산문집 『판전의 글씨』는 그렇게 나온다. 그리고 알맞게 때를 기다리는 판인데 이번에는 『선집』을 엮어내야 하는 일이 벌어졌다. 그동안 재직하던 대학에서 제자들이 뜻을 모아 내 작품집을 만들어준 것이다. 그것이 2010년 새해 벽두의 일이다.

　선집을 엮겠다고 내 평생의 작품들을 대상으로 선選을 할 때도 나는 이 창작집을 위해 2000년도 이후에 쓴 단편들은 따로 아껴두었다. 그동안 모아둔 작품과, 그 사이에 새로 발표한 작품들이 밀린 숙제처럼 쌓여갔다. 그 가운데 딱 10편을 추려 이번에 다섯 번째 창작집을 엮는 것이다.

꽤 다양한 종류의 글을 써왔지만, 그래도 나는 이 작은 작품들에 더 애착을 느낀다. 단편소설을 쓸 때 나는 유난히 손으로 구두를 만들어 파는 수제화공이 되고, 내가 진짜 문학에 임하고 있다는 생각을 하기 때문이다. 여기 모은 단편들이야말로 내 손으로 무두질을 하고, 오려 붙이고, 꿰매고, 공글러 만든 아직은 수제품들임을 나는 좋게 여긴다.

이 창작집은 오로지 현대문학사가 이 땅의 문학을 아끼고 육성하는 마음에서 나에게 챙겨주는 선물이다. 선뜻 자리를 마련해주신 양숙진 사장에게 그저 좋은 문학으로만 보답하고 싶은 마음뿐이다.

2012년 5월

그 먼 나라를 알으십니까

바이칼에 잠깐 다녀왔답니다.

시베리아, 바이칼 호수요. 그러고는 여름내 꼼짝없이 집 안에만 틀어박혀 있었죠 뭐. 그냥 갔어요. 여행사 따라서요. 옛날 최석 씨 마누라가 바이칼 갔다더라, 하면 왜 귀 쫑긋할 사람 없었을까마는, 신경 안 썼어요. 그동안 지난 세월이 얼만데. 벌써 남의 일 다 된걸요. 신경은 무슨. 최석 씨 마누라는 그럼 평생 바이칼 한 번도 못 가보란 말인가. 가게 되려니까 되레 그런 오기까지 생기면서 그냥 떠나더라. 아닌게 아니라 뒷말이 전혀 없지도 않았던가 본데, 왜 안 그렇겠어요. 엊그제 들으니까는 그 여자 바이칼 가서 바람이 났다더라, 그런다네요. 젊은 애인 손잡고 땀 뻘뻘 흘리며 옛날 최석 씨 살던 통나무집 찾고 돌아다니다 허탕만 치고 왔다더라, 그런다는데 이건 좀 심하지 않은

가요. 그냥 입 다물고 넘어갈 일은 아닌 것 같았어요. 말할래요. 해야 겠어요. 그래, 오늘 내, 잡지사 인터뷰를 자청한 거 아닙니까. 어차피 내 발로 저지른 일, 내 입으로 불 꺼야지요. 마침 만나달라는 기자가 유명 잡지사는 아니더군요. 흔히 말하는 5대 일간지나 유명 잡지라면 만나기 싫었어요. 일류 잡지에 난다고 삼류가 일류 되겠어요. 그냥 삼 류 통속잡지나마 한번 냈다가 다른 유명 잡지가 더 이상 자존심 상해 서라도 못 건드리고 싶게, 그러고 말자는 것이지요.

그 여행사 투어라는 게 막상 따라나서고 보니 어느 문학단체에서 가는 현장답사 비슷한 행사였더군요. 인터넷 광고에서 바이칼 가자 기에 신청을 했고, 그래서 가면 가는가 보다 하고 따라나섰더니 그 문 학단체에 끼어 가는 거였어요. 처음부터 알았으면 안 따라갔지요. 잘 아시겠지만, 문학하는 사람들 좀 괴팍합니까. 호기심은 많아서 남 상 관하기는 되게 좋아하면서도, 나 손해 볼 일이다 싶으면 인정사정없 이 차가워지는, 그래서 나 문학합네 하는 사람들하고는 내 평생 담 쌓 고 산 지 오래랍니다. 더구나 그 사람들 알고 보면 다 시인 작가들일 텐데, 거기 춘원 이광수 모르는 사람 어디 있고, 『유정』 안 읽은 사람 누가 있겠어요. 몰라도 아는 척, 안 읽어도 읽은 척하는 게 춘원이고 『유정』인데, 그러니 여기 이 여자 『유정』에 나오는 옛날 최석 씨 부인 이라네 소문만 나보세요, 뒷감당을 어떻게 해요. 나도 모르는 사이에 일이 그렇게 되고 말았더라니까. 그냥 눈 딱 감고 다녀오기로 했답니 다. 가서 말 안 하면 그만이죠 뭐. 언제는 나 최석 씨 마누랍네, 소문

내고 광문내고 살았던가. 그런데 소문이 떠돈다 그 말입니다. 헛소문
도 소문은 소문인데, 어떻게 발 없는 말이 천리를 가고, 아니 땐 굴뚝
에서 연기나 났을까, 낌새가 이상하지 않나요. 그렇잖아도 거기 가서
얼굴 붉어질 일이 있기는 있었거든요. 아주 잠깐. 별일 아녜요. 바람처
럼 그냥 스쳐 지나간 일이랍니다. 그래, 나 혼자만 알고 그냥 묻어두
려고 했는데, 세상이 먼저 알아버렸으니 그만 나도 말하게 되는군요.

　본사 김 실장 말고, 현지에서 채용한 임시 가이드 말입니다. 바트사
이한이라는 이름을 가진 몽골인 대학생이었는데, 그 사내였어요. 물
론 이르쿠츠크에 가서의 이야기랍니다. 몽골대에 한국어과가 있다는
군요. 거기서 한국말을 배웠다는데, 썩 잘해요. 발음도 정확하고, 경
기도 억양 비슷한 게 나왔어요. 몽골인들은 대개 눈두덩께가 두리뭉
실하게 펑퍼짐하고, 뱁새눈처럼 눈초리가 찢어지다 만 듯한 그런 인
상이잖아요. 이 친구는 그렇진 않았어요. 왠지 카자흐 피가 섞였을 것
같기도 하고, 그런가 하면 몸피는 동남아인처럼 날렵하게 왜소해서,
어쨌든 깡마른 러시아인을 연상케 했답니다. 이르쿠츠크 공항 출구
를 빠져나올 때 우리가 엄청 시달렸거든요. 까닭도 없이 우리를 붙들
고 풀어주지 않는 거 있죠. 결국 우리들 호주머니 돈이 탐나서 그랬겠
지만. 그러나저러나 이놈의 말이 통해야 뇌물을 바쳐도 바치지요. 그
때 출구 밖에 서 있는 그를 처음 봤어요. 낯빛이 창백한 데다 눈동자
까지 노르스름한 어떤 녀석이 계속해서 우리 쪽을 주시하고 있더라
구요. 그래서 저놈이 필시 러시아 정부 기관원이구나, 그렇게 생각했

었지요. 그런데 알고 보니 그 사람이 바로 우리 현지 가이드였지 뭡니까. 잘 아시겠지만, 외국 나갈 때마다 목적지인 그쪽 공항에 내리면 여행사 버스가 나와 다시 우리를 어디론가 싣고 가는 일이 있지 않습니까. 결국 호텔로 가는 길이겠지만, 그래도 매번 여기가 어디쯤인지, 지금 어디로 가는 것인지를 몰라 어리둥절한 건 당연하구요. 그날 이르쿠츠크에서도 그랬답니다. 새벽에 비행기를 내린 것 같은데, 풀려나와 보니 해가 중천이었어요. 밖에 버스가 대기하고 있었어요. 그리고 그 버스에 실려 어디론지 가고 있는데, 그때 그가 또 우리 차 안에 서 있는 거 아니겠어요. 맨 앞자리 운전석 옆이었어요. '여기서부터 시베리아 삼림이 시작됩니다. 남시베리아예요.' 그리고 그가 천천히 또박또박 우리 한국말을 조립해가는 겁니다. 그뿐이었어요. 가이드라면 적어도 이보다는 훨씬 더 많은 말을 해서 뭔가 자기 역할을 보여주어야 하는 거 아닌가요. 그런데 어떤 역할은커녕 자기가 마치 이 차 안의 손님이기나 한 것처럼 자리에 털썩 주저앉아버리는 겁니다. '저게 무슨 가이드야?' '가이드가 길 안내나 해주고, 호텔이나 잡아주면 다인가?' '공항에 나와 통역도 좀 해주고, 그 화적패 같은 놈들한테서 우리 좀 구해주고, 가이드는 그래야 되는 거 아니야?' 두런두런 가이드를 불평하는 소리가 들린 것도 그때였습니다. 그들은 아직도 아까 공항에서 겪은 수모를 떨쳐버리지 못하는 것 같았습니다. 나는 그만 차창 밖으로 내 시선을 던져버렸답니다. 말로만 듣던 시베리아가 정말이지 원시림이라는 이름으로 펼쳐져 있더군요. 자작나무 숲이었어요. 알몸으로 꿈틀거리는 창백한 나무 기둥들이 마치 외롭다고 몸부림치는 어릿광대들 같았어요. 아, 시베리아에 오기는 왔구나. 감회에 젖어 나는 사방을 둘러보았답니다. 호수는 아직 보이지 않았습니다. 숲 속으로 난 잘 닦인 아스팔트길을 버스는 굽이굽이 물방개처럼 헤엄쳐 나갔습니다. 마주 달려오는 차는 없었습니다. 자작나무는 물론 자작나무 아닌 침엽수들조차 한낮의 햇살을 받아 투명하게 반짝이는데, 그 투명한 햇살을 받치고 선 나무 기둥 사이로는 아직도 꿈꾸는 동화처럼 골안개가 자욱했습니다.

그리고 호텔에 내린 거예요. 호텔은 그냥 산장이라고 말해두는 게 좋을 만큼이었어요. 하늘과 숲과 새소리뿐인 시베리아 원시림 한가운데 아주 질박하게 지은 시멘트콘크리트 건물이 딱 한 채. 그다지 어울리는 풍경은 아니었답니다. 현지 가이드가 김 실장과 함께 방 열쇠를 받아오고, 방 배정을 하느라고 바쁘게 움직이고 있었습니다. 내 방은 남향받이 2층이랍니다. 설핏 기우는 해가 사선으로 비낀 하늘에 붉은 밤송이처럼 타오르고 있었습니다. 처음 보는 안경 낀 여인과 짝이 되었어요. 창밖으로 펼쳐진 풍경은 온통 짙푸른 원시림의 바다, 저만큼 호수가 보일 거라고 생각되는 그곳에 안개가 자욱하게 깔려 있었어요. 거기 계곡을 흐르는 물소리 같기도 하고, 숲 속을 달리는 바람 소리 같은 것이 요정처럼 흘러 다녔어요. 룸메이트하고는 아까 방 열쇠를 나누어 가지면서 잠깐 인사했었지요. 서인혜라고 합니다, 라고 알아듣긴 했습니다만 그 여자도 아마 시인이겠죠. 아니면 소설가

이거나. 살가워 보이지는 않았어요. 아무렴 어때요. 시베리아 벗어나면 그만인 사람들인데, 처음부터 너 누구냐, 나 누구다 따지지 않고 헤어지면 좋죠, 뭐. 책 읽기를 무척 좋아하는 것 같았어요. 들이당짝 스펀지 베개를 끌어안고 엎드려 뭔가를 열심히 읽고 있는 거 있죠. 그런 여인과 더불어 내가 감히 시를 이야기했어요. 남시베리아 바이칼 호텔에서요. 나 자신도 놀랐답니다. 왜, 그런 거 있죠. 책 읽는 사람 곁에서 책을 읽지 않으면 뭔가 마음이 꿀리는 것 같은 거. 그때 아마 내가 그랬던 것 같아요. 곁에서 워낙 골똘하게 책을 읽으니까, 나도 뭔가를 읽기는 읽어야겠는데, 읽을 책이 없는 거예요. 그래서 나도 뭐라도 하나 가져올걸, 그렇게 후회하고 있는데, 그때 문득 떠오른 겁니다. 그 전날 북경에서 잠깐 윤해연이를 만났거든요. 아참, 아까 나 바이칼 다녀왔다는 소문, 누가 그랬나 했더니 어쩌면 해연이었을 수도 있겠군요. 내 옛날 고향 친구 딸인데. 그 할아버지 때 이미 독립운동이다 뭐다 해서 북간도로 가더니, 용케 해연이 한 뿌리가 살아남았더군요. 하얼빈에서 대학을 마치고, 한때는 서울 가서 지낸 적도 있답니다. 지금은 북경 시내 어느 이름 없는 대학이나마 취직이 됐나 본데, 그날 내 북경에 간 줄을 알고 어떻게 거기까지 찾아주었지 뭡니까. 비행기를 갈아타는 동안 잠깐이었어요. 북경 공항 출국장에서요. 그러고는 작별을 하는데 이걸 건네주더라니까. 『한국명시선독』. '제가 번역한 거예요. 괜히 짐이나 안 될지 모르겠네요.' 그러면서 넣어주는데 읽어볼 새가 어디 있어. 까맣게 잊고 있었는데 그만 그게 떠오르는 거야. 해연이가 대체 무슨 시를 어떻게 번역했다는 것일까. 작품을 골라볼 것도 없었어요. 그냥 첫 손가락 집히는 대로 펼쳐보니,「그 먼 나라를 알으십니까?」'신석정'이지 뭐야. '어머니,/당신은 그 먼 나라를 알으십니까?' 처음 보는 시였어요. '깊은 삼림지대를 끼고 돌면/고요한 호수에 흰 물새 날고/좁은 들길에 들장미 열매 붉어/멀리 노루새끼 마음 놓고 뛰어다니는/아무도 살지 않는 그 먼 나라를 알으십니까?' 그 순간 나는 깜짝 놀랐답니다. 이건 시가 아니었어요. 내가 서 있는 이곳, 시베리아 원시림 그대로였어요. 이런 게 무슨 시입니까. 현실이지. 그런데 또 이상해요. 그러고 보니 내가 지금 어떤 시를 읽고 있는 것이 아니라 그 시 속에 들어 있는 것 같은, 그래서 내가 어떤 시 자체가 되어버린 것 같은 기분 있죠. 내가 없어져버린 거예요. 그래서 나는 지금 이 시를 읽고 있는 내가 아니라 나를 포함한 어떤 시가 되어버린 것 같은 기분이 드는 겁니다. 장주가 꿈에 나비가 되어 그 나비가 다시 꿈을 꾸니 또 장주가 되었더라는 노래처럼 나는 그렇게 내가 누구인지 헷갈렸답니다. '여기, 이것 좀 보셔요. 이 시 좀.' 나는 그 시를 놓고 처음으로 내 룸메이트와 대화하였습니다. '신석정이군요. 중학교 때 이 시 읽고 가출을 꿈꾼 적이 있었답니다.' 서인혜 씨는 '신석정'을 금방 알아보았습니다. '가출이라니, 왜요?' 내가 물었구요. '이런 시는 이런 데 와서 읽으면 맛없어요. 대도시 각박한 데서 읽어야죠. 오죽 답답하면 가출을 꿈꾸었을까?' 아, 그렇구나. 서인혜 씨는 시를 아주 쉽게 설명할 줄 아는 재주를 갖고 있더군요.

그러고 보니 나도 이 시를 조금은 알 것도 같았습니다. 그리고 내가 지금 어디 있는지, 어디서 왔는지, 각각 다른 두 개의 내가 보이는 겁니다. 그렇구나. 사람은 누구나 가출을 꿈꾸며 사는 위험한 짐승이구나. 까맣게 잊고 있던 최석 씨 그이가 떠오른 것은 바로 그때였습니다. 최석 씨가 그때 그렇게 어디론가 떠나고 싶어했습니다. 그러자 내가 서 있는 지금 이곳이 전에 그가 그토록 가고 싶어하던 바로 그 자리라는 걸 나는 알았습니다. 최석 씨는 지금 그 자리에 없습니다. 그 대신 그 자리에 나만 홀로 서 있습니다. 괜찮아요. 혼자면 어떻습니까. 어차피 그이 앞에서라면 나는 늘 혼자였는걸요. 그이는 그이대로 그이 혼자였고, 나는 나대로 나 혼자였고. 옛날 옛적 나 두메산골 철부지로 혼자 살고 있을 때, 우리 그이 지나가는 나그네처럼 가다가 그냥 들렀대요. 사랑이요? 우리, 그런 거 모르고 살았답니다. 왔으니 살섞자면 섞고, 씨앗 떨구어 떨어지면 싹 틔우고 살았지요 뭐. 살림은요. 그 사람 그런 데 뜻 없어요. 선방 돌아다니는 돌중이 들어앉아 살림하는 거 봤나요? 배고프다 밥 달라면 밥 퍼주고, 피곤하다 하룻밤 청하면 자리 보아 재워 보냈지요. 붙들어 매기는 누가 붙들어 맸다고 그래요. 바람에 떠가는 구름이 이리 오란다고 오고, 저리 가란다고 가나요. 상관 안 했어요. 그 알량한 자유연애 하느라고 그랬다면서요. 시대가 그걸 요구하니까. 어쩔 수 없었다구요. 세상천지 사내라고 생긴 것들, 어느 세상엔 연애 않고 살았던가. 예나 지금이나 연애풍속은 하나인데, 그래 이춘풍이 연애하면 왜 그게 계집질이고, 최석 씨가 연애하면 그건 또 왜 자유연애인가요. 그런 위인이 글쎄 세상에 뭐가 두려워서 가정도 직장도 다 버리고 이런 산골짜기로 도망은 나온담. 내 나이 그때가 몇 살이었는지 아세요? 열아홉. 꽃다운 열아홉이었어요. 지금요? 같아요. 사랑도 나이를 먹나요. 사랑은 나이 안 먹어요. 예나 지금이나 눈 감으면 보고 싶고, 눈 뜨면 서운하고, 늘 그렇답니다.

자고 나서 눈 뜨면 호숫가로 갈 줄 알았답니다. 뷔페에 가서 불어터진 소시지 덩어리에다가 뻣뻣한 보리빵으로 아침은 때웠지요. 그리고 어제 그 버스가 문밖에 서 있는 걸 보았답니다. 가이드는 보이지 않았어요. 아니다. 보였는지 안 보였는지, 그때만 해도 가이드 신경 안 쓸 때였으니까, 가물가물하군요. 가랑비가 뿌렸어요. 등산모를 꺼내 썼지요. 그러자 또 금세 햇살이 환해지는 거 있죠. 잠시 구름이 지나가느라고 그랬던가 봐요. 삼삼오오 짝을 지어 사진들을 찍고 있었어요. 나는 나 혼자니까 일찌감치 버스 안으로 들어가 자리를 잡았고. 그리고 바이칼을 꿈꾸었던 것 같아요. 구불구불 산허리를 타고 내려가면서 보니까, 내 기대 안의 바이칼은 저만큼 자욱한 안개 속에 파묻혀 보이지 않더군요. 그때 본사 김 실장이 핸드마이크를 쥐고 일어섰어요. '오늘은 남시베리아 일대를 답사할 텐데, 오전에 잠깐 어떤 마을을 먼저 둘러보겠답니다.' 그 마을이 어떤 마을인지 김 실장도 잘 모르는 것 같았어요. 그냥 현지 가이드를 대신해서 그렇게 말해주는 것 같았어요. 현지 가이드 바트사이한 씨는 그냥 김 실장 옆에 서서 그가 말하는 것을 지켜보고만 있었어요. 왜 그랬는지는 잘 모르겠어요. 바트 씨의 우리말이 서툴러서 아마 그랬겠지요. 바트 씨는 그 대신 러시아어는 완벽하다는군요. 어떻게 그럴 수가 있을까, 처음엔 의아했는데 여기 다녀보니 그럴 수도 있겠더군요. 여기는요, 몽골은 몽골인데 중국 쪽 몽골도 있고, 또 어떤 몽골은 러시아 쪽 몽골도 있고, 이런 식으로 남시베리아 어느 지역에 가니까 여기가 몽골인가 하면 중국이고, 중국인가 하면 러시아이고, 또 러시아인가 하면 몽골이고, 그렇게 두리뭉실 얽혀 사는 사람들이 많더라구요. 옛날 최석 씨 그이가 그랬거든요. 방금 시베리아로 간다고 간 사람이 뜬금없이 몽골에 가 있다고를 않는가, 그래 거기가 몽골인가 보다 하고 기다리다 보면 또 나 지금 시베리아에 있소, 하지를 않나. 그때는 그게 다 나 따돌리느라고 벌이는 수작인 줄만 알았더니, 그건 아니었어요.

김 실장이 바트 씨에게 핸드마이크를 넘겨준 것은 언덕 아래 앙가라 강줄기가 보이면서였습니다. 강줄기는 길 왼편으로 산기슭을 끼고 도로와 나란히 평행선을 그으며 뻗어 있었습니다. 마이크를 넘겨받은 바트 씨가 우리에게 창밖의 풍경을 소개하고 있습니다. '이 세상에 살아 있는 생명 아닌 것은 없습니다. 내가 살아 숨 쉬는 것처럼 저기 보이는 저 고목나무 등걸도 숨을 쉽니다. 하늘도, 들도, 저 들판에 서 있는 전봇대도, 비바람에 씻긴 바위산까지도 모두가 살아서 숨을 쉽니다. 능선을 타고 넘는 바람은 지금 저들이 내쉬는 거친 숨결입니다.' 바트 씨는 그렇게 천천히 또박또박 부랴트 샤먼이 되어 갔습니다. 그는 지금 시베리아 깊숙한 곳 어디론가 나를 끌고 가는 것이 분명합니다. 나는 나도 모르는 새에 시베리아의 대자연 속에서 호흡하는 나를 보았습니다. '저기 보이죠? 자작나무 숲을 타고 내려오다가 풍덩 물속으로 뛰어든 짐승처럼, 삼각 바위섬이 하나 떠 있지요?' 이번에 바트 씨는 바이칼의 전설을 들려주었습니다. 나는 창밖으로 시선을 던져 거기 햇빛 아른거리는 강물을 보았습니다. 삼각 바위섬은 보이지 않았습니다. '저 건너 오두막집에 할아버지 앙가라 영감과 어린 손녀 바이칼 소녀가 함께 살고 있었습니다. 손녀 바이칼이 마을의 청년과 사랑에 빠졌습니다. 그러나 할아버지 앙가라는 그들의 사랑을 반대하였습니다. 어린 바이칼은 마침내 사랑하는 사람을 따라 멀리 달아나기로 하였습니다. 달아나는 바이칼을 향해 앙가라가 힘껏 돌멩이를 던졌습니다. 가지 마라. 안 가라. 앙가라. 헤헤. 여러분, 저 삼각 바위섬이 그때 할아버지가 던진 돌멩이랍니다. 그리고 저 돌멩이 떠 있는 곳이 바이칼 호수와 앙가라 강이 만나는 접점입니다.' 나는 뒤늦게 그 바위섬이 궁금해졌습니다. 그래서 창밖으로 고개를 늘여 빼면서 옆 사람에게 물었습니다. '보입니까? 어떻게 생겼지요?' '보긴 뭘 봐요. 없어요.' 그도 창밖을 내다보면서 대답했습니다. '없는가 보죠? 없는 이야기를 꾸민 건가요?' '그럴 리가? 보이니까 보라고 말했겠지요.' '없잖습니까?' 나는 추궁하듯 물었습니다. '우리는 못 봐도 저 사람은 봅니다. 저 사람들 시력이 얼마나 높은지 아십니까? 보통 5.0이랍니다.' '5.0이요? 그런 시력도 있나요? 시력은 최고 2.0 아닌가요?' '이 사람들은 아닙니다. 최고 8.0까지도 나온답니다.' 믿기지 않았어요. 우리들 육안으로 보지 못하는 세계를 저들은 보더라니깐요. 부랴트 샤먼은 하느님도 본다는데, 그 하느님을 보고 못 보고가 결국 시력 2.0이냐, 5.0이냐 그 차이더군요.

얼마쯤 갔을까. 차가 멈추었고, 바트사이한이 우리를 내리게 했어요. 아름드리 늙은 소나무 숲이 울창한 어느 마을 뒷산이었어요. 멀리 소나무 기둥 사이로 빛바랜 통나무집들이 듬성듬성 보였어요. 우리는 그 마을을 찾아 안으로 들어갔답니다. 한낮이 되니까 날씨가 덥더라구요. 내키지도 않는데 마지못해 따라가는 표정들이었어요. 200년 역사를 지닌 유명한 마을이랍니다. 한창 번화할 때는 인구 천 명이 넘었다는군요. 마을 앞으로 비닐하우스처럼 긴 강줄기가 가로질러 흐르는 것이 보였어요. 저 물이 바로 바이칼에서 이르쿠츠크로 흘러 들어가는 앙가라 강이랍니다. 어느 집 텃밭에선가 가족들이 나와 여름 감자를 캐고 있었어요. 그러자 바트 씨가 그들을 향해 뭔가를 큰 소리로 묻더군요. 바트 씨도 아마 그가 가고 있는 곳을 잘 못 찾는 것 같았습니다. 이런 데 뭘 볼 게 있어 가느냐고 하나둘씩 불평하는 사람들이 생기기 시작했어요. 그때 김 실장이 앞으로 나왔습니다. '그러니까, 이 마을은 한마디로 옛날 유배마을이랍니다. 그래서 톨스토이도 이 마을을 다녀간 적이 있고, 솔제니친도 이 마을을 다녀간 뒤로 『암병동』을 썼다고 합니다. 그리고 우리가 모르는 더 많은 작가들 이름을 들었지만 지금 낱낱이 기억할 수 없어서 죄송합니다.' 그래도 사람들 반응은 냉담했습니다. '그래서요? 고작 이걸 보여주려고 이 더운 날 여기까지 끌고 온 거요?' 누군가는 노골적으로 화를 내기도 했답니다. '그래서 그런 게 아니라, 이 마을에 어떤 유명한 예술가가 살고 있는 모양입니다. 그 사람을 찾아가는가 봅니다.' 김 실장이 또 변명하였습니다. '그런 사람은 만나서 뭘하게? 저 사람, 왜 시키지 않은 짓은 하고 그런다지?' 사람들은 이제 노골적으로 바트 씨를 비난하였습니다. 나는 겁이 나기 시작했습니다. 언어가 문제더군요. 바트 씨를 향한 사람들의 불평은 하늘을 찌르는데, 당사자인 바트 씨에게 그것은 비수가 되어 꽂히지를 않는 겁니다. 그 외국어라는 게 그렇더군요. 자기가 할 말은 그런대로 짜 맞추어 쓰니까 잘하는 것 같은데, 상대방 말을 알아들을 때는 영 어려운가 봅니다. 그러니 흉은 흉대로 잡히고도 뚱딴지가 될 수밖에요. 남들이 불평을 하거나 말거나 바트 씨는 그저 제 갈 길만 가는 겁니다. 마침내 그가 어느 통나무집 판자 울타리 앞에 멈추어 섰습니다. 그게 그가 찾아 헤매던 예술가의 집이었습니다. 주인은 아마 조각가인 것 같습니다. 집주인의 작품일 것 같은 커다란 장승들이 우쭐우쭐 울 밖에 서 있었습니다. 그의 장승은 여느 장승들처럼 얼굴이 하나가 아니었습니다. 산발한 유령처럼 험상궂은 얼굴들이 주렁주렁 매달려 있습니다. 실제로 그들은 유배당한 혁명가의 유령들이라는군요. 그 유령들 맨 위 꼭대기에 수염 기른 스탈린이 군림하고 있었습니다. 조각가는 이런 식으로 시베리아를 떠도는 혼령들과 홀로 대화하며 살아간답니다. 바트 씨가 판자문을 밀치고 안으로 들어갔습니다. 그러나 집주인은 출타 중이고 없답니다. 이르쿠츠크에 갔다는군요. 80세 노부인이 대신 우리를 안내하였지만, 우리는 크게 실망하였습니다. '겨우 이거야? 이딴 걸 보여주려고 여기까지 끌고 왔단 말이야?' 누군가가 바트 씨를 대놓고 책망하였습니다. 바트 씨도 그때는 그것이 자기한테 날아온 화살이라는 걸 아는 것 같았습니다. 그리고 금방 시무룩해졌습니다. 본사 김 실장이 다시 바트 씨를 변호하기 시작했습니다. '여러분 죄송합니다. 바트 씨는 지금 한국에서 유명한 시인 작가들이 오셨다니까 좀 근사한 걸 보여드리고 싶었다는데, 자기도 이런 곳인 줄 몰랐답니다. 원래 바이칼 관광이란 게 아직 체계가 잡히지 않아서, 일단 손님을 맞이하면 그때그때 임기응변 식으로 현지 가이드의 아이디어에 따라 일정을 잡고는 한답니다. 오늘 이 마을도 바트 씨가 짜낸 최상의 아이디어라고 믿었는데, 우리가 그걸 안 알아주니까, 몹시 당황해하는 것 같습니다.' 사태가 이 지경이 되고 만 것을 누가 누구에게 용서를 빌고, 누가 누구를 용서한단 말입니까. 그런데 바로 그때였어요. 어떤 술 취한 오토바이가 갑자기 튀어나왔어요. 고장 난 엔진 소리가 고막을 찢는 줄 알았어요. 아무도 만류하는 사람이 없었답니다. '가이드, 뭐하는 거야. 무서워서 더 이상 걸을 수가 없구나. 차를 이쪽으로 가져오지 않겠니?' 우리는 길 밖으로 비켜서서 벌벌 떨었습니다. 바트 씨가 허겁지겁 차를 부르러 달려갔습니다. '미친개다. 미친개가 온다. 저놈도 정신이 나간 것 같아.' 누군가가 또 외쳤습니다. 배불뚝이 암캐 한 마리가 체머리를 흔들며 다가오고 있었습니다. '버스가 왜 안 오는 거야? 어서 이동네를 떠나자니까.' 우리는 발을 동동거리며 바트 씨를 기다렸습니다. '저건 또 뭐야?' 누군가 소나무 숲을 향해 외쳤습니다. 솔밭에서는 땟국물이 쫄쫄 흐르는 늙은 젖소 한 마리가 어슬렁거리며 지나가고 있었습니다. 사타구니가 미어터지도록 젖통이 퉁퉁 부었습니다. 젖이 불어도 그걸 짜줄 주인이 없는 모양입니다. 눈에 띄는 것들이라고는 모두가 늙고 병들어 있었습니다. 마을이 온통 텅 빈 것 같았습니다. 버스가 서 있는 곳을 향해 우리는 패잔병처럼 걸어 나갔습니다. 두엄 냄새나는 빈 수레가 길가에 버려져 있었습니다. 해맑은 눈동자의 어린아이들이 수레 위에서 까불거리며 놀고 있었습니다. 흑백사진처럼, 그것이 내 유배마을에서 본 마지막 장면이랍니다.

그런데 말입니다. 이상한 일이 생겼어요. 내가, 나 최석 씨 부인 말이에요, 그런 내가 말입니다. 나도 모르는 사이에 내가 바트사이한 씨 그 사람 쪽으로 잔뜩 쏠려 있는 거 있죠. 내 마음이 글쎄 바트 씨 그 사람한테 가서 우뚝 멈춰 서 있는 겁니다. 깜짝 놀랐어요. 내 안에 그가 들어 있는 거예요. 자기는 최선을 다해 뭔가를 보여주었는데 우리가 그걸 알아주지 못했으니, 그 사람 속이 얼마나 상했을까, 내가 이러고 있더라니까 글쎄. 그러고 보니 그 사람 꽤 풀이 죽어 있는 것 같기도 했어요. 눈치를 챘나 봐요. 그러니 어쩌면 좋아요. 제발 그러지 말라고, 우리가 잘못했다고, 용서를 빌었으면 딱 좋겠는데 그럴 수도 없고, 가슴이 마구 저려 오더라니까. 그날 밤 룸메이트랑 이야기하다가 깨달았지 뭡니까. '아, 불쾌해.' 뜨거운 물에 막 샤워를 마치고 나올 때였어요. '사람들은 왜 우리만 보면 반체제를 떠올릴까?' 서인혜 씨가 이러는 거 있죠. '반체제라뇨?' 처음에 나는 그게 무슨 말인가 했어요. 그런데 알고 보니 그게 바트 씨를 두고 하는 말이었어요. 바트 씨가 하필이면 왜 우리를 유배마을로 끌고 갔는지, 가서 산발한 유령 같은 거나 보여주고 싶어했는지, 그게 기분 나쁘다는 겁니다. '우리 알기를 그렇게 데모나 하고, 유치장이나 끌려다니는 사람으로 알았으니까 그런 거 아니겠어요. 뻔하지 않습니까? 그게 우리를 얕본 게 아니고 뭐냐구요.' '그럴 리가 있나요.' 나는 반발했답니다. '혁명은 애네들 자랑이자 큰 아픔이에요. 더구나 여기가 시베리아 땅이지 않습니까. 시베리아가 그런 영광과 시련으로 기억되게 하고 싶어했을 거예요. 얼마나 아팠으면 함께 울고 싶었겠어요. 그 사람, 우리가 시인 작가들이란 걸 알고 일부러 그랬다지 않습니까. 전에 톨스토이도 그랬고, 사하로프도 그랬고, 이 나라 웬만한 시인 작가 치고 이 마을 안 다녀간 사람이 없었다는데, 그래서 그랬을 겁니다. 그게 뭐가 나빠요. 정신을 심어주는 일인데. 위대한 혁명을 일깨우는 일인데.' 아, 내 안에 언제 이런 생각들이 자리 잡고 있었다지요. 몰랐어요. 정말이지 바트 씨 그 사람 변호하다가 아마 그랬을 거예요. 나도 모르는 사이에 그렇게 바트 씨 편이 되었더라니까. 거기다가 바트 씨 그 사람이 마구 안돼 보이는 거 있죠. 외롭고, 쓸쓸하고, 한없이 달래주고 싶고, 그래서 곁에 있다면 당장 품어라도 주고 싶더라니까. 더구나 이튿날은 어쨌는지 아세요. 아침에 눈을 뜨는데 아주 깜짝 놀랐어요. 어젯밤 그 바트 씨가 고스란히 살아 있는 거 있죠. 밤새 지워지지 않고 내 머리맡에 그대로 있더라니까. 그 외로움, 뚱딴지, 안쓰러움이 내 가슴속 어딘가에 그냥 살아 있는 겁니다. 그러고는 곧 밖으로 튕겨 나간 거예요. 밤새 별일 없었는지, 너무 섭섭한 나머지 가이드고 뭐고 다 때려치우고 그냥 사라져버리지나 않았는지, 눈으로 보지 않고는 못 견디겠어요. 누가 보았으면 아마 연애라도 하는 줄 알았을걸. 연애면 어때. 연애해서 행복해질 테면 이런 연애는 백번이라도 하지 뭘. 할 거라고. 엘리베이터를 타고 곧장 현관 로비로 내려갔어요. 거기 마침 바트 씨가 서 있더라고. '어제 그 유배마을,' 나는 다급한 김에 물었답니다. '마을 이름이 뭐였지요?' '볼세이아 레치카.' 그는 짧게 대답했습니다. '볼세이아?' 나는 한 번 더 정확한 발음을 물었습니다. 할 말이 없어서요. 그랬더니 그는 또 '네, 볼세이아.' 그러고는 마는 겁니다. 그때 나는 내가 하고 싶은 인사를 처음 건넸답니다. '어제, 좋은데 안내해주셔서 고맙습니다. 정말 좋았어요.' 바트 씨는 별 반응이 없더군요. 어제 섭섭함이 아직 덜 풀려서 그런지, 아니면 내가 하는 말을 미처 못다 알아들어서 그런지, 그렇게라도 해서 그의 상처 받은 자존심을 달래주고 싶었는데, 뜻대로 되지 않은 것 같아 가슴 아팠어요. 그리고 그때 생각난 겁니다. 어제 그 조각가 말이에요. 뭔가 묻고 싶은 게 있었거든요. 바이칼을 중심으로 지금 우리가 휘젓고 다니는 여기가 어디쯤인지, 그렇다면 옛날 최석 씨 그이가 죽어간 통나무집 은 어디 있는지, 알고 싶었답니다. 나는 바트 씨 앞에 커다란 고구마 를 하나 그려 보이며 물었습니다. '이게 바이칼이라면, 이르쿠츠크는 어디쯤 있죠?' 바트 씨는 호수의 왼쪽 하단에 작은 동그라미를 하나 그려주었습니다. '여기.' 나는 지금 우리가 서 있는 곳이 어디쯤인지 를 또 물었습니다. 그랬더니 그는 방금 그 동그라미를 가리키며 이 안 에 있다고, 이 안에 앙가라 강이 흐르는데 그 강가에 서 있는 거라고 말했습니다. '그럼, 치타는요?' '치타? 치타는 여기죠.' 그때 바트 씨 는 엉뚱하게도 호수 건너편 상단에 점 하나를 찍어주는 게 아니겠습 니까. 그렇습니다. 여기가 맞습니다. 해삼위, 목릉, 만주리를 거쳐 호 수를 건너기 전에 내린 마을이라면 당연히 여기가 치타여야 한다고 나는 생각했습니다. 그런데 그 편지에서 최석 씨 그이는 왜 거기가 자 꾸만 이르쿠츠크라고 했는지, 나는 그게 헷갈린 겁니다. 편지에 쓰인 대로라면 이르쿠츠크 B호텔, 이 호텔에 정임이 있었거든요. 그 호텔 에서 30마일쯤 떨어진 곳에 F역이 있고, 그 F로부터 썰매를 타고 다 시 한 시간을 달리고도 거기서 또 15마일을 더 간 어느 삼림 속에 최 석 씨 그이가 계셨다는데, 거기가 치타 쪽일까요, 이르쿠츠크 쪽일까 요. 그 순간 그가 죽어간 그 '삼림 속 통나무집'과 어제 그 유배마을 이 내 머릿속에서 후딱 겹치는 겁니다. 그리고 어제 그 조각가 노인을 떠올렸습니다. 우리 그이가 거기 살고 있었구나, 그런 생각이 들면서요. 아직 살아 있었네, 근데 그 영감이 이르쿠츠크는 왜 갔을까. 그리고 내 가슴이 철렁 내려앉는 겁니다. 이르쿠츠크 B호텔에 정임이가 머물고 있잖습니까. 그 순간 내가 잠시 혼몽해졌던가 봐요. '왜 치타가 아니고 이르쿠츠크죠?' 나는 대뜸 바트 씨를 다그쳤답니다. '뭐가요?' 바트 씨는 영문을 모른 채 쩔쩔매고. '우리 그이는 치타에 간다고 갔었답니다.' 에구머니나, 원 세상에. 내가 바트 씨를 붙들고 이러고를 있지 않겠습니까. 우리 그이는 그해 상해로 간다고 갔거든요. 그런데 웬걸 해삼위로, 목릉으로, 만주리를 거쳐 치타까지 가 있는 건 또 뭐죠. 애시당초 상해까지 가기는 갔던가 봐요. 그런데 왜 또 해삼위는 갔는지. 하긴, 중간에 샌프란시스코로 가고 싶어한다는 말도 들리기는 들렸답니다. 해삼위나, 샌프란시스코나, 그 사람 찬밥 더운밥 가릴 신세던가요. 밥 생길 일이라면 어디라도 가야지요. 밥 준다는데 왜 샌프란시스코는 안 갔겠어요. 안 주니까 못 갔지. 해삼위에 가면 목릉으로 떠넘기고, 만주리에 가면 치타로 떠넘기고, 그렇게 흘러흘러 들어간 곳이 아마 치타였을 거예요. 갈 데까지 간 거지요. 치타에서는 누가 사람대접했겠어요. 그래, 그길로 동경으로 내뺐더라구요. 우리 두 사람 그러고는 끝이었어요. 그렇게 끝내더라니까. 어리석은 사람 같으니라고. 평생 자유라는 환상에 젖어 뜬구름만 잡다 간 사람. 혁명이라는 환상에 젖어 헛된 유배만 꿈꾸다 간 사람. 참다운 연애를 모르는 사람이 어찌 자유는 꿈꾸어요. 참다운 혁명을 모르는 사람이 어찌 감히 유배는 꿈꾸냐구요.

그날 그리고 바이칼로 갔답니다. 실망스럽긴요. 예상했던 것과 조금 달랐을 뿐이지요. 바이칼은 늘 구름 속에 잠겨 있는 줄 알았거든요. 실제로 거기 시베리아에서 호수가 펼쳐져 있을 것 같은 계곡은 어디나 짙은 안개가 깔려 있곤 했었어요. 그런데 그날 닿은 물가는 안개나 구름 같은 것도 끼어 있지 않고, 그냥 알몸을 통째로 드러내고 있는 바다였어요. 한낮이었어요. 멀리 허리를 구부린 낮은 산맥들이 뻗어 있기는 했지만 산맥 이쪽은 그대로 바다였답니다. 이게 바이칼인가, 묻고 싶었지만 물을 수 없었어요. 물었다가 아니면 어떡해요. 망신스럽게. 여러 대 나막신 같은 나룻배들이 좁은 어깨를 맞대고 물 위에 떠 있었어요. 그 나막신들을 징검다리 삼아 건너편 통통배에 올라 탔답니다. '이제 바이칼로 가는 건가?' 타면서 딱 한 번 물었어요. 그랬더니 '여기 바이칼 두고 가기는 어디로 가?' 이러는 게 아니겠어요. 그때 바트 씨의 시선이 살풋 내 어딘가에 와닿는 것을 느꼈답니다. 왜 그랬을까. 마주 쳐다보고 싶었지만 그럴 수 없었답니다. 그리고 물 한 가운데로 나갔어요. 몹시 추웠던 기억이 나요. 바이칼은 추워요. 냉동 창고처럼 혹독하게 추워요. 물 밖에서는 그렇지 않았어요. 아직 여름이었잖아요. 그래서들 갑판 위에서 보드카를 마시며 제법 유람선 흉내를 내는 사람도 있었답니다. 나는 그냥 난간에 기대어 서 있었구요. 파도처럼 밀려오는 강바람에 가슴 벅찼어요. 선글라스도 끼었어요. 파마머리가 산발하듯 바람에 날렸어요. 그 순간 기온이 내려간 겁니다. 물이 차서 그렇다는군요. 그러니까 저 아래 따뜻한 기온이 갑자기

차가운 공기를 만나면 수면 위로 부옇게 차가운 김이 서린다는데, 그
동안 멀리 산 위에서 본 안개 자욱한 풍경들이 바로 그래서 그렇게 보
였다는군요. 지금 바이칼이 그렇게 부옇게 뜨고, 눈앞이 흐릿하면서
가랑비가 뿌리는 거예요. 어둠은 그것이 내 앞으로 밀려와서 어두운
것이 아니라, 내가 어둠 속에 파묻혀서 그렇다는군요. 추위도, 그것이
우리를 엄습해서 추운 것이 아니라, 우리가 추위 속으로 돌진해 들어
가니까 추운 것 같았습니다. 한바탕 일진광풍이었습니다. 정신없었
어요. 바람은 휘몰아치지, 빗발은 거세지, 날씨는 춥지, 갑판 위의 사
람들은 우왕좌왕 갈팡질팡. 그때였어요. 누군가가 내 손목을 잡아끄
는 이가 있었어요. '추워요. 안으로 들어가요. 여기는 춥습니다.' 바트
사이한, 그 사람이었어요. 그가 내 손목을 이끌고 갑판 아래 층계를
마구 뛰어 내려가고 있었어요. 손목을 잡힌 채 달려가는 내 가슴이 쿵
쾅쿵쾅 뛰는 소리를 나는 들었답니다. '쌍화점에쌍화사러가고신댄
쌍화점에쌍화사러가고신댄 회회아비내손목을쥐어이다. 회회아비내
손목을쥐어이다.' 으메, 부끄러운 거, 아늑하지만 낯 뜨겁고, 포근하
지만 낯간지럽고, 숨 막히지만 못 견디게 아름다운 거. 어느 아기 예
수님 태어나신 마구간 섶자리가 이보다 더 환하실까. 편안하실까, 눈
물 나실까. 시늉으로만 얽어 세운 칸막이 항해실이었어요. '여기 잠깐
앉아 계셔요. 바람은 맞서 싸우면 안 돼요. 피하셔야 돼요.' 내 곁에
바트사이한이 앉아 있었어요. '이말씀이점밖에나명들명 이말씀이점
밖에나명들명 이말씀이점밖에나명들명 다로러거디러 조그마한새끼

광대네말이라하리라.' 그뿐이었습니다. 눈 깜빡 감았다 뜨면 없어지고 말 순간의 일이었답니다.

이르쿠츠크도 갔었어요. 그날은 못 갔구요. 그다음 날에요. 바트 씨도 이제는 내 얼굴이 낯에 익나 봐요. 짬짬이 차를 내리거나 탈 때 보면 나랑 눈이 마주치고는 하지만, 그래도 그게 어디 내 맘 같겠어요. 제 눈에는 내가 서른 명 중의 하나일 텐데, 아닌 줄 알면서도 눈길 못 거두는 게 내 맘 아니겠어요. 그날도 행여 따로 만날 수 있을까, 호텔 로비를 서성거렸답니다. 무슨 할 말이 있기는요. 그냥, 그 사람 오늘은 무슨 옷을 입었을까, 로비에서는 주로 서 있을까, 앉아 있을까. 이런 감정 처음이었어요. 거기 그가 있어 주기만 하면 그냥 마음이 놓이는 거예요. 그런데 그날 바트 씨는 거기 없었어요. 없어서 이상할 것도 없었구요. 만나자고 약속을 한 것도 아닌데. 그래도 그냥 서성거렸어요. 그때 바트 씨가 나타난 거예요. 현관문이 열리더니, 뜻밖에 우리 룸메이트 서인혜 씨가 들어서고, 그 뒤에 바트 씨가 따라붙어 있는 겁니다. 어떻게 태연할 수가 있겠어요. '언제 나왔나요? 아직 방에 계신 줄 알았는데.' 내가 먼저 서인혜 씨한테 말을 걸었답니다. 그랬더니 서인혜 그 사람, '이 호텔엔 자판기가 없잖아요. 그냥 좀 걸었답니다.' 이러는 게 아니겠어요. 바트 씨는 이미 카운터 쪽으로 사라졌구요. 괜히 나만 서인혜 씨한테 붙잡혀 한바탕 터무니없는 자랑을 들어 줬지 뭡니까. 서인혜 그 여자, 참 이상해요. 묻지도 않은 말을 자꾸만 들려주고 싶어하는 거 있죠. '우리 가이드 씨, 여자 친구가 인류학을 공부한다는군요. 몽골대학 동창이래요. 바트 씨도 함께 인류학이라는데, 공부를 마칠 때까지는 결혼을 안 하기로 했다나, 어쨌다나. 언젠가는 꼭 서울로 유학을 가겠다는데. 바트 씨가 서울을 그렇게 좋아하는군요. 아주 서울 팬이에요.' 그러거나 말거나 나는 별 대꾸 안 했답니다. 그랬더니 또 뭐랬는지 아세요. '서울 오면 꼭 연락하라고 했어요. 내가 술 사겠다고.' 그러니 내가 어떻게 참아요. '그러겠다고 하던가요?' 그랬지요. '그럼요. 전화번호까지 적어 주었는걸요.' 그 여자, 어떻게 그럴 수가 있다지요. 가이드라면 그토록 못 잡아먹어서 안달이던 사람이, 그렇게 돌변할 수도 있나요. 어찌나 달라붙던지, 이르쿠츠크에 가서야 겨우 떼어냈다니까.

이르쿠츠크에 가서는 데카브리스트 기념관을 관람했어요. 러시아는 도대체가 혁명 빼고는 자랑할 것이 없나 봐요. 아니다. 바트 씨는 도대체가 혁명을 설명할 때만 신바람이 나나 봐요. 그렇게 신명이 날 수가 없어요. 나는 아주 모범생이 되어 바트 씨를 졸졸 따라다녔답니다. 꽤 큰 저택이었어요. 전에 세르게이 발콘스키네 집이었대요. 세르게이는 톨스토이의 숙부였고, 데카브리스트 중에서도 중심인물이었던가 봐요. 『전쟁과 평화』에서 주인공 안드레이 발콘스키 있잖습니까. 이 안드레이 발콘스키의 모델이 바로 세르게이 발콘스키였다는군요. 당시 이르쿠츠크 인텔리들이 모두 이곳에 모여 시를 낭송하고, 음악회를 열고, 정치토론을 벌였답니다. 바트 씨는 벽에 걸린 사진이며, 유리 상자 안에 들어 있는 원고지며, 톨스토이 작품들을 주로 설명해주었습니다. 부패한 제정러시아 왕실과 맞서 싸운 젊은 장교들 있잖아요, 데카브리스트 말이에요. 혁명은 결국 실패로 돌아갔고, 젊은 장교들은 황량한 시베리아 벌판으로 다시는 돌아올 수 없는 강을 건너야 했답니다. 이때 세르게이 발콘스키의 부인 예카체리나 트루베츠카야를 설명할 차례였어요. '가자. 그만 나가자고.' 바로 그때였습니다. 누군가가 또 바트 씨를 거부하는 소리가 들리는 겁니다. 나는 가슴이 철렁 내려앉으면서 바트 씨를 보호해주고 싶은 생각이 들었습니다. '바트사이한 씨, 들려주세요. 듣고 싶어요. 계속해주세요. 예카체리나 트루베츠카야가 그래서 어떻게 됐다는 거죠?' 나는 애원하듯 바트 씨한테 매달렸답니다. 바트 씨는 눈치도 없이 자기 할 말을 계속하였습니다. '미친놈, 저 친구 어쨌든 혁명에 푹 빠졌군. 걸핏하면 유배, 유배, 유배. 혁명, 혁명, 혁명. 전공이 인류학이라면서, 혹시 혁명학 아니야?' 아, 사람들 그 빈정거림, 당해낼 수 없었어요. 우리 불쌍한 현지 가이드, 뚱딴지 같은 바트사이한 씨.

그날 밤 룸메이트가 나한테 그러더군요. '여기 와서 보니 옛날 춘원 선생이 얼마나 작은 영웅주의인지를 알겠어요.' 내가 최석 씨를 겨냥하던 것과 달리, 서인혜 씨는 이상할 정도로 춘원한테만 집착하는 것 같았어요. '작은 영웅주의라면, 썩 칭찬하는 말은 아니군요?' 그렇다고 내가 춘원 선생을 옹호하자는 건 아니었습니다. '그렇게 들렸다면 할 수 없구요. 춘원 선생이 마치 자기가 데카브리스트쯤 되는 줄로 착각했던 것 같아서 하는 말이랍니다.' 『유정』 때문인가요? 그게 뭐가 문제지요?' 나는, 내가 나인 것이 탄로 날까 봐 가슴이 움찔했지만, 그래도 물었습니다. '고통 없는 사랑이 어떻게 아름다울 수 있나요? 사랑은 고난과 역경으로 치장된 유령과도 같은 존재랍니다. 이 세상 그 어떤 양심이 유배당한 사람의 아픔을 알겠습니까. 이 세상 그 어떤 도덕이 버림받은 사랑의 상처를 달랠 수 있겠어요. 춘원이 그걸 몰랐을 리가 없을 텐데.' '최석이 아니구요?' '춘원이나 최석이나. 어쨌든 시베리아에 간다고 다 유배자가 되는 건 아니잖습니까? 유배는 유배를 보낸 사람이 있어야 유배지, 제 발로 걸어간 그게 무슨 유배입니까? 시베리아는 그냥 시베리아일 뿐이에요.'

　이르쿠츠크 호텔 6층 창가에서 내려다보이는 아침 풍경이 화폭에 담아가고 싶을 만큼 예뻤습니다. 여기서도 앙가라 강줄기가 포커스였답니다. 강줄기를 사이에 두고 도시가 윗마을과 아랫마을로 쪼개져 있었어요. 호텔에서 가까운 아랫마을은 벌써 아침 햇살을 받아 환하게 반짝이는데, 윗마을은 아직도 아침잠에서 깨어나지 못한 듯 희미한 안개 속에 붕 떠 있었습니다. 호텔 앞으로 좌우 일방통행로가 2차선씩 뻗어 있고, 다시 그 가운데로 무성한 가로수 정원이 펼쳐져 있습니다. 덤불숲 사이로 아침 산책을 즐기는 사람들이 오락가락 눈에 띄었습니다. 아침에 그 도로를 가로질러 강변 쪽으로 산책을 나갔답니다. 바트 씨도 나왔을까, 한두 번쯤 휘둘러보기는 했지만 그 때문에 나간 건 아니랍니다. 이제 짐을 꾸려 체크아웃을 하면 그길로 공항에 나가 몽골로 간다는군요. 서둘지 않았어요. 시간 넉넉하대요. 로비에 내려가 기념품을 살 사람은 사고, 아니면 그대로 침대 위에 엎드려 엽서를 쓰거나, 그런 시간이었답니다. 아침 안개가 아직 다 걷히지는 않았더군요. 강 건너 풍경이 멀리 수묵화처럼 부풀어 있었지만, 내가 걷는 이쪽은 오솔길 저쪽 끝까지 탁 트인 맑음이었습니다. 일부러 그 길을 걸어 아침 출근들을 하는 것 같았어요. 누군가 나를 스쳐 간 사람이 저만큼 멀어지는가 하면 그쪽에서 누군가 나를 향해 걸어오고, 그가 또 저만큼 멀어지는가 하면 또 그쪽에서 누군가가 모습을 나타내고, 그렇게 심심치 않을 만큼만 사람들은 오고 가기를 계속하였습니다. 이번에는 아줌마 아저씨 같아 뵈는 두 사람이 오솔길 저쪽 끝에서 걸어 나왔습니다. 나는 마침 그쪽을 향해 천천히 걸어가던 참이었는데, 왠지 그들을 맞이하러 가는 것 같아 그만 그 자리에 서버렸습니다. 오솔길이 끝나는 저쪽 어디쯤에 노동자 합숙소가 있는지도 모릅니다. 그리고 그 반대편 자작나무 숲 속 어디쯤에 그들의 일터가 있는지도 모릅니다. 둘이는 정답게 손을 맞잡고, 그런데 왠지 내 곁을 스칠 때 설핏 나를 의식하는 것 같았습니다. 그래서인지 저만큼 내 시선을 벗어났다고 생각되는 지점에서 둘이는 멈춰 섰습니다. 그리고 강둑의 철책 위에 배를 대고 엎드려 강 건너 풍경을 바라봅니다. 이제 나는 그 두 사람 때문에 더 이상 그 자리에 서 있을 수가 없습니다. 왠지 내가 그들의 사랑을 방해하는 것 같았기 때문입니다. 나는 발길을 되돌려 호텔 쪽으로 걸어 나와야 했습니다. 두어 발짝 걷다가 그러나 다시 그들을 뒤돌아봅니다. 내가 내 시선을 거두기만 하면 그쪽에서는 금방이라도 허리를 펴고 일어서서 키스할 것 같았습니다. 자작나무 숲 속으로 나는 내 몸을 숨겨도 봅니다. 그래도 그들은 아직 뒷모습 그대로인 채 앙가라 강줄기를 바라보는 일에만 열심입니다. 그렇게 가다가 돌아보고, 가다가 돌아보기를 수없이 반복해보지만, 강 건너 풍경은 아직 안개가 자욱할 뿐 달라진 것은 없습니다. 그게 내 이르쿠츠크에 두고 온 마지막 풍경입니다.

이르쿠츠크 공항으로 가는 버스 안에서 바트사이한 씨가 작별인사를 하고 있었어요. 운전석 옆자리 맨 앞에 핸드마이크를 들고 서서, 누구랄 것도 없이 우리 모두를 향해 그는 교과서를 읽듯 천천히 따복따복 자신이 준비한 한국말 단어를 조립해 나갔습니다. '누구나 시베리아에 오면 시베리아 마술에 걸린다고 합니다. 시베리아의 대자연이, 부랴트가, 바이칼이, 하늘이, 바람이, 숨소리가, 시베리아에서는 어느 것 하나 마술을 걸어오지 않는 것이 없습니다. 시베리아 마술에 걸리면 누구나 사랑을 하게 됩니다. 자작나무를 만나면 자작나무를 사랑하고, 물안개를 만나면 물안개를 사랑하고, 혁명을 만나면 혁명을 사랑하고, 유배를 만나면 유배를 사랑하고, 사랑을 만나면 사랑을 사랑하게 됩니다. 여러분은 그동안 시베리아에 와서 어떤 마술에 걸리셨습니까. 이 세상에 사랑처럼 아름다운 마술은 없습니다. 사랑은 슬프고, 외롭고, 아프고, 괴롭다고들 하지만 그 슬픔과 외로움과 아픔과 괴로움까지도 그것이 마술이기 때문에 아름다운 것입니다. 여러분은 이제 시베리아를 떠나야 합니다. 시베리아를 떠남과 함께 마술도 마저 풀어주시기 바랍니다. 바라건대, 그만 시베리아의 마술에서 풀려나시기 바랍니다. 여러분은 그동안 무엇을 사랑하셨습니까. 그리고 누구를 사랑하셨습니까. 지금 이 자리에서 대답하려고 하지 마십시오. 시베리아를 떠나, 시베리아의 마술에서 풀려나기만 하면 여러분은 여러분의 사랑을 잊어버려도 좋습니다. 그 사랑을 다 잊어버리고도 강물에 씻긴 조약돌처럼 아직 살아 있는 여운이 남아 있다면, 그게 바로 시베리아의 추억입니다. 그 추억을 여러분은 여러분의 아름다운 사랑으로 간직해주시기 바랍니다.' 그렇습니다. 우리 그이 최석 씨가 마술에 걸렸습니다. 시베리아의 마술에 걸린 것이 틀림없습니다. 거꾸로 선 바늘을 못다 삼킨 채 날뛰는 낙타처럼, 우리 그이 최석 씨가 장대못 같은 시베리아의 바늘을 씹지도 않고 삼키려다 그만 목에 걸렸습니다. 어리석은 몽상가. 자유를 꿈꾸고, 혁명을 꿈꾸고, 진정한 사랑을 꿈꾸는 사람이 어찌 감히 시베리아 샤먼을 꿈꾸어요. 문득 정신이 들어 가이드 쪽을 바라봤더니, 그때 그는 허리를 90도 직각으로 꺾어 우리 앞에 작별인사를 하고 있었어요. 허리를 펴면 눈이 마주칠 것 같아 나는 그만 창밖으로 내 시선을 쏘았답니다. 황혼녘의 노을인 듯 하늘이 노랗게 물들어 있더군요. 그게 내 시베리아에 두고 온 마지막 하늘빛이랍니다.(2006)

하늘은 왜 파란가

왔다! 그는 터져 나오는 탄성을 목 안으로 삼키며 창밖을 보았다. 거기 그녀가 모습을 드러낸 것이다.

그녀는 운현궁 담벼락을 끼고 낙원상가 쪽으로 걸어가고 있었다. 안국역 ⑤번 출구로 나오면 쉬운데 ④번 출구로 잘못 나왔음이 분명하다. 그는 달려 나가 이쪽이라고 외치고 싶었지만 그냥 지켜보는 수밖에 없었다. 책 다실 '삼가연정'. 실제 분위기보다는 이름이 더 끌리는 찻집. 닉네임 '책다실'이 책 읽는 품위를 갖고 있어서 좋았고, 의미를 알 듯 모를 듯 구태 나는 '삼가연정'이 알맞게 통속적이어서 끌렸다. 그녀와 차를 마신다면 이 집이 좋겠다고 그는 언제부턴가 별러 왔었다. 외출을 하려고 아파트 출입문 밖을 나서는데 눈발이 푸실거렸다. "할아버지 안녕히 다녀오세요." 다섯 살배기 손주는 그것이 예

절인지도 모른 채 예의 발랐고, "오냐, 할아버지 뭘 사다줄까?" "초콜
릿요." 자기 새끼가 낳은 새끼처럼 귀여운 것이 또 있을까. 오후에 눈
이 내릴 거라는 예보는 벌써 몇 차례나 할아버지 마음을 흔들어 놓았
는지 모른다. 눈이 내리기를 시작하기 전에 서둘러 시내로 나갈 작정
이었다. 눈 내리는 걸 보며 뒤늦게 눈을 맞겠다고 외출을 시작하는 건
어른스럽지 못하다. 눈보다 먼저 외출했다가, 종로나 명동에서 눈사
태를 만났노라고, 나이 든 사람은 그렇게 말하는 것이 점잖다. 동네
상가를 채 빠져나가지도 못했는데 하늘은 펑펑 함박눈을 퍼붓기 시
작했다. 사람들은 못 참겠다는 듯 거리로 쏟아져 나왔고, 날씨는 성난
날짐승처럼 험악하게 부스댔다. 그는 그녀를 불러내기로 하였다. 언
젠가는 꼭 차를 한잔 같이하고 싶었는데, 오늘이 바로 그날이었음에
틀림없다. 우연한 기회에 번호를 받아둔 건 잘한 일이었다. 전화번호
를 좀 알고 싶다고 말했을 때 그녀는 주춤거리지 않고 불러주었다. 그
게 전화 걸라는 뜻 아니고 뭐겠는가. 그는 쏟아지는 눈발 속에서 전화
질을 했다. 그리고 방금 찻집에 나와 거는 거라고, 말로는 그렇게 해
두었다. 나 지금 시내 나가는 중인데, 차 한잔 어때요? 라고 사실대로
접근하는 건 각본이 너무 느슨하다. "'삼가연정'이라고, 안국역 ⑤번
출구로 나오세요. 그 길로 몇 발짝만 더 가면 오른편 2층에 간판이 보
일 겁니다. 눈이 엄청 쏟아지는군요. 그건 염려 마시구요. 오실 때까
지 앉아 있겠습니다." 서둘러 '삼가연정'으로 달려간 것은 그렇게 통
화를 마치고 난 뒤였다. 가는 길에 한 차례 위험한 전화가 없었던 것

은 아니다. 생활체육반 박 형이었다. "오늘, 요가반 가우?" "왜? 무슨 일 있수?" "요가 빼먹고 눈구경 갈까?" "못 가. 오늘 난 어차피 결석인걸." 피차간에 같은 기분이었던가 본데, 혼자 따돌리느라고 애를 먹었다. 그는 서둘러 '삼가연정'으로 갔다. 그리고 아까 전화 걸 때부터 거기 앉아 있었던 것처럼 창가에 자리를 잡고 앉았다. 마실 것은 아직 주문하지 않았다. 이따가 그녀가 오면 그녀와 함께 마실 것이다. 그녀가 나오도록 되어 있는 ⑤번 출구는 앉은 자리에서 보이지 않았다. 등잔 밑의 어둠처럼 출구가 바로 건물의 코앞에 붙어 있기 때문이다. 그는 그녀가 어서 등잔 밑의 어둠 속을 빠져나와 자신의 감시망에 포착되기를 기다렸다. 그런데 그 순간 그녀는 ⑤번이 아닌 ④번 출구에서 모습을 드러낸 것이다. 그는 팔목을 걷어 시간을 보았다. 10분 전 열 시. 늦지 않은 시각이었다. ⑤번 출구는 이쪽인데, 여기야, 여기! 그는 큰 소리로 불러 총알같이 데려오고 싶었지만 보는 눈이 많아 그럴 수 없었다. 건널목을 건너오겠지, 그래도 못 찾아오면 그때 전화 걸어주지. 그는 건널목 쪽으로 걸어가는 그녀를 먼빛으로 좇았다. 눈발은 난삽하게 흩날렸고, 풍경 속의 그녀는 그대로 할머니였다. 눈사람처럼, 눈 내리는 풍경 속을 그녀는 둥둥 떠내려가듯 흘러갔다. 머리는 벙거지모자를 썼고, 오버코트를 늘어뜨렸고, 신발은 보이지 않았다. 돌담장이 끝나는 데쯤에 신호등이 켜져 있다. 그녀는 그 앞에 눈사람처럼 서 있었다. 신호가 떨어졌나 보다. 그녀가 걷기 시작했고, 그는 그쯤에서 그녀를 놓쳤다. 그녀가 다시 등잔 밑의 사각지대로 접어들었기 때문이다. 얼마쯤 시간이 흘렀을까. 그녀는 아직도 나타날 줄을 모른다. 하긴, 젊은 날의 그녀들은 늦기를 좋아했었지. 어차피 데이트는 기다림의 연속인걸. 그녀도 지금 기다림을 마련하느라고 그러는 거야. 괜히 한번 ④번 출구로 나가본 거야. 운현궁 돌담길을 걸어보는 거야. 건널목 앞에 서 있는 거야. 인사동 골목길을 헤매는 거야. 누군가가 저 안에서 지켜보는 줄도 모르고, 시간을 끌기 위한 수작이지 뭐. 기다림의 시간이 고드름처럼 늘어지고 있었다.

드디어 오는구나. 그녀가 왔다. 팡팡 바닥을 굴러 신발을 털고, 모자를 벗어 헐크러진 머리를 쓸어 올리며 안으로 들어설 때 그녀의 치마꼬리에서는 휘파람 소리가 났다. 그는 그녀를 이끌어 자리에 앉힌다.

─좀 미끄러워야지. 일찌거니 나왔는데 오다 보니 늦었네. 오래 기다리셨지? 아이 미안해라.

언덕을 굴러 내려온 산짐승처럼 그녀는 숨이 찼고, 몸 전체에서 벅찬 산만함이 묻어났다.

─뭘 드실까? 커피?

서빙은 셀프였다. 카운터에 가서 차를 주문하고 손수 날라다 마셔야 한다.

─슈베르트를 듣고 있었어요. 〈겨울나그네〉가 딱이더라. 흩날리는 눈발허며, 낮게 깔리는 하늘이며, 오버 깃을 치켜세우는 바람까지, 음

반 만들 때 그날 날씨가 딱 오늘 같았던가 봐. 그 안으로 죄 스며들어가 있는 거 있지. 듣고 또 듣고 몇 번을 들었던지, 손주놈은 시끄러워 죽겠다는 게야. 내, 가는귀가 먹었거든. 그러다가 시간을 보니 늦었지 뭐야.

둘이는 자리에서 일어나 카운터 앞으로 갔다.

—앉아 계셔. 내 가져올게.

함께 이마를 맞대고 메뉴판을 읽는다. 에스프레소, 아메리카노 이천이백 원. 이건 데이트 찻값 치고는 너무 싸단 말이야. 카페 카푸치노, 카페라떼, 카페모카 삼천삼백 원. 그래도 이 정도는 돼야 하지 않을까.

—나는 유자차로 할게요.

그녀가 먼저 전통차를 찍고,

—그럼 난 모과차로 할까?

그도 그녀를 따라 커피는 생략한다. 찻값은 그가 치렀다.

—아시죠? 이 집이 실버 찻집인 거.

주문한 물건이 나올 때까지 둘이는 잠시 카운터 앞에 서 있었다.

—그렇구나. 웬일로 값이 헐타 했더니.

—보세요. 실버가 주문 받고, 실버가 커피 내리고, 실버가 서빙 하고, 그렇지만 실버 손님은 별로 없어요. 젊은이들도 꽤 많이 온답니다.

그는 그녀의 몫까지 마실 것을 들고 자리로 돌아가 앉는다. 그가 찻잔을 내려놓는 동안 그녀는 탁자 위에 놓인 안내판을 읽고 있었다.

　―좋군요. 책과 차 그리고 사람, 그래서 '삼가연정'이구나. 세 가지 아름다움이 이어지는 정자라.

　―삼가 연정을 품습니다, 그런 뜻 아니겠습니까?

　엄청난 농담이라도 한 듯 그는 너털웃음을 웃고,

　―연정을 삼가라, 그런 뜻이겠지요.

　그녀의 해답은 품위 있었다.

　―달구나.

　그녀의 감탄을 그는 느낌으로 들었다. 좋다. 그녀를 만나고, 차를 마시고, 눈은 내리고, 찻집은 훈훈하고, 더구나 혼자가 아닌 것이 그는 마냥 좋았다. 어제도 그럴걸, 내일도 그래야지, 왜 진즉 이렇게 못했을까, 그는 후회되었다. 눈발이 창밖을 하루살이처럼 흩날리고 있었다. 길 건너 운현궁 행랑채가 추억처럼 길게 뻗어 있고, 그 길은 방금 그녀가 밟고 온 길이다. 그 기와지붕 너머 숲 속에 운현궁은 있을 것이다. 숲으로 가려진 언덕 위로 국적을 알 수 없는 돔 형식의 건물이 하나, 돔의 까망과 외벽의 견고함이 왠지 유럽과 접목된 제국시대쯤을 떠올리게 했고, 그것들은 알맞게 이국적이었다. 그 뒤쪽으로 높고 낮은 수많은 현대식 고층건물들.

　―역사책을 읽는 기분이죠?

　그녀도 보았을까. 그녀도 함께 느꼈으면 좋겠다는 생각을 그는 떠올린다.

　―유자차도 빨대로 저어야 되네.

티스푼이 없다는 말을 그녀는 그렇게 표현하고 있었다.

─할아버지들 때나 운현궁은 지었을 것이고, 돔은 우리 아버지 때
나 지었나? 그땐 나는 없었으니까. 우리는 결국 저 뒤에 있는 빌딩 세
대군.

그는 자신의 빨대를 꺾어 그녀의 찻잔을 저어준다.

─집에 가서 물어보시구려. 아이들은 즈이들이 빌딩 세대라고 우
길걸.

─하긴, 손자들은 안 그럴까?

─결국 그런 식으로 같은 시대를 살면서 조금씩 조금씩 멀어지는
거겠죠.

─그렇긴 한데, 내가 본 것 즈이들이 보고, 즈이들이 아는 것 내가
다 아는데, 왜 할애비는 구세대고, 즈이들은 신세대라지?

─많이 밀리셨나 보군요. 나가서 좀 걸을까요?

주고받는 푸념까지도 그녀 앞에서는 즐거웠다. 실버가 은빛이라면
실버들의 사랑은 어떤 빛깔일까. 젊은 사랑의 빛깔은 핑크빛이라는
데 실버들의 사랑도 핑크 빛깔일까. 사랑도 늙는 걸까. 늙은 사랑은
어떻게 생겼을까. '황홀'의 색깔은 주황이라고 들었다. 젊은 사랑의
빛깔이 핑크빛이라면 그의 사랑은 주황이고 싶다. 그렇다. 지금 그의
세상은 온통 주황이었다. 눈앞이 주황이고, 가슴속이 주황이었다.
'삼가연정'이 황홀하게 타오르고 있었다. 그녀가 창출한 마법의 공
간, 그녀가 '삼가연정'을 연출하였다. 그는 밖으로 나가고 싶지 않았

다. 그녀 안에 갇히고 싶었다.

　　생활체육반에서 만났다. 같은 요가반이다. 일주일에 두 번씩, 매주 화요일과 목요일 오전 열 시. 요가반은 이 반 말고 새벽반도 있고, 초저녁반도 있고, 두 팀이나 더 있다. 새벽반은 대학생 회사원이 많고, 초저녁반은 아줌마 아저씨가 많다. 실버들은 아무 데나 갈 수 있지만 어느 쪽도 가지 않거니와 반기지도 않는다. 젊은 반의 젊은 체력과 타이트한 훈련을 따라잡을 수가 없기 때문이다. 이런 실버들을 위해 주민센터가 따로 마련해준 반이 오전 열 시 팀이다. 오전 열 시에 요가를 하러 오는 사람은 실버들밖에 없다. 시간도 남아돌거니와 훈련도 엄격하지 않아서 좋다. 실버들은 나와서 요가는 조금만 배우고 어울려 놀기를 더 많이 한다. 출석은 해도 그만 안 해도 그만이지만, 가서 놀아야 되니까, 나오지 말래도 더 나온다. 몇 가지 흥미로운 사실을 발견하였다. 실버는 실버들끼리 어울리면 본인들은 실버가 아닌 줄로 착각한다. 그냥 어울려 놀다 보면 그것이 어린아이 같고 어른 같아 보일 뿐, 실버 고유의 오락이나 생활방식이 없다. 여남은 명밖에 안 되는 클래스메이트이지만 누구나 다 함께 어울리는 건 아니다. 두세 명 아니면 서너 명끼리만 따로 어울리기를 좋아한다. 끼리끼리 어울려 밥 먹고, 끼리끼리 어울려 대화한다. 먼 옛날 초등학교 때도 그랬다. 60명 전원이 다 친구가 아니다. 그는 세 명쯤 어울려 다니던 친구가 있었다. 성식이와 명자, 이름까지 기억한다. 왜 그랬는지 까닭은 모른다. 그냥 그날 숙제가 뭔지 까먹었을 때도 명자한테 물었고, 성식이가 학교 가지 않으면 그도 안 가고, 소풍 가서도 그는 성식이랑 명자하고만 앉아서 도시락을 까먹었다. 요가반에서 그는 그녀와 박 형과, 그렇게 셋이서만 어울린다. 박 형은 그날 눈 내리던 날 그녀 만나러 가는데 불쑥 전화를 걸어 자기랑 놀아주지 않겠냐고 매달리던 바로 그 친구이고, 그녀는 그날 박 형 따돌리고 '삼가연정'에 가서 몰래 눈구경하던 바로 그 여자를 말한다. 누가 누구랑 먼저 어울리고 나중에 어울렸는지는 생각도 나지 않는다. 어울려 놀다 보면 그냥 친해진다. 박 형 사는 집이 어딘지, 그녀 남편이 뭘 하는 사람인지, 누가 코를 고는지 마는지, 그들은 묻지도 알려고도 하지 않는다. 이름 석 자를 모르니 호칭도 정해져 있지 않고, 나이를 모르니 위아래 서열도 있을 리 없다. 피차간에 그냥 샘이다. 샘은 '선생님'의 애매모호한 준말일 것이다. 영감님이라고 부르기도 뭣하고, 노친네라고 부르기는 더욱 그렇고, 생판 모르던 사람을 부르려다 보니까, 저도 모르게 그만 '샘'이 되어 나온 것뿐이다. 박 형도 처음엔 그냥 샘이었다. 그러다가 중간에 '나는 박이오' 제 입으로 말해서 박 샘이 되었고, 더 많이 친해지자 박 형이 되었다. 그런 식으로 그는 김 샘이 되었고, 친해지자 김 형이 된 것이다. 아주 가끔씩이지만 손자가 묻는다. "할아버지, 주민센터에 가서 뭘 하세요?" "요가 배우잖니?" 그는 그렇게 대답한다. "박 형이랑 그녀랑 어울려 놀고 온단다." 그렇게는 말하지 않는다. 그는 그것이 참 신기했다. 요가 배우러 가서 놀기만 하는 것도 신기하지만, 놀고 와서 요가를 배웠다고 말하는 그것은 더 신기했다. 초등학교 때도 그랬던 것 같다. 명자랑 성식이랑 어울리면 그는 늘 패치기를 했었다. 패는 주로 성식이랑 치고, 명자는 옆에 서서 구경만 했다. 패치기를 하면 성식이는 주로 따는 쪽이고 그는 잃는 쪽이다. 게임은 이기는 쪽을 응원하게 되어 있다. 성식이는 따기만 하면 그 패딱지를 명자한테 맡겼다. "명자야, 네가 좀 갖고 있어라." 그러면 명자는 "알았어. 자꾸자꾸 따주라" 하고 기뻐했다. 그의 호주머니는 어느덧 바닥이 나고, 성식이 호주머니는 터지도록 넘쳤다. 그는 화가 나서 엄마한테 하소연했다. 엄마는 그까짓 패딱지쯤 대수롭지 않게 여겼다. 되레 그를 꾸짖었다. "학교 가서 공부는 하지 않고, 패딱지만 쳤냐?" 밖에 나가면 공부보다 패딱지가 더 중요하다는 걸 엄마들은 모른다. 그러던 어느 날이다. 명자가 그를 호젓한 곳으로 불러내더니 귓속말로 속삭였다. "난 성식이가 참 좋더라." "나는?" "너도 좋지만 성식이는 더 좋아." 그는 그 말이 참 신기했다. 셋이서 똑같이 나누어 가지던 우정이 어떻게 어느 날 갑자기 한쪽으로 기울었는지, 그 불공평한 경사가 참 신기했다. 그는 죽고 싶도록 비참했다. 그리고 명자가 미워지기 시작했다. 요가반에서도 비슷한 사건이 발생했다. 어느 날 갑자기 그의 눈길이 그녀 쪽으로만 쏠리는 것이다. 그것은 그녀 쪽도 마찬가지였다. 그녀의 눈길이 자꾸만 자기한테 와서 꽂히는 걸 느끼는 것이다. 둘이는 마침내 박 형이 눈치 채지 못하도록 둘만의 눈길을 감추기 시작했다. 참으로 신기한 일이었다. 셋이서 공평하게 나눠 갖던 눈길이 왜 어느 날 갑자기 두 사람에게만 쏠리게 되었는지, 미스터리가 아닐 수 없었다.

겨울이 멍청하도록 깊어가는 어느 날이었다. 그날도 세 사람은 요가반에 모였다. 여느 때처럼 요가는 시늉으로만 배우고, 어울려 국수도 사먹고, 자판기 커피도 뽑아먹었다. 그리고 흩어질 시간이었는데, 박 형이 그하고만 별도의 시간을 갖고 싶어하였다. "김 형, 우리 따로차 한잔할까?" 그는 사실은 박 형을 따돌리고 그녀와 어울릴 참이었다. 입장이 참 난처했다. 그녀를 따돌리고 박 형과 어울린다는 건 옛날에 명자가 그를 따돌리고 성식이하고만 노는 일만큼이나 억울한일이었는데, 그럴 수 없었다. 그는 아니라고 거절해버렸다.

—시간이 없구려.

—바쁘신가 보군. 내일은 어때요?

—내일도 바쁠걸.

—그럼 언제쯤?

—그녀가 잠든 사이라면 몰라도.

그녀가 누군지, 박 형은 캐묻지 않았다.

—김 형, 요새 연애허우?

—헌다우.

그 말이 박 형을 숨 가쁘게 했던 것 같다. 박 형은 그를 향해 삿대질을 시작했다.

―김 형은 도대체, 올해 나이가 몇이우?

그녀가 난처하여 표정이 일그러지는 것을 그는 보았다. 그녀가 슬금슬금 뒷걸음질을 치고 있었다. 그게 만일 영화의 한 장면이라면 그때가 바로 박 형을 향해 한 방 날려야 할 때라는 걸 그는 알고 있었다. 사나이라면 적어도 주먹이 우는 꼴은 못 본다. 그러나 그때 그들은 이미 나이를 먹어버린 상태였다.

―형, 동생, 하고 따질 때도 묻지 않던 나이는 이제 와서 왜 묻누?

박 형은 그의 상대가 그녀라는 걸 알고 묻는 것 같았다. 알고 물을 테면서 그녀를 따돌리겠다는 건 무슨 심보인지, 그는 박 형이 싫었다.

―이 친구, 무슨 말을 그렇게 하누? 우린 서로 오랜 친구 아닌가? 친구로서 내 딱 한 가지만 묻겠네.

―무슨 말이 하고 싶은가?

―결혼은 할 텐가? 설령 결혼을 한다 해도 내가 그 말을 믿을 것 같은가? 김 형 나이를 내가 알고 김 형이 아는데, 사내가 결혼도 못할 연애를 한다는 건 죄악이라네.

―결혼, 하면 했지 까짓 거, 못할 건 뭔가?

그는 단단히 화가 났다. 그러나 엎어진 김에 절한다고, 홧김에 덜컥 가슴에 없는 말을 뱉어내기는 했지만, 솔직히 말해서 결혼을 도모해본 적은 없다.

―변했군. 사랑 앞에서는 친구도 부모도 다 소용없다더니 김 형이 그 짝이야. 마누라가 없기에 망정이지, 있었으면 마누라도 버렸을걸.

─왜? 누가 마누라쟁이를 구할까 봐? 홀아비 신세를 면하고 싶어서? 사람, 처량하게 만드는군. 난 이대로가 좋다네. 좋아서 만나는 거야. 사랑한다니까. 그냥 나 좀 이대로 놔두면 안 되겠나? 행복하고 싶다네.

─미쳤군.

─미쳤어도 좋아. 우리에겐 우리 둘만의 세계가 있을 뿐이야.

─그게 뭔데?

─설명할 수 없어. 설명해주고 싶은데, 설명이 안 돼. 마냥 달콤하고, 황홀하고, 행복하고, 그게 다야. 그녀 앞에서만 그게 그렇다니까.

그녀가 사라져 간 쪽을 그는 돌아보았다. 그녀는 보이지 않았다. 친구 때문에 그녀를 놓칠 수는 없다, 그는 자리를 박차고 그녀가 걸어간 길을 달렸다. 그녀를 붙들고 그녀에게 매달려 그녀의 섭섭함을 달래주고 싶었다. 전화를 걸어 그녀의 위치를 확인했을 때 그녀는 집으로 가는 버스 안에 앉아 있었다. 그는 택시를 잡아타고 두 차례 전화질을 해대면서 그녀를 따라잡았다. 둘이는 길바닥에 서서 대화하였다.

─그 친구, 오햅니다. 샘이 이해해주셔야 합니다.

─오해 같은 거, 없습니다. 그 샘, 나도 알 만큼 안답니다.

─그 친구 나를 시기하는 겁니다. 우리 사이를 훼방 놓는 겁니다.

─그건 그렇지 않아요. 오늘은 샘이 잘못했답니다.

─내가요? 내가 뭘요?

─아까 우리 둘이 연애하느냐고 묻던데?

―그게 시기 아니고 뭡니까? 그 친구, 질툽니다.

―그래도 대답하지 말았어야지요. 연애하느냐고 묻는데, 연애한다고 대답하는 바보가 어디 있습니까?

―자랑하고 싶었습니다. 내 안에서 자랑이 끓어 넘치는데, 어떻게 자랑하지 않고 배기겠습니까. 묻지 않았어도 내가 먼저 했을 겁니다.

―사랑은 비밀인 거, 아시잖아요. 아무리 자랑하고 싶어도 자랑이 되어 나오지 않는 신비감, 그게 사랑의 비밀인데, 그걸 말해버리면 어떡해요? 비밀은 그냥 비밀인 채 놔두는 게 좋아요. 나도 내 사랑은 비밀로 해두고 싶었답니다. 신비롭고 싶으니까요.

눈은 내리지 않아도 연인들은 만난다. 세상의 연인들은 눈이 내리면 내린다고 만나고, 멈추면 멈췄다고 또 만난다. 그는 오늘 또 그녀를 만났다. 책 다실 '삼가연정'은 그들만의 아지트다. 젊어서 한때는 명동의 카페 떼아뜨르, 종로의 YMCA, 충무로의 명보가 그들만의 아지트였다. 연인들은 함부로 아지트를 바꾸지 않는다. 그 안에 그들만의 추억이 깃들어 있기 때문이다. 동쪽으로 난 창가, 한가운데 테이블, 눈 내리던 날 처음 만났던 그 자리에 그들은 앉아 있었다. 우연히 그 집에 들렀다가 그 자리가 비어 있는 날은 행복한 날이다. 오늘 또 그들은 행운을 잡았다.

―아침에 우리 손자가, 할머니 요새 연애하는가 보다고 놀리더라. 안 오던 전화가 날을 두고 걸려오지를 않나, 통화를 마치면 그길로 달

려 나가지를 않나, 그러니 바람이 나기는 난 것 같지요?

그녀는 낮은 음성으로 말하고, 말할 때 미소를 머금는 버릇이 있었다.

—한다고 하시잖고?

남자도 대화할 때는 미소를 머금는 것이 좋다. 그도 그렇게 하려고 애썼다.

—안 해야, 한다고를 하든지 말든지 하겠는데, 하는 연애를 한다고 하려니까 도통 말이 되어 나오지를 않는 거야.

이럴 때 그녀는 수줍기까지 하다. 그녀가 하던 이야기를 계속하였다.

—연애를 하긴 하나 봐요. 어둡던 귀가 뻥 뚫리지를 않나. 아침에 전화를 받는데, 웬 젊은인가 싶더라니까. 샘 목소리가 참 맑으셔.

허허! 허허! 허허허! 그는 대책 없이 헛웃음을 치는 수밖에 없었다.

—허긴, 내가 그렇다니까. 그날, 눈 내리던 날 있었잖우? 나도 내 눈이 겨울 노루처럼 환해지는 걸 알았다니까. 저기 저 창밖을 좀 보십시오. 길 건너 저쪽 운현궁 담벼락을 끼고, 그날 눈보라가 좀 험했습니까? 그 눈발 속을 걸어오시는 샘 모습이 마주 보듯 선명했답니다.

—내가요? 그날 나를 보셨다구요?

—그날 샘은 ④번 출구를 나왔습니다. 그리고 저기 저 건널목을 건너 이쪽으로 오셨습니다.

—그러셨구나. 보셨구나. 몰랐네. 눈 때문이었던가 봐. 그날은 괜히

설레더라. 지하철을 내렸는데, 좀 걷고 싶은 거야. 한 바퀴 휘 둘러보고 온다는 게, 그날 내가 늦었지요? 아, 오늘 내가 말이 많네? 내 안에 나도 모르는 불덩어리가 들어 있었던가 봐. 나이가 몇인데? 꿈에도 몰랐답니다. 샘을 만나고부터지 아마? 내 안에 어떻게 이런 불덩어리가 들어 있었다지? 그래도 그냥 내 마음 쓰이는 대로 마음 따라 가보기로 했답니다. 끝이 어딘지는 생각하지 말아요. 그냥 기쁨이었어요. 환희랍니다. 밝고 환하게 타오르는 거 있죠?

　—!!!

초음파 같은 것이 쌩! 가슴 한복판을 훑고 지나갔다. 가는 것을 그는 감지했다. 눈 깜짝할 사이에 바람 같은 쾌속정이 한 척 지나갔다고 생각한다. 뭔가를 말해야겠는데, 말은 되어 나오지를 않고, 그는 조바심이 나서 견딜 수가 없었다. 명자랑 성식이랑 어울려 놀던 그때, 6학년 반에서는 연애사건이 터져서 큰 소동이 벌어졌다. '연애'라는 말을 할 때는 왜 사람들은 낮은 목소리로 속삭이기를 좋아하는지, 강기주 형이 밤새도록 울다가 눈이 퉁퉁 부었다는 소문도 들렸다. 연애를 했다면서, 연애가 뭐기에, 눈이 퉁퉁 부었을까. 명자랑 성식이는 아무것도 모른 채 벌벌 떨기만 했다. "왜 그랬다니?" "하늘은 왜 파란가? 하고 물었대." "누가? 강기주 형이?" "몰라." 그는 입안에 침이 말랐고, "둘이서? 왜? 그게 뭔데?" "모른다니까." 예나 지금이나 연애처럼 모를 것이 세상에 또 있을까.

　그녀가 하던 말을 계속하고 있었다.

─하긴, 내 친구도 만났더니, 이 나이에 결혼도 못할 연애는 해서 뭣하냐고 놀리더라고요.

─말하시지?

─웃느라고 하는 소리지요. 그 독한 인연을 또 맺을까!

한숨 같은 그녀의 혼잣말을 그는 듣는다. 만남을 거듭할수록 한숨 같은 독백은 산처럼 쌓이고, 아직도 못다 한 말, 내일은 말해야지, 다짐하고 또 다짐해보지만 오뉴월 황소 힘줄처럼 질긴 인연 앞에 그는 고개 숙이지 않을 수 없다.

─단팥죽 잘하는 집 있는데, 가시려우? 내 사드릴게.

그녀가 자리를 털고 일어선다.

─그렇구나. 지금이 몇 시야.

─남자들은 밖에 나오면 때를 잊고 살아요. 꿈속이라니까.

거리는 차가웠다. 바람은 쌀쌀했고, 도봉의 돌바위가 코앞인 듯 이마 위에 걸쳐 있었다. 고층건물들 사이로 언뜻언뜻 내비치는 북악의 능선들을 바라보며 그는 천천히 그녀의 뒤를 밟아갔다.

─삼청동까지는 걸어야 돼요. 좀 걸릴 텐데.

─걷죠 뭐.

안국역 사거리를 건널 때는 이런 말도 주고받았다.

─이담엔 우리 창덕궁 가요.

─비원, 좋지.

─한적하고, 역사가 보이고, 생각도 겹치고, 걷기엔 고궁이 좋더라.

—무료라지, 아마.

—노인들만.

—그렇구나. 왜 진즉 고궁을 떠올리지 못했다지?

—좋으세요, 공짜니까?

—그래서가 아니라, 나이 먹은 줄도 모르고 나이를 먹어버린 내가
하도 신통해서.

안국역 사거리를 지나서 왼쪽으로 발걸음을 꺾는다. 누구더라, 옛
대통령 그 사람의 사저가 있다는 골목길 입구를 지나 걷다 보면 여자
고등학교 정문이 나오고, 그 교문을 끼고 바른편 골목으로 꺾어 들어
가면 좌우로 마른 나뭇가지들이 울울한 또 다른 여자 중고등학교 교
정이 펼쳐지는 그 길은 옛 '자유부인'의 길이었다. 바로 이 길을 걸으
며 어떤 노교수가 미군 부대 타이피스트 아가씨와 몰래 가슴을 설렜
던가. 생각난다. "선생님은 은근히 멋쟁이셔요." "허허, 허허허, 내가
그런가?" 교정을 둘러싸고 있는 담장은 화강암이었다. 그 담벼락이
바라다보이는 저만큼 앞에 둘이가 하나 되어 꿈틀거리는 어떤 젊음
의 뒤엉킴. 언뜻 보기는 공원에 세워둔 젊은 남녀의 입맞춤 상인가 했
었다. 그러나 가까이 다가갈수록 그것은 살아 있는 실체로 커지고, 그
들은 어린 교복 차림이었다. 그는 고개 숙이지 않고 당당하게 걷는 모
습을 보이려고 애썼다. 고개를 숙이면 허리조차 굽어 보이고, 허리가
굽어 보이면 늙은이처럼 처량해 보이기 때문이다. 그는 늙어 보이기
싫었다.

─넘어질라.

그가 그녀를 이끌어 팔짱을 낀 것은 바로 그때였다.

─바람둥이이셔.

그녀는 그를 향해 흘깃 눈을 흘길 뿐, 별 반응 없이 걷기를 계속하였다. 그는 뭔가가 후끈 달아오르는 느낌이었다. 팽창한 고무풍선이다. 풍선이 되어 둥둥 떠다니는 바람둥이였다. 그녀가 솔솔 바람의 끼를 불어넣었다고 생각한다. 그럼. 젊었을 적 그녀들은 팔짱 끼기를 좋아했었지. 그리고 걸었었지. 끝없이 걸었었지. 차 한잔 마시고 걷고, 걸어서 단팥죽집까지 가고, 영화 보고 나와서 걷고, 집에 가면서 또 걷고, 걷고 또 걷고 걷고 또 걷고. 도대체 사랑의 끝은 어디란 말인가.

─왜 못 본 척하신 거유? 좀 나무라시지 않고?

그녀는 눈앞에 아까 입맞춤하던 아이들이 아직도 어른거린다. 골목길이 그쯤에서 끝나가고 있었다.

─보셨나?

─보이는 걸 어떡허우.

─철부지들 같으니라고. 벌건 대낮에, 남들 다 보는 앞에서, 부끄러운 줄도 모르고, 그것도 자랑이라고 하는 건가?

─시샘하는 거유?

─늙은일 아주 바보 멍텅구리로 아니 하는 말 아니오. 늙은인 감각도 경험도 없는 목석인 줄 아나 봐. 이래 봬도 젊어서는 히피도 해본 걸. 트위스트 춰봤어? 장발은 어떻고?

―그러게요. 미니스커트도 입어봤는걸. 맘보바지, 핫팬츠는 어떻고?

―쟤네들이 육이오를 알아? 혁명해봤어? 쿠데타는? 그거 다 누가 한 건데?

―하긴, 걔네들이 민주화를 알까? 자유화를 알아? 데모는? 최루탄은?

―사랑은 알까? 키스가 사랑인가? 대낮에 길거리에 서서 키스하는 게, 그게 사랑이야?

그녀가 사주는 단팥죽은 달고 맛있었다. 한동안 보이지 않더니 누가 또 이 달고 맛있는 단팥죽을 다시 떠올렸을까. 단팥죽 그것은 연애하는 사람들 눈에만 띄고 연애가 끝나면 보이지 않는다. 나 홀로 겨울 찻집에 앉아 단팥죽을 홀짝거리는 연인도 있을까? 사랑하는 사람과 마주 앉아 사랑을 속삭이듯 단팥죽은 그렇게 마주 앉아 떠먹어야 한다. 탁자 한가운데 단팥죽 사발을 바닥내며 젊은 날의 그녀와 마주 앉은 사람은 누구였을까. 누군가 그녀와 마주 앉아 단팥죽을 떠먹었듯 오늘은 그가 그녀 앞에 앉아 단팥죽을 먹는다. 단팥죽처럼 달콤한 숟가락질이 세상에 또 어디 있을까. 마주 앉아 단팥죽을 떠먹는 그녀와의 시간이 달고 맛있고, 마주 앉은 그녀가 달고 맛있고, 그녀 앞에 마주 앉은 자신이 그는 달고 맛있었다.

―하루키, 언젠가는 노벨상을 타겠지요?

달고 맛난 요리로 이번에 그녀는 하루키를 숟가락질하기 시작했다.

그 시절 마주 앉아 단팥죽을 떠먹던 사내가 하루키였나?

　—그 친구도 육십 넘었지, 아마?

　그는 젊은 하루키를 떠올렸다.

　—왜요? 노벨상도 연령 미달이 있던가?

　—없지만, 하루키는 왜 자꾸만 젊다는 생각이 들지? 노벨상은, 젊어서 한때 시를 쓰다가 지금은 전원에 묻혀 포도밭을 가꾼다는, 그런 사람이 타는 것 아닌가?

　—탈 것 같지요?

　하루키에 집착하는 걸까, 노벨상에 집착하는 걸까.

　—하루키 좋아하세요?

　—우리 아이들이 좋아했지요. 나도 읽긴 읽어요. 광적이지는 않았지만.

　—우리 땐 『벌레먹은 장미』를 읽었지. 몰래 책상 밑에 감추고 읽다가 선생님한테 얻어맞던 기억이 나는군.

　—하루키도 이상하긴 하답니다.

　—뭐가요?

　—하루키를 읽었다고만 하면 꼭 '하루키 좋아하세요?' 그렇게들 되묻더라.

　—하루키 좋아하세요?

　보란 듯이 그는 그 말을 한 번 더 물어주고,

　—거봐요. 누가 꼭 좋아서만 읽나? 읽히니까 읽는 거죠.

그녀가 새침해졌다. 침묵 속에 그는 '사랑'을 떠올렸다. 하루키가 상실한 단어. 우리 시대에 실종된 낱말. 사랑 그것은 어쩌면 흉물스러운 유령의 미소였는지도 모른다. 까닭을 알 수 없는 웃음. 까닭을 묻고 싶은 미소. 미소 뒤에 감춰진 까닭을 알았을 때, 그때는 물리칠 수 없는 불안과 허탈, 그렇지, 그것은 일종의 상실감이었지.

—탈 거예요.

하루키일까, 노벨상일까, 그녀의 집착은 엿가락처럼 질겼다.

—하루키가 노벨상을 타면 어쩌지?

마침내 그녀가 본심을 드러내고 있었다. 괜히 허탈해서 그러는 거라고, 그는 생각했다.

—왜? 타면 안 됩니까?

—안 될 건 없지만. 에이, 타라지 뭐. 타도 돼. 탈 수 있어. 타면 어때? 그렇긴 한데, 왠지 노벨 아저씨가 그린재킷을 걸치고 필드에 서 있는 것 같아 자꾸만 이상한 생각이 든단 말이야.

그리고 그녀는 떠났다. 아주 영영 가버려서 다시는 돌아오지 못한다.

그런 줄도 모르고 그는 그날 또 '삼가연정'에 나와 있었다. 창밖으로 운현궁이 내다보이는 창가 그 자리, 맞은편 자리는 아직 비어 있었고, 그는 빈자리를 마주하고 앉아 그녀를 기다리고 있었다. 어제 그녀는 요가반에 나오지 않았다. 그래서 그녀를 만날 수 없었고, 그 일로 그는 박 형과 격심한 입씨름을 벌여야 했다.

—있잖우? 그 샘.

박 형은 턱짓으로 그를 가리키며 그녀를 말하고 싶어하였다.

—왜? 무슨 일이오?

—오늘 못 나올걸. 감기 들었다나 봐.

그는 두 가지쯤 생각이 꼬이기 시작했다. 우선 그녀가 걱정되었고, 다음 박 형이 얄미웠다.

—어떻게 아셨지?

그는 당장 캐물었다.

—전화했었거든. 어제.

그러자 그녀의 감기 걱정 같은 건 싹 가시고, 대신 분노가 치밀었다.

—거긴 왜 전화를 거셨나?

—친구니까. 왜? 내가 전화 걸면 안 되나?

이쯤에서 그는 말문이 막혔다. 기가 막혔기 때문이다. '안 돼'라고 당장 쏘아주고 싶었지만 차라리 '걸지 마'라고 말해버리고도 싶었다. 시간이 흐를수록 불안은 눈덩이처럼 커졌다. '혹시 만나자고 한 것 아니오?' 그는 그렇게 물어보고도 싶었다. 사태가 이 지경까지 번졌다면 큰일이었다. 그는 더 이상 참을 수가 없었다. 그래서 물었다.

—통화는 했소? 뭐랍디까?

—못 했지. 병원에 가고 없더라니까. 아들인가 봐. 전화 왔다고, 전

해달라고만 하고 끊었지.

헤아려보니 그녀를 못 본 지도 벌써 며칠째였다. 그 안에 전화를 걸어는 보았지만, 박 형 말대로 신호음만 갔지 묵묵부답이었다. 부재중이거니. 그게 지난 주말 일인데, 월요일은 집안에 일이 있어서 깜빡했고, 화요일 요가반에 가면 만나지 했던 것이, 그게 사달이었다. 오늘은 일찌감치 '삼가연정'에 나가서 불러내든지, 안 나오면 쳐들어가든지 결판을 낼 작정이었다. 여차하면 문병을 가야 할 일이 생길지도 몰랐다. 그러다가 끝내 전화 받기를 거절하거나, 받고도 어디 입원해 있는지를 가르쳐주지 않는다면 어쩌나, 겁도 났다. 그는 어느덧 전화번호를 찍고 있었다. 아름다운 선율을 타고 흘러 들어가는 신호음을 그는 들었다. 여보세요? 전화를 받는 저쪽은 사내 목소리였다. 여보세요? 그는 뭐라고 말해야 좋을지 몰라 막연히 '여보세요?'를 반복하였다.

—저의 어머니는 멀리 하늘나라로 가셨습니다.

그녀의 소식이 들려온다.

—네?

—어제 무사히 장례식을 마쳤습니다.

—여보세요?

—듣겠습니다.

—설마……? 기다리겠다고 전해주십시오.

—전해드리겠습니다만, 어머니는 또 다른 먼 길을 시작하셨답

니다.

—그래도 이건 너무 성급하시군요.

—몰랐답니다. 그건 저희 어머니도 그렇습니다. 홀연 떠나시는 군요.

그는 수화기를 든 채 우두커니 앉아 있었다. 그렇구나. 5일째였는데, 불과 5일밖에 되지 않았는데, 5일이면 감쪽같이 떠날 수가 있구나. 내 안의 사랑을 일깨워준 여자. 사랑했었는데, 꿈 같았는데. 그는 허리를 일으켜 창밖을 보았다. ④번 출구를 빠져나와 운현궁 돌담길을 사람들이 부지런히 걸어가고 있었다. 안경을 벗어 눈자위를 비볐다. 그리고 다시 창밖을 보지만 거기 그녀는 보이지 않았다. 살아 숨쉬는 것까지도 어제 그대로인데, 사라진 것은 그녀뿐이었다. 그럼, 지금쯤 어딘가를 가고 있을 거야. 눈발이 멎어 있었다. (2012)

그가 내게 티카해주었다

DVD 돈황

　　고창고성으로 가는 길은 햇살 투명한 황톳길이다. 천년을 달구어도 사바는 사바라, 삼장법사의 땅이 열사의 욕망으로 후끈거리고 있었다. 살아 숨 쉬는 것이라고는 구릿빛 원주민들과 그들이 부리는 나귀 몇 마리뿐, 바람에 나부낄 풀 한 포기 나무 잎사귀 한 점 없었다. 성안으로 들어갈 때는 그나마 나귀가 끄는 수레에 의탁하는 수밖에. 황토로 빚은 성은 무너져도 다시 황토인 것을, 고창고성은 다만 이름으로만 존재할 뿐 실체는 없었다. 옛날 삼장법사가 여기 붙잡혀 불법을 전했다고 들었다. 붙잡히거든 달아나 생애를 도모할 궁리를 했어야지, 거친 황무지에 머물러 무엇을 구하고자 설법이란 말인가. 옛 말씀은 어디로 가고 오늘은 속된 앰프 소리만 높아 길거리 상혼을 뒤흔든다. 사람의 육성을 땡볕에 말리면 저런 소리가 되어 나오는 것일까, 고창고성이 한낱 고성방가로 요란하구나. 서역으로 가는 먼 길, 뜨거운 태양 아래의 숨 쉴 틈 없는 정적과, 고성방가에 부대끼는 옛 삼장법사의 길은 고달팠다.

열명길은 비단길일까.

실크로드라고 하면 비단길처럼 아름답다가도, 비단길이라고 하면 그 길은 왜 죽음을 떠올리게 되는 것일까.

실크로드를 답사하고 돌아와서 맨 처음 시작한 일과는 돈황에서 사온 DVD를 켜는 일이었다. 사각거리는 모래귀신들의 울음소리에 귀 기울이며, 영상으로나마 다시 한 번 게으른 쌍봉낙타의 등에 자신을 의탁하고, 명사산 너머 막고굴莫高窟 깊숙한 시간 속을 들여다보고 싶었음이라.

막고굴을 빠져나올 때 그는 솔직히 말해서 기분이 애매했었다. 보기는 꼭 보아야 할 것들이구나, 하면서도 뭐랄까 가슴 뭉클한 울림 같은 것이 왜 없을까. 인도의 아굴라 석굴보다는 규모가 작고. 그러나 색감은 훨씬 밝고. 주로 청나라 때 보수를 한 것들이고, 그러나 홍위병들이 거의 다 파손해버렸고. 프랑스가 너무 많이 가져갔고. 무엇보다도 아주 오랫동안 모래산 속에 파묻혀 있었고. 그 어느 것 하나 눈으로 보지 않고는 실감할 수 없는 것들이지만, 그러나 눈으로 본 그것들이 그대로 돈황의 전부일 수는 없을 거라는 그 여백 같은 것이 느껴졌기 때문이다. 소지로宗次郎의 오카리나처럼, 도랑刀郎의 〈투르판에 포도가 익는다〉의 절규처럼, 돈황은 결코 절박하지 않은 아득함 같은 것이 느껴졌다. 그리고 그 알 수 없는 애매함의 근원에 가이드가 있다고, 책임의 반쯤을 가이드한테 전가해보는 것이다.

막고굴에서 한국어 전담 해설자로 활동하는 이강李剛 씨. 1천 명 해설자 양성 요원 가운데 999명이 일본어를 선택하는데, 자기 한 사람만 한국어를 고집했다고 한다. 믿어야 할지 말아야 할지. 무엇을 얼마나 많이 알고 있는지는 모르겠지만, 어쨌든 그는 뭐든지 감동적으로 설명하고, 애국심에 호소하는 경향이 있었다. 왕오천축국전往五天竺國傳이 발견되었다는 18호 석실 앞에 섰을 때는 잠시 울먹였고, 그 숱한 벽화들 가운데 옛 신라인의 모습을 찾아낸 사람이 바로 자신이었음을 자랑할 때, 그는 묵념하듯 눈을 감았다. 그림 속의 인물이 어떻게 신라인인 것을 알았느냐고 물었다. 북을 치고 있지 않느냐, 북은 신라 사람들만 친다, 그러니까 그게 신라인인 것이 맞다, 고 그는 떵떵거렸다.

이강은 지나치게 사실 여부에만 집착하려 하는 것이 탈이었다. 그의 설명은, 듣는 이로 하여금 신화이고 싶은 돈황을 신화로부터 차단하는 경향이 있었다. 그는 신화 속으로 진입하고 싶지만 진입하지 못하는 자신이 안타까웠고, 그를 그런 식으로 실증적인 세계에 붙잡아두는 이강이 얄미웠다. 굴 문을 나서는데 뭔가 폐활량처럼 털어버려야 할 것들을 미처 떨쳐버리지 못한 것 같은 미진함을 그는 느꼈다. 막고굴을 보러 간다고 간 것이, 엉뚱하게 가이드만 만나고 온 거 아닌가. 이를테면 그런 상실감이었다. 막고굴은 온데간데없고, 눈앞에 가이드만 어른거렸다.

그때 그의 눈길을 끈 것이 DVD다. 길거리에서 파는 〈돈황 敦煌〉. 그는 그것을 당장 사버렸다. 14달러. 비단을 팔아 여자를 사던 옛 왕서방들 기분이 이런 것일까. 혼자 기분 좋았다. 그리고 집에 돌아와 그것을 켰을 때, 그 DVD는 그를 실망시켰다. 묵묵부답 소리를 내지 못하는 것이다. 화면조차 살려내지 못하였다. 꺼내어 후후 불어도 보고, 앞뒤로 뒤집어도 넣어보고, 탁탁 몸체를 두드려보기도 하지만 그 DVD는 헛바퀴만 돌 뿐 아무 반응이 없었다. 바보 멍텅구리, 달리는 자폐증, 충격의 기억상실증 환자 같으니라고, 그는 화가 치밀었다. 가이드의 화려한 달변에 한 번 속았으면 그만이지, DVD의 비열한 침묵에 또 한 번 속고, 돈황은 그를 두 번 속였다. 오래 잊고 지내던 유라가 그때 떠올랐다. 유라를 보며 돈황을 기억하고 싶었다. 유라는 전에 한 차례 돈황을 다녀온 적이 있다고 말했다. 그 감동이 얼마나 컸던지, 그녀는 틈만 나면 돈황을 자랑하고 싶어하였다. 유라는 돈황이 그토록 좋았다는데, 그의 돈황은 왜 아직도 얼떨떨하기만 할까. 그 애매모호한 감동의 정체를 그는 유라를 통해 확인하고 싶었다. 유라는 살아 있는 돈황이다. DVD 박스 안에 유라를 넣고 틀면, 유라는 그 안에서 아름다운 돈황이 되어 흘러나올 것만 같다.

인도를 답사하던 여행길에서 그는 유라를 처음 만났었다. 여행사가 엮어주는 대로 낯선 사람들 속에 끼어 갔었는데, 그 낯선 틈에 유라는 끼어 있었다. 그리고 돌아오자 모든 것이 끝장이었다. 여행도 유라도 산산조각이 나버렸다. 그가 홀로 돈황을 찾아 나선 것은 그 이듬해였다. 돈황을 답사하는 동안 내내 그는 유라를 떠올렸다.

*

그날 오후 강의를 마친 뒤 그는 모종의 편지를 한 통 썼다.

그것을 끝낸 시각은 밤 열 시가 넘어서였는데, 그 일 때문에 그는 아직 연구실을 떠나지 못하였다. 이건 마치 중요한 원고라도 한 건 탈고를 한 기분이군. 그는 아직 긴장이 풀리지 않은 자신을 발견하면서 컴퓨터의 화면을 닫지 못한 채 담배를 피워 물었다. 수신자는 강민종 시인. 발신자인 그는 강 군의 대학 시절 은사로서, 지금도 강 군의 모교에 근무하고 있는 초로의 대학교수이자 문학 비평가다.

지난 여름방학이 거의 끝나갈 무렵 어느 날이었다. 공들여 쓰던 논문이 마지막 마무리 단계에서 터덕거린 것은 무더위 때문만이 아니다. 규정 논문을 채우지 못해서 학교 당국으로부터 불이익을 당한 지는 벌써 여러 학기째였다. 교무과에서도 한동안은 잘 참아주는구나 싶더니, 요즘은 학교 평가에 불이익을 주는 교수로 낙인이 찍혔다며 빚 독촉이 이만저만이 아니다. 그도 젊어서 한때는 누구 못지않게 시 창작도, 논문 발표도 왕성했다. 그러던 것이, 중간에 그만 이상한 버릇이 생겨서 마치 불량위성처럼 어느 날 갑자기 학문 궤도를 벗어난 교수가 되고 말았는데, 그것은 말하자면 문제를 하나로 집약시키지 못하고 마구잡이로 독서를 하는 습관이었다. 무엇보다도 학생들 작품에 눈길을 주기 시작한 것이 잘못이었던 것 같다. 리포트 말고도 학생들은 시도 때도 없이 작품을 써 들고 찾아와서는, 장차 시인이 되고 싶은데 이렇게 써도 시가 되는 것인지, 자기 안에 시인다운 천품이 들어 있기나 한 건지, 아니면 지금 당장 포기를 해야 하는지, 선생님께서 꼭 한 번만이라도 읽어달라는 것이다. 대학에서 연구와 교육과 창작을 균형 있게 이루어 나가기란 참으로 어려운 일인 줄 알면서도 그는 그 길을 걸어간 것이다. 그래? 틈나는 대로 읽어볼 테니까 거기 놓고 가게. 그렇게 해서 더러는 시인이 되기도 하고, 또 더러는 일찌감치 문학병을 퇴치시켜 건전한 시민으로 풀려나간 사람도 많은데, 강민종도 그 가운데 한 사람이었다. 그날도 그냥 쓰던 논문이나 끝내겠다고 이를 앙다물었어야 했는데, 새로 나온 문예지라 그랬던지 무심할 수가 없었다. 무관심하기는커녕 강 군의 이름이 눈에 띄자 깜짝 반갑기조차 하였다. 그는 두드리던 키보드를 저만치 밀쳐두고 강 군의 시를 읽어나갔다. 「그는 이제 노래를 부르지 않는다」 여느 때 강 군의 시보다 약간 길어졌다 싶은 이 시의 제목은 그러나 그를 한 번에 사로잡지는 못하였다. 그 대신, 그동안 바람결로만 들어오던 강 군의 근황이 퍼뜩 머리에 떠오르면서, 그래서 그런가? 그건 그렇더라도 아니 벌써? 제목부터가 그런 추측을 불러일으켰는데, 차라리 강민종을 몰랐더라면 더 좋았을 뻔했다는 마음이 앞섰다.

그가 아는 강민종은 적어도 행복한 사내였다.

이십대 끝 무렵에 시인이 되어, 삼십대 초반에 지방 어느 전문대학의 교수가 되고, 시는 발표되는 족족 평자의 입줄에 오르내리는가 하면, 최근에는 아주 뒤늦게나마 오래 사귀던 여자와 결혼식을 올려 학교 가까운 곳에 아파트를 마련하였고, 권위 있는 출판사에서 시집을 내주었고, 거리에 나서면 저기 시인 간다고 아는 체를 해주고, 그래서 아주 더 최근에는 그 지방에서도 더 시골스러운 데 어디다가 자그마한 텃밭을 일구어 호박이며 고구마를 심고, 그도 아니면 아예 집 안에 틀어박혀 브람스나 베토벤을 듣는다는, 강민종은 그런 시인이었다. 그런 시인이 왜 갑자기 노래를 부르지 않는다고 선언했을까. 혹시 잘못 알고 있었나? 바람결에 들리는 소문으로는 꼭 그런 것만도 아니었다. 대학교수라고는 하지만 그것이 생업이 될 수는 있을지언정 시창작에는 별 도움이 되지 못한 것도 같고, 오래 사귀던 여자와의 결혼도 양가 부모의 심한 반대에 부딪혀 오로지 눈물과 투쟁의 세월로 젊음을 탕진할 수밖에 없었다는 것이고, 엎친 데 덮친 격으로 천신만고 끝에 생긴 아이가 출산하는 그달에 사산하는 슬픔으로 이어졌다고도 한다. 사랑과 생명을 구하는 과정에서 너무나 절망할 수밖에 없었던 그는 그래서 그런지 일상 속의 사람들과 어울리기를 싫어하고, 이제 브람스와 베토벤을 들으며 호박과 감자 같은 것들을 찾아 외롭게 자연 속으로 파고드는 걸 보면 왠지 그의 생애란 것도 말처럼 행복한 것만은 아니지 않은가, 짐작도 해본다.

그래서 그런지, 이 사람 시를 쓰는 게 아니라 심정 고백을 하자는 셈이군, 적어도 그는 그렇게 생각하면서 강민종의 시를 읽어나갔다. '혼자일 때나 여럿이 모인 자리에서나/그는 이제 노래를 부르지 않는다 한때 얼마나/많은 노래들이 그에게서 불리었던가.' 시는 처음부터 그가 예상했던 데서 크게 빗나가지 않고 술술 풀려나갔다. 강민종은 정말 노래 부르고 싶지 않은 모양이었다. 그 심정을 그는 충분히 납득할 수 있었다. 그도 한때 유난히 노래 부르기를 싫어하는 친구를 알고 있었다. 노래방이 생기기 전부터 사귄 친구였는데, 그러고 보니 그 친구는 막걸리를 마시던 니나노 집에서도 노래를 부른 적이 없었던 것 같다. 그 뒤에 여럿이 어울려 함께 노래방에 간 적도 있었지만, 그때도 그 친구는 노래를 부르지 않았다. 그 친구가 노래를 부르지 않는 이유는 간단했다. 사람은 누구나 기가 막히면 말이 안 나오듯이, 노래구멍이 막히면 노래가 안 나온다는 것이다. 왜 그렇게 되었는지는 그 친구 자신도 잘 모른다고 했다. 어쨌든 자기한테는 처음부터 노래구멍이란 것이 없었고, 노래구멍이 없으니까 노래가 안 나올 것은 당연하지 않겠냐면서 노래 부르기를 한사코 거절하였다. 강 군도 아마 그런 지경에 이르렀다는 말일 것이다. 얼마 전까지만 해도 좌우지간 노래구멍이 뚫려 있었는데, 어찌어찌하다 보니 그 노래구멍이 꽉 막혀버렸더라는 말을 강 군은 아마 하고 싶은 것 같았다. 심정은 알겠는데, 그건 그렇더라도 강 군의 시가 왜 이것뿐이라지? '노래를 부르지 않는다 사랑을 잃고 노래조차/그친 자리에서 그는 이제 노래하는 사람들을/부러워할 뿐이다 노래할 수 있는 사랑이 아직/남은 사람들의 행복에 젖은 눈을/멀도록 부러워 바라보며 그는/적막한 시간을 향해/걷잡을 수 없이/떠내려간다.' 그는 그 시를 끝까지 읽었지만, 그것은 끝내 노래구멍이 막혔다는 말 한마디뿐, 다른 뜻은 없었다. 그러자 그는 곧 자신에게 물었다. 내가 뭘 읽었다지? 강민종 시인의 시를 읽은 거야? 삶을 읽은 거야? 강 시인이 뭘 어쨌다는 거지? 그 친구 시를 빙자하여 삶을 이야기하고, 삶을 빙자하여 시를 쓰고, 그래서 자신의 답답한 근황을 들어 고작 독자들의 동정이나 사겠다 그 말인가. 하물며 시인이 시로써 독자를 구원하지는 못할망정 독자에게 동정을 구하려 들다니, 이건 안 되지. 그는 당장 강민종 앞으로 전화를 걸었다.

—방금 자네 시를 읽고 있는 중이었지.

—아, 그 시 말씀이군요. 그냥 쓴 겁니다. 선생님은 읽지 않으셔도 되는데.

—뭐라고? 나는 읽지 않아도 된다고? 내가 자네 시를 읽지 않으면 그럼 누가 읽는단 말인가?

그는 당장 전화를 끊자고 말했다. 그러고도 그는 수화기를 내려놓지 못한 채 우두커니 앉아 있었다. 저쪽에서 먼저 수화기를 내려놓는 소리가 들렸다. 그는 자신이 경솔했던 것을 금세 뉘우쳤다. 강민종 앞에 그는 선생인가 문학 비평가인가, 그 앞에 강민종은 제자인가 시인인가, 그런 관계를 따져보지도 않고 불쑥 전화질을 해댄 자신이 한없이 부끄럽기조차 하였다. 그는 시간을 두고 이 문제에 대해 생각해보기로 하였다.

*

그는 유라를 찾아내기 위하여 해묵은 수첩을 뒤적거려야 했다.

―어마, 여그까지 뭔 일이까?

그녀는 그를 금방 알아보았고, 그 속에 진한 남도 억양이 섞여 있었다.

―거그가 시방 어딘디?

그는 반가운 나머지, 일부러 그녀의 남도 억양을 흉내 내어 물었다.

―여수제. 근데 오늘 느닷없이 뭔 전화까?

―DVD가 안 나와서.

말해놓고도 그는 자신이 너무 바보 같다는 생각이 들어서 놀라웠다.

―DVD가 안 나온다고라? 뜬금없이 뭔 DVD가 안 나오까? 거그는 시방 서울 아닌가?

―서울, 맞제.

그는 잠시 그녀에게 돈황 갔다 온 이야기를 들려주었다.

―그란디, 그 DVD가 안 나오는 것하고, 아저씨 돈황 갔다 온 것하고 뭔 상관이 있으까?

전화 속의 유라가 머리를 긁적거리는 것 같았다.

─나, 여수 갈까?

─여수를?

─지금.

─지금이라고라?

그리고 또 유라의 머뭇거리는 혼잣말 소리를 그는 들었다.

─별일이네. 뜬금없이 DVD는 뭔 DVD고, 여수는 뭔 여수까?

그날 밤 그는 여수로 직행하였다. 밤기차를 타고 새벽에 내리면 유라를 만날 것이었다. 그녀의 살아 있음이 그를 여수까지 끌어당겼을 것이다.

*

여름이 가고 가을이 왔다.

강민종과 그는 사제지간임에 틀림없었다. 젊어서 한때 그는 강민종의 시를 지도해주었고, 그 지도에 따라 강민종은 시인이 되었다. 그러니까 지금도 그의 시를 옛날 학생 때처럼 간섭해도 된다? 아무래도 그건 아닌 것 같다. 우선 강민종은 그 시를 선생인 그에게 보여준 것이 아니라, 일반 독자에게 발표한 것이 아닌가. 그리고 그가 그 시를 읽을 때도 독자의 입장에서 읽었지 않은가. 읽을 때는 시인의 시로 읽고, 읽은 뒤에는 선생의 자리에 가 앉고 싶어하다니, 이번에 그는 비평가의 자리로 돌아가서 그 시를 논리적으로 해명해줘야겠다고 생각했다. 그는 강민종의 두 번째 작품 「한밤중에 상주를 지나가다」를 다시 읽는다. '부석사를 구경하고/집으로 돌아오는 길에/큰집이 있던 상주를 지난다/이미 밤은 깊어 어둠은/전조등이 찌르는 만큼씩 겨우/앞을 터주는데 내 어린 날/아버지와 함께 달구지 얻어 타고/큰집 가던 길은 이 길 어디쯤에서/갈리는 걸까 사촌들 모두 김천이며 대구며/서울 같은 대처로 떠나 버려 이제는/돌아가신 어른들만 남아 지키는 내 본적지/안부 물을 사람 하나 없어도/그냥 지나치자면 들킬까 봐/복면이라도 써야 할 것 같은 땅/당장 검은 산등성이 너머에서/돌아가신 어른들의 불호령이/좇아오는 것 같아 나는/뺑소니 치듯 차를 몬다.' 옳거니. 전에 강 군의 고향이 경상도 대구 어디라고 그랬었지. 그게 상주였던가 보지. 물론 지금은 객지에 나가 사니까, 고향에 따로 볼일이 있는 것도 아니고, 그렇지만 살다 보면 그 고향을 지나칠 때가 있거든. 고향 마을을 지나치는데 어찌 무감각일 수가 있겠어? 뭔가 야릇했겠지. 고향처럼 무자비한 것이 또 있을까. 출세한 자신에 비해 고향은 너무 초라하거든. 그런가 하면 그 알량한 출세 앞에 겁먹을 고향이 또 어디 있어? 누구나 고향에 살 때는 한미했거든. 두 번째 시도 그는 일단 공감하였다. 그렇지만 그 공감이란 것이 가슴에 와닿는 모종의 울림이 아니라, 단순한 자기감정의 확인에 불과하다는 걸 깨달았을 때 그는 허망했다. 왜들 이렇게 시를 쉽게 쓴다지? 바로 그 점이었다. 그는 자신의 불만이 어떻게 해소되어야 하는지 여러 날 생각하였다.

수자타 마을의 우산

쿠산드라 사원을 예방하고 나오는 길에 길을 잃었다.

가랑비가 가랑가랑 가랑거리고 있었다. 이제 어디로 가는 걸까, 궁금해하며 낯선 사람들 속에 섞여 가던 중이었다. 여행길은 언제나 산만하게 흩어져 가는 것 같지만 그 어딘가 집어등처럼 가이드의 등불은 켜 있는 법이다. 그도 오징어처럼 집어등의 불빛을 따라 흘러간다고 갔었는데, 어느 순간 등불이 꺼져버렸다. 가이드뿐만이 아니라, 함께 다니던 사람들이 아무도 보이지 않았다. 유라조차 증발되어버리고 없었다. 도둑은 본 적이 없는데 도둑을 맞았구나! 그는 신비의 화두를 떠올렸다. 지금 가이드가 없어진 것일까, 그가 없어진 것일까. 언제, 어떻게, 어디로 사라졌는지를 본 적이 없는데, 가이드가 없는 것은 분명했다. 비는 내리는데 비를 피하는 사람은 아무도 없었다. 비는 비대로 내리고, 옷깃은 옷깃대로 젖었다. 후질후질 비에 젖으며 비와 함께 걸어가는 사람들이 맨발 벗은 짐승처럼 편안해 보였다. 그는 두리번거리며 낯선 거리를 헤집고 다녀야 했다. 이마에 닿을 듯 처마가 낮은 가게 앞에서 인도 영감을 하나 만났다. 그는 눈짓 손짓을 다 해가며 영감에게 매달렸다.

―길을 잃었습니다.

―어디를 가던 길이었습니까?

눈짓으로 알아들었을까, 손짓으로 알아들었을까, 영감은 친절하였다.

　—잘 모르겠습니다. 가이드를 따라가던 중이었습니다. 가랑비를 피하려고 잠시 망설이던 판이었는데, 그새 감쪽같이 사라져버렸습니다.

　—그러니까, 당신은?

영감은 두 눈 똑바로 뜨고 그를 쏘아보았다.

　—네?

　—길을 잃어버린 겁니까? 가이드를 놓친 겁니까?

　—나는 여행잡니다. 그게 그 말 아닌가요?

　—가이드를 놓쳤으니, 가이드를 찾으면 되겠군요.

　—네?

　—어디로 가는지도 모르면서 길을 묻다니.

영감은 그를 버리고 가던 길을 가버렸다. 그는 저만큼 걸어가는 노인을 보며, 인도 사람들도 한가할 때는 뒷짐을 지는구나, 생각하였다. 영감의 뒷짐 진 손에는 접힌 우산이 들려 있었다. 비는, 우산을 받아도 그만, 받지 않아도 그만일 만큼만 알맞게 뿌렸다. 길바닥은 빗물로 질퍽거렸고, 영감은 맨발에 고무신이었다.

그는 가던 길을 걸어가며 가이드 찾기를 계속하였다. 비탈진 세 갈래길 한복판에 보리수나무가 서 있었다. 발걸음을 되돌려 방금 빠져나온 시장통으로 가면 쿠산드라 사원이 나오고, 또 한 갈래 왼편 언덕길로 올라가면 거기 누군가 아는 얼굴이 있을 것 같다. 그는 그 길을 따라 걸어 올라갔다. 언덕길은 밭두렁처럼 휘었고, 그 너머로 대형 주차장이 보였다. 여러 대 빈 버스들이 출동 명령을 기다리고 있었는데, 아까 타고 온 버스를 그는 거기서 만났다.

—다들 어디 갔지요?

그는 운전기사에게 물었다.

—오겠지요.

운전기사의 반응은 시큰둥하였다. 운전기사는 그가 길을 잃은 거라고 생각하지 않는 것 같았다. 그는 다시 어디론가 가이드를 찾아 나서야 했다. 이제 남은 길은 아까 노인이 걸어간 그 길뿐이었으므로, 그는 그 길을 다시 두리번거리며 찾아 나섰다. 저만큼 그의 시선이 가닿는 곳에 아까 그 노인이 나풀거리고 있었다. 노인은 뒷짐을 졌고, 뒷짐 진 손에 접힌 우산을 들고 걸었지만, 비가 뿌려도 그것을 펼치지는 않았다. 그는 그 노인을 따라잡을 생각은 없었다. 그는 그대로 가고, 영감님은 영감님대로 갈 뿐이었는데 그래도 그 노인이 꽤 의지가되었다. 그는 시야 안의 가장 먼 곳에 노인을 가둬두고, 그 길을 따라걸었다. 길 양편으로 먼지 낀 나지막한 판잣집들이 줄을 지어 서 있고, 글자를 해독할 수 없는 간판들이 군데군데 훈장처럼 걸려 있었다. 그뿐이었다. 그렇게 그는 그대로 가고 노인은 노인대로 가고 있는데 이번에는 그만 눈 깜짝하는 사이에 그만 노인마저 자취를 감추고 없었다. 그는 노인이 걸어가던 그 지점을 점찍어두고 거기까지 걸어갔다. 미장원인 듯 글자도 없는 간판 위에 파마한 여인이 함박웃음을 짓고 있었다. 미장원을 '미장원'이라 쓰지 않고 미인의 얼굴을 그려 넣은 건 참 편리하고도 친절한 방법이었다. 원주민이나 그나 힌디어는 어차피 읽지 못한다. 읽지 않고도 눈으로 그것이 미장원인 줄을 알게 할 수가 있다니, 얼마나 편리한가. 그는 파마한 여인의 간판을 끼고 골목 안으로 접어들었다. 골목길이 끝나는 저쪽 끝에 방금 허공 속을 빠져나가는 노인이 보였다. 노인이 빠져나간 골목 끝 허공을 향해 그는 끝까지 걸어갔다.

골목길을 빠져나간 지점에서 바라보는 풍경은 황량한 모래벌판이었다. 원래는 큰 강줄기였던 모양인데 강물은 실개천처럼 이름뿐이고, 보이는 건 천지가 모래사막이었다. 벌판 너머 시야가 끝나는 자리에 섬처럼 어렴풋한 마을이 보이고, 마을로 들어가는 구불구불한 밭두렁길이 호젓한 가랑비에 젖고 있었다. 그는 더 이상 방황하기 싫어서 그만 그 자리에 우뚝 멈춰 섰다. 아까 그 영감이 강줄기 같은 모래벌판을 가로질러 가는 것이 보였다. 하얗게 옷깃으로만 나풀거리며 영감은 비에 젖은 나비처럼 구질구질 움직이고 있었다. 벌판 한가운데 영감은, 가던 길을 멈추었다. 움직이던 사물이 정지하면 그때는 멈춤도 하나의 동작인 것을 알겠다. 꾸물거리며 동작은 자신의 허리춤을 풀어 내린다. 주르르 바지 자락이 발아래 모래바닥으로 흘러내린다. 두 팔로 자기 엉덩이를 감싸 안으며 영감은 그 자리에 쪼그려 앉는다. 접힌 우산이 활짝 허공에 펼쳐진다. 아하, 우산은 저러려고 갖고 다녔구나. 그렇게 하늘을 가리고 앉아 볼일을 보는 마음이 얼마나 편안할까. 몇 살 때 처음 화장지를 쓰기 시작했지? 언젠가 친한 친구의 질문을 받았다. 언제였더라? 그는 기억을 더듬어내느라고 시간이 걸렸다. 무슨 그따위 시시한 질문을? 곁에 있던 친구가 그 친구를 핀잔주었으므로 위기는 모면했지만, 그래도 그게 언제였는지 그는 알 수가 없었다. 그 친구의 친구는 언제 그들이 처음 문명다운 문명을 접했는지를 알고 싶었겠지만, 촌스러운 짓이다. 지금은 화장지를 쓰고도 또 비데로 씻어내는 세상인데, 너는 겨우 알고 싶은 것이 그래 내가 언제부터 화장지를 쓰기 시작했냐고? 네가 비데를 쓸 때는 나는 뽀송뽀송 내 온몸을 드라이어로 말려주마. 또 한 사람 인도 영감이 쭈그리고 앉은 우산 쪽을 향해 심심한 듯 걸어가는 것이 보인다. 끝없는 모래벌판이 다시 눈앞에 뻗어 있고, 그는 그 길을 따라 앞서간 영감처럼 팔랑팔랑 벌판을 걸어간다. 그도 뒷짐을 졌고, 그러나 뒷짐 진 그의 엉덩이 손에 접힌 우산은 들려 있지 않았다. 한 발짝 또 한 발짝, 두 사람 거리가 손에 닿을 듯 좁혀지고 있었다. 움직이던 사물은 다시 멈춤이 되고, 멈춤은 또 하나의 동작이 되고, 동작은 꾸물거리며 허리춤을 풀어 내리고, 주르르 바지 자락은 발아래 모래바닥으로 흘러내리고, 새로운 엉덩이가 다시 가볍게 내려앉고, 활짝 펼친 우산이 이쪽에서 저쪽으로 옮겨가고, 그렇게 임무교대를 했을 뿐 풍경은 아까 그대로인데, 앞선 영감은 이제 가벼운 발걸음으로 모래톱을 걸어 나오고 있었다.

*

어느 날 불쑥 이영탁 군이 찾아왔다.

—웬일인가? 이 군. 자네는 일찌감치 공부를 포기한 줄 알았는데.

—죄송합니다. 교수님.

그들은 그렇게 말할 수 있을 만큼 오래 격조했었다.

—다시 논문을 제출하려고?

—아닙니다, 서울 왔다가 교수님 잠깐 뵙고 가려구요.

—왜? 그 논문 그냥 손을 좀 보라니까. 테마는 괜찮았거든.

—……

이 군은 말없이 고개를 떨구었다.

이영탁은 지난 학기 일단 석사학위 심사논문을 제출했다가 거부를 당하자 곧 잠적했었다. 미처 파악되지 않은 제자, 그가 생각할 때 이영탁은 적어도 그런 학생이었다. 이영탁이 그의 지도를 받겠다면서 처음 대학원에 입학했을 때 이 군은 참 생소했었다. 군대는? 해병 잠수함을 탔습니다. 나이가 꽤 들어 보이는군? 공과대학을 다니다가 중간에 옮겨 왔습니다. 왜? 문학 공부를 하고 싶었습니다. 앞으로 뭘 하겠다고? 교수님 하시는 대로만 하겠습니다. 대학교수가 되겠다는 말이군? 아닙니다. 교수님도 대학교수보다는 시 창작에 더 열심이셨습니다. 그럴 테면 처음부터 대학원을 오지 말았어야 하는 거 아닌가? 처음부터 그들은 그런 식으로 대화할 정도였다. 몰라도 어지간히 몰라야 데려다 야단도 치고 칭찬도 하면서 가르치지, 처음부터 워낙 맹탕인 사람은 그냥 두고 보는 수밖에 없었다. 그는 잠자코 이 군을 지켜보던 참이었다. 그러나 그가 지켜본 것이라고는 이 군의 부재뿐, 이영탁 군은 언제나 그의 가시권 안에 없었다.

그런 맹탕하고도 그는 딱 한 차례 어울려 술자리를 같이한 적은 있었다. 문학 공부를 한답시고 그는 자기가 지도하는 학생들과 아주 성글게나마 술자리를 같이하는 때가 있는데, 그날은 그가 이영탁 군을 챙기다시피 하여 그 자리에 끌어들였다. 그때 무슨 말이 오갔더라?

—선생님은 왜 이영탁 군만 챙기세요.

누군가가 그에게 시비를 걸어왔던 기억이 난다.

—워낙 공부를 안 하니깐 그렇지.

그는 대답했었다.

—영탁아, 말씀드려. 선생님, 궁금해하시잖아.

또 누군가가 그런 식으로 이 군을 부추기던 기억도 난다.

—선생님 모르고 계셨죠? 이래 봬도 제가 교주라는 거 말입니다.

이영탁 군이 입을 열어 자기를 밝힌 것은 그날이 처음이었다. 그나마 그때는 술의 힘을 빌려서 그랬을 것이다.

—설마, 교수를 말하는 건 아니겠지?

—아니죠. 교주라니깐요.

한번 말문이 열리자 이 군은 꽤 공격적이기까지 했다.

—교수님, 어떻게 하면 교주가 되는지 아십니까? 교주란 우선 신도

가 있어야 합니다.

　—자네는 신도가 있나?

　—겨우 둘을 건졌습죠. 비웃지 마십시오, 교수님. 교수님은 지금까지 많은 글을 써오셨지만 단 한 사람이라도 진실한 신도를 가져보신 적이 있습니까. 이까짓, 여기 앉은 제자들을 자랑하시려구요? 진실한 신도란 맹목적이어야 합니다. 맹신도야말로 교주의 인격과 능력을 가늠하는 척도인 동시에, 교주에게는 희망과 기쁨을 안겨주는 마지막 등불입니다. 그런 맹신도가 저한테는 둘이나 있단 말입니다. 또 한 사람은 이제 반쯤 포섭된 상태구요. 그렇다면 벌써 세 사람이지요. 이제 두 사람만 더 건지면 전 하산하는 겁니다.

　교주를 꿈꿀 때 인간은 성스러워 보이는 모양이었다. 그 교주가 신앙의 전도사면 어떻고, 사랑의 전도사면 어떤가. 그는 이영탁 군의 교리가 뭔지, 묻지 않았다. 그냥 이영탁 군을 맹목적으로 신뢰하고 싶었다. 어쩌면 그도 이미 이영탁 군의 맹신도가 되어버린 거나 아닌지 모른다.

*

　—똥 마려? 왜 거기 서 있는 겨?

　꿈결처럼 귓가에 반가운 소리를 듣는다. 고개 들어 주위를 보자, 가이드서껀 유라 일행들이 실개천 저쪽에서부터 이쪽으로 걸어오는 것이 보였다.

—어디들 갔었던 겨?

반가움에 겨워 그는 물었다. 너무도 반가운 나머지 눈물이 나오려고 했지만 참았다.

—수자타 마을.

—수자타?

—있잖여? 다 죽어가던 부처님이, 마을 처녀한테 우유죽 한 그릇을 받아 마시고 득도하셨다는 디. 거기가 바로 저 동네더라.

일행 중의 누군가가 멀리 마을 쪽을 가리켰다.

—나도 가볼걸.

—가보긴 뭘. 볼 것도 읎어.

볼 것이 없기는 뭐가 볼 것이 없다는 말일까. 그래도 함께 가봤으면 좋았을걸, 그는 아쉬웠다. 그것이 만일 깨달음의 '도'라면 깨달음이 없었다는 말일 것이고, 그것이 설령 깨달음의 도가 아닌 '무'라고 하더라도 하다못해 그 '무'는 보았을 것 아닌가. '도'는 도니까 보지 못해서 아쉬울 것이 없다지만, 하물며 '무'조차 무라고 그것을 보지 못해서야 원, 그는 그것이 애석하였다. 버스를 타자면, 골목길을 걸어 다시 큰길로 나가야 했다. 그들은 다시 골목길을 향해 산발적으로 걷기를 시작했다. 이제 몇 발짝만 더 걸으면 골목길로 접어든다. 마지막 골목길로 접어들기 직전 그는 아까 서 있던 자리를 돌아보았다. 거기 허허로운 벌판에 활짝 펼친 우산은 아직 쪼그리고 앉아 있었다. 미처

깨우침을 얻지 못한 탓이리라. 어쩌면 다음 도인이 나타나기를 기다리고 있는지도 모른다.

—을매나 찾았었는디? 눈 깜짝할 사이에 읊어졌더랑께.

누구보다도 그를 반긴 사람은 유라 그 여자였다. 유라는 곁에 그가 없어서 슬프기 그지없더니 이제는 곁에 있어서 행복해 죽겠다는 눈치였다.

—길을 잃어묵은 사람은 그랑께 나가 아니고, 그쪽이던감만.

그는 그런 식으로 유라 앞에 고마운 뜻을 표했다.

—그랑께, 여행 다닐 때는 절대로 한눈을 팔면 못써. 정신을 아주 똑바로 차려야제. 길 잃어뿔면, 잃어버린 사람보다도 찾는 사람이 을매나 속이 탄디? 어매, 속 탄 거.

그는 유라에게 감사하고 또 감사했다.

—미아가 뭐 벨건가. 애기들은 지가 길을 잃어버리고도 잃어버린 종을 모른께. 괜히 엄마 혼자만 속이 타 죽제. 가들이 울먼 길을 몰라서 울겠소? 엄마가 읊어서 울제.

어디서 어떻게 살다 나오면 심성이 저다지도 고와지는 걸까. 남도 바닷가에서 태어나 바다에서 자라다가, 바다에서 결혼하고 바다에서 애기 낳고, 평생을 바닷바람에 쓸리고 파도에 씻긴 조약돌처럼 유라한테서는 그런 날비린내가 풍겼다. 삼십은 넘겼겠다 싶어서 맑은 눈으로 쳐다봤더니 10년은 더 깎아내려도 아무 탈 없겠다.

—허기사, 나 같은 사람은 죽은 진시황 무덤 속에 가서도 길을 잃어

버렸던 사람잉께.

유라가 실크로드를 입에 담은 건 그때가 처음이었다.

―중국도 갔었던가?

―실크로드 가니라고. 여행사 따라서. 여행사 따라다니면 알아서 다 해줌께. 편해. 진시황 거기 아직 못 가봤던가? 보기는 한번 꼭 보아야겠습디다. 엄청 커. 거기서 그만 내가 길을 잃어뿌렀잖소. 눈 깜짝할 샙디다. 병마용총 갱이라고, 투구 쓴 병사들이 쫙 서 있는 디 있잖습더? 옛날에는, 같은 궁궐에 살아도 임금님 얼굴 한 번 못 보고 죽는 사람이 많다더니, 대체 그렇겠습디다잉? 이 굴속으로 들어가 보면 거기도 아니고, 저 굴속으로 들어가 보면 거기도 아니고, 여기가 죽은 사람 무덤 속이다 싶응께 음매 죽겠는 거. 그렇다고 어린애마냥 엉엉 울 수도 없고, 그래서 큰 소리로 마구 고함을 질러버렸지라우. 이놈들아, 나 혼자만 옛날 케케묵은 진나라 땅에 남겨두고 말짱 다 어디로들 도망쳤다냐? 사람이 시간차를 느낄 때처럼 죽겠는 것이 없습디다잉? 이 세상 뭣이 제일 무섭디? 하고 누가 물으면 나는 시간이 제일 무섭더라, 그렇게 대답할랑만. 안 그럽디여?

유라의 실크로드는 그칠 줄을 몰랐다.

*

그 후 이영탁 군은 마지막 수정본을 들고 한 차례 더 그의 연구실을 다녀갔었다. 논문은 여전히 기대에 못 미쳤다. 테마는 그런대로 참신한 맛이 있었는데, 논리적으로 해명되지 않은 부분들이 너무 많았다.

　—이건 논문이라고 할 수가 없군.

그는 이영탁의 논문을 바닥에 내팽개쳤고, 이영탁은 한마디 변명도 없이 그 방을 돌아나갔다. 그렇게 잊어버릴 만하니까 이영탁 군은 그날 다시 그 앞에 나타난 것이다. 그날은 손본 논문을 들고 온 것도 아니고, 다만 얄팍한 서류가방 같은 걸 하나 들었을 뿐인데, 그는 그렇게 벌 받는 아이처럼 두 손을 무릎 위에 나란히 얹고, 선생님의 안부를 묻는다든가, 창밖의 박태기꽃이 잉크빛이군요, 라는 말들을 몇 마디 하는가 싶더니 그만 자리를 털고 일어서는 것이다.

　—교수님, 오늘은 이만.

이영탁은 언제나 그런 식이었다. 이제 무슨 말인가를 하려나 보다 싶으면 벌써 달아나고 싶어한다.

　—가려고? 그나저나 자네 논문은 어떡할 셈인가?

　—죄송합니다. 건강이 좋질 않습니다.

　—공부를 할 수 없을 정도인가?

　—수술을 했습니다. 다행히 결과는 좋습니다만.

　—수술이라니? 맹장이라도 잘라냈단 말인가?

　—심장이 좋질 않습니다.

　—심장을 잘라냈단 말이야?

　—아닙니다. 판막을 갈아 끼운 거죠.

　그때 이영탁이 서류가방을 매만지는가 싶더니, 그 앞에 뭔가를 들이밀고 싶어하였다.

　—이게 뭔가?

　그는 그것을 받아들면서 물었다.

　—최근에 써본 겁니다. 한번 읽어주십시오.

　—졸업논문이 아니고?

　그는 그것을 가볍게 책상 위로 던졌다.

　—아닙니다.

　—가뜩이나 몸도 성하지 않다면서 왜 괜한 데다 힘을 쏟지?

　—건강은 건강이고, 어쨌든 하고 싶은 일이나 하다 가야지요.

　—가다니?

　그는 왠지 섬뜩한 생각이 들었다. 이영탁이 머뭇거리다가 물었다.

　—교수님.

　—왜?

　—테마가 괜찮으면 괜찮은 거 아닌가요?

　—그때 그 논문을 그대로 제출하겠다는 말인가? 다시 손을 좀 보지 않구?

　—테마는 괜찮은데 논증이 허술하다고 말씀하셨습니다.

　—논리가 약하면 아무리 좋은 테마라도 가설에 불과하거든. 가설이 곧 논문일 수는 없지 않아?

　—잘 알겠습니다만…….

　이영탁이 잠시 미적거리는가 싶더니 그만 자리를 박차고 일어섰다. 뭔가 납득할 수 없지만 수긍하고 마는 것 같았다.

　이영탁이 건네주고 간 서류봉투 안에는 의외의 글 한 편이 들어 있었다. 이영탁 군이 가고 나자 그는 곧 그것을 꺼내 읽었는데, 놀랍게도 그것은 강민종의 시를 분석한 글이었다. 아니, 이 녀석도 강민종의 시를 읽었나? 좌우지간 강 시인은 많이 읽히는군, 처음에 그는 그렇게 생각했다. 그렇게 아주 단순한 생각으로 그는 이 군의 글을 읽기 시작하였는데, 읽어가는 동안 점점 그 속으로 빠져 들어갔다. 글솜씨도 전에 이영탁의 것이라고 할 수 없을 정도로 놀랍도록 발전해 있었다. '비평의 대상은 하나의 완성된 작품, 그것도 완성도가 아주 높다는 전제 아래 가능하다'로 시작되는 이 글은 강민종의 시를 좋은 시로 보고 있음에 틀림없었다. 그리고 그 시가 왜 좋은지를 검증해나갔는데, 그 논리가 아주 비상하게 맞아떨어지는 것을 보았다. 무엇보다 이 군은 강민종의 시가 보여주는 시행 분절의 임의성에 주목하고, 최근 우리나라의 젊은 시가 드러내는 분절의 파행성이 사회 상황의 불구성을 그대로 반영한 것이라는 점을 명쾌하게 입증해주고 있었다. 이제 어떻게 하지? 그는 난감한 심정을 금치 못하였다. 더구나 그를 난감하게 만든 것은 강민종이 아니라, 이영탁 군이라는 것도 그는 뒤늦게 깨달았다. 이 군의 글은 강민종의 시가 하나의 완성된 시라는 전제 아래 시작되었다. 그리고 그것이 완성되도록 강민종이 구사한 시어의 선택과 배열의 특징을 논리적으로 해명하였다. 이렇게 되면 결

국 강 시인의 시는 지상에서 가장 좋은 시가 되어버리고 마는 것 아닌
가. 그는 이영탁 군의 논거를 인정하면서도 그의 평가에 승복하기 싫
었다. 그러고 보니 그는 강 시인의 시도, 이 군의 글도, 둘 다 불만이
었다. 이영탁 군은 그에게 큰 짐을 부려놓고 갔다. 생각이 여기까지
미치자 그는 이제 강 시인의 시를 외면하고 싶었다. 그는 휴가를 얻어
나가는 사병처럼 그동안의 생각들을 훌훌 털어버리기로 작정하였다.

다람살라의 헌금

　—링 린포체는 만나보시겠습니까? 확실하게 대답해주셔야 돼요.
미리 시간을 맞추도록 섭외를 해야 하니까요.
　델리에서 만난 가이드는 몸집이 비대한 아가씨였다. 얼굴이 부처님
처럼 드넓어서 그런지 누구나 그녀 앞에 서면 두 손 모아 합장하고 싶
어진다고 말한다. 델리에 공부하러 왔다가 잠시 용돈을 벌어 쓰겠다
는 것이 그만 벌이가 너무 좋아, 이제는 학업을 때려치울까 고민 중이
라고 한다. 이마에 빈디를 붙인 것이라든지, 약간 짧은 듯한 혀끝이
입천장에 따따따따 빠른 속도로 부딪치는 소리를 낼 때마다 이 여자
전생이 아마도 인도인 아니었던가 싶었다.
　—만나볼 수는 있습니까?
　—네, 볼 수 있을 거예요.

가이드 아가씨는 애매한 가능성으로 호기심을 자극하였고, 그러나 그게 그 여자의 각본이었음을 그는 그때까지만 해도 몰랐었다. 결론은 자꾸만 가보자는 쪽으로 기울었다. 링 린포체. 달라이라마의 스승이 환생하여 태어났다는 열세 살짜리 소년. 그가 근처에 살고 있다는 것이다.

　─여기가 그럼 다람살라란 말인가요?

　─아니죠. 다람살라는 달라이라마 14세 제춘 잠펠가왕놉상예세텐진갸초가 사는 곳이고, 여기는 달라이라마의 스승이 환생을 해서 태어난 전생활불轉生活佛 링 린포체가 머무는 곳이라니까요. 가보시면 알아요. 장차 달라이라마가 될지도 모르니까, 말하자면 왕세자 마마가 거처하는 동궁이나 마찬가지이지요.

　전생활불이라. 믿거나 말거나인 줄을 뻔히 알면서도 그는 만나보고 싶었다. 날개옷을 잃어버린 선녀를 아십니까? 이 아저씨가 옛날 그 선녀랑 함께 살았던 바로 그 나무꾼이랍니다. 지금은 마누라가 하늘로 올라가버려서 혼자가 되었지만 말이지요. 서울역 노숙자들 가운데 아무나 붙잡고, 이 사람이 바로 그 옛 나무꾼이오, 라고 말하면 누가 그를 보고 싶어하지 않겠는가. 하물며 죽은 성자가 다시 살아 있는 부처로 환생을 했다는데야 더 말해 뭣하겠는가. 더구나 그는 머지않아 달라이라마가 될지도 모르는 사람이다. '머지않아' 뿐 아니라, '이미' 달라이라마였던 사람이다. 살아 있는 부처이시다. 부처가 죽어 달라이라마가 되고, 달라이라마가 죽어 다시 또 부처가 되고, 그러니

전생 부처가 현신 달라이라마요, 전생 달라이라마가 또 현신 부처라
는데, 순간을 살아야 하는 인간 미물로 억만 겁 저승과 이승을 넘나들
던 그 사람 지혜가 어찌 궁금하지 않겠는가. 거짓 꾸민 지혜나마 그
지혜가 그리워서 그는 지금 다람살라로 간다.

　봄비가 구질거리고 있었다. 가이드 아가씨는 우산을 쓰지 않고도,
인도 특유의 진홍빛 숄을 친친 휘감고 다니면서 비를 겁내지 않았다.
진흙탕 길, 누렁소랑 함께 가는. 원주민보다는 관광객이 더 많은 옹색
한 진흙탕 골목길. 누더기처럼 너덜너덜한, 일어서면 이마를 찌르게
생긴 나지막한 판잣집 처마들. 그리고 진흙구렁 속을 휘젓고 다니는
젖은 신발, 바짓가랑이를 거머쥔 마른 삭정이 같은 갈퀴손. 운명철학
원. 새점. 흙점. 봉사점. 솔잎점. 지리산도사철학역리원. 미래가보이
는솔잎점집. 신수점집. 정통원조만신니. 서울 미아리 돈암동 골목길
어디인가처럼 거기 난삽한 골목 안에 또 하나의 티베트 망명정부는
자리 잡고 있었다.

　입구에 서서 그는 잠시 가이드의 말을 들어야 했다.

　—약간의 돈이 필요해요. 안 주셔도 되구요, 이건 어디까지나 헌금
이니까요.

　그러면 그렇지. 하긴, 상해 임시정부 때도 독립운동 자금이 필요했
는데, 가족도, 조국도 없이 떠도는 이판사판에 돈 안 받고 배길 장사
가 어딨어. 왜 돈 달란 말이 없는가 했었지. 독립 자금은 많으면 많을
수록 좋은 법이다. 부처님의 힘이 곧 조국의 힘이고, 조국의 힘이 곧

부처님의 힘이다.

　—수표도 받나요?

　—안 돼요. 여기서는 현금만 받습니다.

일행 중의 누군가가 물었고, 가이드는 안면몰수하고 현찰 박치기였다. 그들은 호주머니 돈을 갹출하여 가이드 손에 쥐어주었다.

링 린포체이옵니다, 라고 누가 말해주지 않아도 용상에 앉은 소년은 링 린포체임에 틀림없었다. 주황색 페인트로 범벅을 친 듯, 방 전체가 정통 원조 만신니 톤이었다. 주황 초록 진홍, 주황 초롱 진홍. 그는 시간을 두고 천천히 방 안의 그림들을 기웃거렸다. 아주 작고 섬세한 티베트 전통 문양들이 꽃처럼 피어나는 걸 그는 두 눈으로 확인하였다.

망명정부의 왕세자는 한참 심심해 보였다. 엄지 검지로 발아래 방바닥을 꾹꾹 눌러도 보고, 고개 들어 천장의 치졸한 탱화 문양들을 두리번거려도 보고, 그러나 당장 용상을 박차고 달아나지 않는 걸 보면 그도 거기 모인 손님들을 꽤 의식하는 것 같았다. 이제 갓 열세 살이라니까, 티베트에서 태어나지는 않았을 것이다. 망명정부의 이 심심한 왕세자가, 두고 온 고향은 아는지 모르는지, 그에게 저승은 어차피 이승이고, 이승은 또 어차피 저승인 것을, 지금 여기가 그에게 인도면 어떻고 티베트면 또 무슨 상관이란 말인가.

　—어라! 나 어렸을 때 모습하고 똑같네!

한 시인의 경이로운 탄성을 그는 꿈결처럼 듣는다. 그도 환생하고 싶었던 것일까.

—오신 김에 지혜는 받아 가셔야지요.

가이드 아가씨가 웬 사내 하나를 대동하고 안으로 들어섰다. 뭐든지 궁금한 거 있거든 물어보세요. 여기 이분이 통역해주신답니다. 제가 물어봐 드릴게요.

질문은 딱 두 사람이 주문하였다.

—앞으로 저는 어떻게 살아야 할지, 무엇이 진정 잘 사는 길인지, 물어주십시오.

답변은 금방 돌아왔다.

—믿음을 갖고 언제나 바르게 살라고 말씀하신답니다.

그도 그렇겠지. 가이드 아가씨의 가르침을 따라 그는 고개를 주억거렸다. 이번에 그는 전생에 무엇이었는지를 알고 싶었다.

—왕세자님, 전생에 저는 무엇이었습니까.

답변은 또 금방 날아왔다.

—그건 알아서 뭣할라고?

검은 박쥐 한 마리가 보리수나무 잎사귀처럼 천장에 매달려 노는 것을 그는 보았다.

*

강민종 시인에게 편지가 쓰고 싶어진 것은 방금 이영탁 군의 원고를 읽고 난 뒤였다. 전화를 걸자니 감정에 치우쳐 자칫 숨이 찰지도 모르겠고, 논평을 하자니 그건 너무 사무적이어서 교사답지 못할 것 같고, 그렇다고 없었던 일로 하기에는 너무 오래 별러오던 사안이었으므로, 그래서 감정과 이성을 절제하여 알맞게 할 말을 다 하기로는 편지만 한 것이 없다고 판단되었다. 그는 퇴근을 미루고 편지 쓰기에만 전념하기로 했다. 이번 강민종의 시는 기술의 차원이 아니라 태도에 문제가 있는 것 같다. 생각이 여기까지 미치자, 그는 당장 편지 쓰는 일을 착수하였다. 자연분만과 인공분만이란 말을 구분하여 쓰듯, 자연창작과 인공창작이란 말도 가능할까. 자연분만이란 산모가 병원에 가지 않고 그냥 집에서 자력으로 아이를 낳는 것을 말한다. 그런 자연분만에 대해 인공분만이란 산모가 병원에 가서 의사의 힘을 빌린 데서 생긴 말이다. 산모가 아이를 낳는 것이 아니라, 의사가 아이를 대신 낳아주는 것이다. 그만큼 요즈음 아이 낳기는 안전하고도 간편해졌다. 이제 누구도 아이 낳기를 겁낼 사람은 없다. 임신에서 분만까지, 그것은 오로지 행복의 연속일 뿐이다. 내 안에 새로운 생명체가 생겼다는 경이와, 그것이 커가는 기쁨은 열 달이나 지속되고 또 그 실체를 확인하기 위하여 병원으로 가는 것이다. 이제 분만은 더 이상 진통의 아픔을 견디며 자기 몸에 힘을 주어야 하는 행위가 아니다. 새로운 생명체를 세상 밖으로 밀어내기 위해 산모는 더 이상 자기 몸에 힘을 주고 땀을 내고 절규하는 아픔을 겪지 않아도 된다. 그 모든 진통의 역할을 의사가 대신해주기 때문이다. 편지는 바로 이 문제로부터 시작하기로 했다.

 민종에게. 그는 강 시인을 그렇게 이름으로 불러 썼다. 지난달 발표된 그대 시를 읽고 나는 그대를 직접 만난 것만큼이나 자상하게 그대 근황을 알 수 있었고, 그래서 무척 안타까웠습니다. 그대는 이제 노래를 부르지 않는다니, 지금 노래 부를 수 없게 된 그대 심정이 얼마나 고달프실까? 제목만을 읽고도 나는 그대가 지금 얼마나 고단한 삶을 살고 있는지 금방 알아차렸답니다. 하물며 그대 시를 읽고 과연 그렇구나, 내 예상이 맞아떨어짐을 확인했을 때 나는 그대에게 달려가고 싶었습니다. 그대 시에 나타난 대로 정말이지 한때 그대는 노래를 자주 불렀습니다. 언젠가 노래방에 가서 그대 노랫소리를 들은 적이 있습니다. 잘 부르지는 못했지만 흥에 겨워서 그리고 신명나게 부르려고 왜장질을 쳤습니다. 그런데 이제 그대 그 노래구멍이 막혀버리다니, 얼마나 기가 막히면 노래구멍이 다 막혔을까, 가슴이 아립니다. 마주 앉아 술잔을 기울이며 함께 노래 부르고 싶었습니다. 자, 시인이시여! 그런데 말입니다, 그대 시를 읽는 동안 나는 단지 그대를 만났을 뿐입니다. 시를 읽는다고 읽었는데 나는 왜 시인을 만나지 못하고, 내가 아는 그대를 만나고 말았을까요? 나는 나의 사랑스러운 제자 강민종을 만났을 뿐입니다. 내가 그대를 그토록 동정하고 안타까워한 것도 다름 아닌 내 제자였기 때문입니다. 그러고 보니 그대가 시인이 아니더란 말입니다. 시인은 시를 보여주셔야지. 시인이 시로써 세상을 위로는 못할망정, 세상의 동정을 구해서야 되겠습니까? 강민종 그대는 시로써 나의 동정을 구할지언정 나를 감동시키지는 못했습니다. 시를 읽으면 시인이 보인다? 그건 아니라고 봅니다. 그냥 시만 보여 주셔야 합니다. 전후좌우 싹둑 잘라버리고 그 독한 감정만 응축시키셔야 합니다. 시란 그렇게 혹독하고도 잔인해야 합니다.

그의 편지는 끝날 줄을 모르고 이어져갔다. 어디선가 끝을 맺어야겠다고 생각은 하면서도 그것을 단숨에 멈출 수가 없었다. 그래서 그는, 시인이시여! 우리의 옛 어머니들은 마지막 산실로 들어갈 때 댓돌 위의 신발들을 바라보아야 했다는데, 오늘날 시인들은 어쩌면 시 쓰러 가는 발걸음이 이다지도 가볍고 즐거운지요? 라고 쓰려다가 그만 이건 안 돼, 하고 물러섰다. 그 대신 '민종에게, 그대는 내가 아직도 그대 앞에 자꾸만 선생이고 싶어한다고 원망할지 모르지만, 그건 아닙니다. 내가 그대를 내 사랑하는 제자로 보지 않고 하나의 진실한 시인으로 보고 싶기 때문에 그러는 것입니다. 제발 그 점만은 알아주시기 바랍니다' 라는 인사말로 끝을 맺었다.

*

다람살라를 떠나 호텔로 가는 길은 멀었다.

—왜 안 가르쳐주셨을까? 나는 알고 싶어 죽겠든디?……

유라는 나보다도 내 전생을 열 배는 더 알고 싶어하는 눈치였다.

—……당신, 전생에 뭐였을 것 같아요?

나는 생각해보지 않았으므로 대충 농담하였다.

—오입쟁이였나?

—애개개, 그런 게 어딨어?

—배우지 않고도 이 정도니 왜 안 그렇겠어? 뭔가 전생에 배웠으니까 그렇겠지.

유라는 차창 밖을 얼핏 내다보았다.

—그럼, 죽어서 이담에는 뭐가 되고 싶은데?

유라는 아무래도 전생 쪽은 단념한 것 같았다.

—뱀만 빼고는 뭐든지 괜찮아.

—싫어하면 그거 된다는데, 당신 죽어서 뱀 되겠네?

—그러는 당신은?

—나는, 환생은 싫어…….

유라가 다시 떠듬떠듬 중국 이야기를 하고 싶어하였다.

—……당신, 진시황릉 거기, 아직 못 가보셨던가? 그럼, 그 사람도 아직 못 보았겠네?

—그 사람, 누구?

—그 사람. 이름이 뭐더라? 평생 동안 농사만 짓다가 어느 날 무용총 갱 때문에 갑자기 부자가 된 사람. 나, 그 사람 봤어요. 백발이 성성한 노인인데 아직도 펄펄해요. 현관 접수대 근처에서만 놀다가, 손님들이 와서 사인 좀 해달라면 사인도 해주고, 사진 찍자고 하면 모델도 되어주고, 나는 세상에서 그 사람이 제일 부럽더라. 돈 안 주면 사

진은커녕 콧방귀도 안 뀌어요. 어찌나 부럽던지. 저 사람, 전생에 진시황과 무슨 인연이 있기에 저런 팔자를 타고났을까. 예로부터 삼대 적선은 해야 그 후손이 뭘 해먹어도 먹는다는데, 그 사람 조상 중에 누군가가 혹시 진시황 애첩 아니었나? 그게 어디 삼대 할아버지 때 일이기나 한가요? 갠지스 강물에 뿌려진 진토가 땅속으로 스미어 다시 샘물로 솟고, 그 샘물이 다시 냇물이 되고, 강물이 되고, 바다가 되기를 골백번도 더 한 세월이었을 텐데, 그 세월을 그만 묵묵부답으로 가난과 노동으로만 처박아두더니 어찌 지금 와서 이 영감에게 화려한 인연이 닿았느냐 이 말이지요. 나는 내 인연도 백골이 진토 되어 일백 번 고쳐 죽어 다시 태어나는 멋 훗날 내 후손 누구에겐가 그렇게 가 닿았으면 좋겠어요. 내가 죽어 다시 나로 태어난다면 그게 무슨 소용이 있겠어요? 그런 환생은 싫어. 우산으로 하늘 가리고 앉아, 모래 속에 묻어둔 내 미지근한 체온 한 토막 가랑비로 스며들었다가, 먼 훗날 풀섶에 민들레꽃 한 송이 피거든, 그때는 그게 인연이구나, 싶겠지 뭐.

카트만두의 티카

해발 1,500미터의 나라. 네팔 상공에서 내려다보는 거대한 산맥은 그 균형 잡힌 굴곡과 펑퍼짐한 덩치가 흡사 바람 잔 날의 바다를 연상시켰다. 떠가는 범선처럼 물 위에 듬성듬성 민가 몇 채가 흔들거리고,

그 민가를 둘러싼 수천수백 층 계단식 전답 또한 바람에 밀리는 물결 무늬처럼 곱기가 그지없었다.

하늘 아래 같은 높이의 도시 카트만두. 네팔 국제공항 청사는 빨간 벽돌 위에 진홍색 물감을 덧칠한 핏빛 건물이었다. 진홍빛 티베트 승려를 닮은 누추한 빨강이 우스워서 그는 혼자 웃었다.

─이게 나쁘다고? 네팔에서는 이 공항 건물만 좋고 나머지는 볼 것 없어요.

인도에서 네팔로 넘어오는 동안 가이드가 바뀌어 있었다. 인도의 뚱뚱보 아가씨는 콜카타에 처지고, 카트만두에 내리자 대신 키가 작고 몸집이 왜소한 사내 하나가 검색대 밖에 서서 손을 흔들어주었다. 검색을 마치고 밖으로 나갔을 때, 그는 일일이 악수하며 갖고 온 가방 짐들을 봉고차에 실었다.

─네팔에서는 가장 좋은 봉고차랍니다.

델리에서도 비슷한 말을 들었었다. 이게 인도에서 가장 좋은 버스랍니다. 두고 쓰는 말인 줄 뻔히 알면서도, 가는 곳마다 최고의 대우를 받는 것 같아 기분 좋았다.

공항 청사를 빠져나가자 곧 시골길이었다. 길바닥은 푸석푸석 먼지가 일었고, 거리의 집들은 짓다 만 건물처럼 창틀이 떨어져나갔고, 비를 기다리는 작물들은 흙먼지를 뒤집어쓴 채 힘없이 늘어져 있었다.

─멀리 갈 것 없어요, 히말라야를 보러 가지 않는 한 어차피 볼 것은 없으니까, 눈에 띄는 것이 구경거리다 하고 그냥 보세요. 이 나라

는 히말라야뿐이랍니다.

　가이드는 이 나라가 마치 자기 것이기라도 한 것처럼 함부로 다루는 경향이 있었다. 차선 및 횡단보도 없음. 차들 자기 멋대로 달림. 그래봤자 시속 40킬로미터 이상 달릴 도로가 없으니 부딪쳐도 크게 다칠 것 없음. 여러분, 내가 수수께끼를 낼 테니까 맞혀보십시오. 문제는 객관식 사지선다형. 자, 문제 나갑니다. 이곳에서 차를 몰고 가다가 부딪쳤다. 어떻게 하지요? 1, 경찰서로 끌고 간다. 2, 그 자리에서 돈을 주고 해결한다. 3, 웃으며 그냥 지나간다. 4, 보험 처리한다. 정답은 3, 그냥 지나간다. 네, 맞아요. 잘했어요. 왜 그런지 아시지요? 시비 붙어봤자 아무것도 먹잘 것 없으니까. 네, 좋아요. 좋아요. 다음 문제 나갑니다. 다음 중 네팔 시내버스에 싣지 않는 물건은? 1, 소. 2, 염소. 3, 사람. 4, 정답 없음. 그거요? 정답은 4번 정답 없음. 네 맞았습니다. 네팔에서 시내버스는요, 사람만 타는 게 아닙니다. 뭐든지 때려 싣습니다. 반군의 테러가 심하여, 언제 어디서 무슨 사고가 터질지 불안한 위기의 나라. 척박한 땅에다가 고산지대여서 생산이 적고, 할 일이 없는 나라. 날이 새면 그냥 밖에 나가 놀기, 해가 뜨고 지는 걸 보며 우두커니 서 있기, 사람들이 모이는 곳이면 어디든지 달려가 구경하기, 그게 그들의 하루 일과라고 한다. 신을 신은 한 짝도 없으면서 섬겨야 할 신은 사람 숫자보다도 많은 나라. 거리거리 신당이면서, 사람 살 집은 없는 나라. 경주 남산처럼, 카트만두 시내 한복판 높은 언덕 위에 원숭이 사원이 자리 잡고 있었다.

—힌두교냐, 불교냐?

그는 신들의 나라로 이동하면서 물었다.

—그런 거 묻지 말라. 세상의 신이란 신은 거기 다 모였다.

달무리 지듯, 매캐한 향불 연기가 해발 1,500미터의 상봉을 무겁게 휘감고 있었다. 하나의 신당 안에 부처가 있고, 힌두가 있고, 하늘귀신. 땅귀신. 모래귀신. 자갈귀신. 참새귀신. 뱁새귀신. 쇠똥귀신. 말똥귀신. 손톱귀신. 발톱귀신. 응달귀신. 양달귀신. 멀리 동쪽 끝 하늘가에 눈 덮인 에베레스트가 구름처럼 떠 있는 것이 보였다. 히말라야는 그 북쪽 끝 어딘가 보이지 않는 곳에 있고, 안나푸르나 봉은 그 너머 구름 밖에 전설처럼 존재할 거라고 한다.

그는 신들의 지저귀는 소리를 피해 잠시 전망 좋은 담장 쪽으로 비켜섰다. 담장은 돌담이었고, 눈 아래 가파른 절벽이 수직으로 꽂혀 있었다. 난간 위에 어느 아빠랑 아가랑이 위태롭게 놀고 있었다. 이 나라도 아빠랑 아가랑은 서로 닮은꼴이구나, 하고 생각되자, 그는 신비한 인연을 실감했다. 아빠도 검고 아가도 검고, 아빠도 착하고 아가도 착하고, 아빠도 가난하고 아가도 가난하고, 아빠도 행복하고 아가도 행복해 보였다. 담장 밖은 천 길 낭떠러지인데, 아빠랑 아가는 손뼉치며 웃고 있었다.

—위험해, 아가야!

그는 다가가 아가랑 놀고 싶었다.

—와이!

고맙다고, 그렇지만 염려 말라고, 아이 대신 아빠가 합장하며 고개 숙인다.

—조심해, 아가야.

다시 한 번 그는 아가의 뺨을 한 대 콕! 찍어준다. 아가도 웃고 그도 따라 웃고. 아가가 팔을 뻗어 손에 쥔 작은 크림병을 자랑하고 싶어 한다.

—그게 뭐야, 아가야?

아가는 아가의 검지로 병 속을 후벼 판다. 고사리 손가락 끝에 봉숭아 꽃물 같은 빨강이 묻어난다. 아가는 그 빨강을 정확히 그의 이마 한가운데 갖다 찍는다.

—얼씨구! 아가야, 이름이 뭐야?

가이드가 그를 위해 아가의 이름을 물어준다.

—민나.

—몇 살?

아가는 그 앞에 손가락 두 개를 꼽아준다.

—두 살?

아가는 여자아이였다. 주황색 점퍼를 걸쳤고, 얼굴빛이 어린 토란 대처럼 까무잡잡했다.

—이게 뭐야? 아가야, 이게 뭐지?

그는 자기 이마에 찍힌 붉은 반점을 가리키며 묻는다.

—티카.

—티카?

아이는 또 한 차례 합장하며 '와이' 하고, 그도 따라 아이 앞에 '와이' 하며 고개 숙였다. 꼽아보니, 새해 벽두였다. 새해 아침 이마에 붉은 반점을 찍으면 몸에 요귀가 범접을 못하고, 따라서 만복과 행운이 깃든다고 한다. 이 나라에서는 어쩜 두 살배기 어린것조차 내게 축복을 주실까, 오늘 그가 내게 '티카' 해주었다, 고 생각되자 그는 코끝이 찡!해오는 것을 느꼈다.

*

한 통의 편지를 쓰고 나자, 난데없이 밖에서 전화가 걸려왔다. 편지 쓰기를 끝낸 시각은 밤 열 시가 넘어서였는데, 그 일 때문에 그는 늦도록 연구실에 남아 있어야 했다. 이건 마치 논문이라도 한 편 탈고한 기분이군, 그는 묘한 긴장감을 느끼며 담배를 피워 물었다. 그 순간 전화가 걸려온 것이다.

—이영탁 군이 죽었답니다, 선생님.

신종호 군이었다.

—뭐?

그는 수화기를 잡은 채 검은 창밖을 내다보았다.

—오늘은 늦었구요. 내일 아침 첫차로 내려갈까 합니다.

—집이 부산이랬지?

―어떡허지요? 선생님?

―뭘?

―아니, 그냥 어찌해야 좋을지를 몰라서요.

신종호는 뒷머리를 긁적거리고 있는 것 같았다.

―자네, 거기 어디지?

그는 그렇게 우선 신 군을 붙잡아두고, 후문 사거리 통닭집에서 만날 것을 약속했다.

정경대 후문 사거리 건널목 신호등은 벌써 여러 날째 먹통이었다. 길을 건너기 전에 그는 일단 습관적으로 그 자리에 섰다. 네거리를 지나는 자동차들이 이마에 쌍불을 켠 채 달려와 난삽하게 얽혀 있었다. 그는 그 차들의 밀린 틈새를 헤집고 지그재그로 길을 건넜다. 지하철을 새로 뚫느라고 그렇다지만, 아무렴 자동차나 사람은 맘대로 건너게 하면서 왜 신호등은 고치지 않는 것일까. 길바닥은 내장을 할퀸 짐승처럼 갈기갈기 찢겨 있었다. 내년 이맘때면 완공이 될 거라고 한다. 그나마 그것도 그렇게 되기를 희망하는 사람들이 지어낸 말일 뿐, 진짜 그 내년 이맘때가 언제가 될지는 아무도 모른다. 이영탁 군과 함께 이 길을 건널 때도 그는 같은 말을 했었다. '내년 이맘때나 가야 완공이 된답니다, 교수님.' 그날 이영탁 군의 어깨 위로 간지러운 빗줄기 같은 것이 뿌리던 모습을 기억한다. 이영탁 군이 처음 대학원에 입학하던 그해 가을이었으니까, 벌써 3년 전 일이다. '그때까지 불편해서 어떻게 견딘다지?' 그때는 그 내년 이맘때가 그저 까마득하게만 느껴졌었는데, 그 내년 이맘때는 어느덧 세 번을 어기고도 또 내년 이맘때를 믿으라고 한다. 그날 또 무슨 일이 있었더라? 무수한 실핏줄 같은 가랑비가 가로등 불빛에 빗금을 긋고 있었지. 우산은 하나뿐이었고, 둘이는 도로 한복판에 꽂아둔 철 빔을 의지하고 서서 대화했었지.

　—교수님, 우산 받으십시오.

　—난 괜찮아. 자네가 젖겠군.

　잠시 침묵의 순간을 겪고 난 뒤였다.

　—교수님.

　—왜?

　—교수님께서는 박사과정 형들을 부를 때 야, 자, 하고 말씀을 낮추는 걸 들었습니다.

　—그랬지. 야, 황경, 김한식, 내가 아마 그랬을걸? 그들도 제 길로 한 길씩이나 다 큰 녀석들인데, 내가 좀 심했지?

　—아닙니다. 좋아 보여서 드리는 말씀입니다. 교수님, 저는 왜 그렇게 불러주시지 않습니까?

　—뭘 말인가?

　—교수님께서는 저를 부를 때 꼭 '자네' 라고 하시곤 말을 놓지 않으십니다.

　—내가 그랬던가? 응, 그랬을 거야. 아직은 파악되지 않은 상태라고나 할까. 어쨌든 그랬었군.

　—저도 인정받는 제자가 되고 싶은데, 그게 언제쯤이면 되겠습니

까?

—그건 자네도 마찬가질세.

—뭐 말입니까?

—자네는 나를 교수님, 교수님 하고 부르지를 않는가? 나도 자네 앞에서는 선생님이고 싶거든.

—하긴 그렇군요. 교수님이란 일개 직함에 불과하니까요. 저를 가르치고, 제가 배웠다면, 교수님은 당연히 제 선생님이어야 맞지요. 그런데 왜, 선생님은 제 선생님이 아니고, 교수님이었지요?

배우기는 배웠지만 마음속으로 받아들이지 않았다는 말을 이영탁은 그렇게 했을 것이다. 교수로서 배우기는 배웠지만 그러니까 자신의 선생님일 수는 없다는 말을 그는 그렇게 했을 것이다. 돌이켜 보면 그에게 이영탁도 어차피 완전한 제자가 아니기는 마찬가지 아닌가. 아직 서로가 서로를 용납하지 않은 학생과 교사 사이, 그래서 이영탁 앞에 그는 교주일 수 없고, 그 앞에 이영탁은 맹신도일 수 없다는 말을 그들은 그렇게 할 수밖에 없었을 것이다. 그 길을 그들은 쥐똥나무 꽃길이라고 불렀다. 쥐똥꽃은 그 어디에도 피어 있지 않았다. 쥐똥 같은 새끼들하고 쥐똥 같은 얘기나 지줄대면서 그것도 문학이랍시고, 인생이랍시고, 제자랍시고, 선생이랍시고, 한데 어울려 걸을 때만 그 길은 쥐똥나무 꽃길이었다. 쥐똥나무 꽃길을 걷다 보면 쥐똥 같은 새끼들이 생각난다.

왼쪽으로 꺾어지는 첫 번째 통닭집은 늦도록 붐비고 있었다. 손님

은 모두 학생들뿐이었고, 그들이 뿜어내는 소음과 담배 연기로 숨이
턱턱 막혀왔다. 문을 열고 안으로 들어섰을 때 구석 저쪽에서 신종호
군이 일어서 예의를 표하였다.

—죄송합니다, 선생님.

—그래, 자네라도 달려가서 그 친구를 살려낼걸 그랬어.

둘이는 가볍게 유리잔을 부딪치면서, 성급히 달아난 녀석을 애도하
기 시작하였다.

—영탁이 그 녀석, 꽃다발 들고와 울어줄 여자나 있었더냐?

—네. 선생님.

신 군이 수줍게 웃고 있었다.

—총각은 면했겠군.

—맨 신도들뿐인 걸요.

신 군이 다시 수줍게 맥주잔을 부딪쳐오면서 웃었다.

—그렇군. 그 친구 언젠가 교주가 되고 싶다고 말했었지. 자네도 신
도인가?

—그렇잖아도 입문하려던 참이었습니다. 더 하시겠습니까? 선생님.

—마시자구.

3천 시시짜리가 새로 왔다. 첫 번째 3천 시시가 신 군과 그의 배 속
으로 천오백씩 나뉘어 흘러 들어간 탓인지, 둘이는 같은 색깔로 얼굴
이 붉어갔다.

—그 친구 교리가 뭐라지?

─교리랄 것까지는 없지만, 어쨌든 문학에 몰두하는 태도가 절실합
니다.

─그 친구, 논문을 보면 그렇지도 않아.

─아, 죽어나가는 사람한테까지도 선생님께서는 오로지 논문뿐이
군요. 그놈의 논문, 논문, 논문, 이번에 가서 제가 받아올까요?

─그만, 술이나 들지. 자네, 술 센가?

잠시 말문을 닫고 창밖을 본다. 거리는 추위에 얼어붙은 듯 까츨했
고, 모두가 학생들 같아서 낯설어 뵈지 않는 모습들이 그 거리를 빠른
걸음으로 걸어가고 있었다.

─영탁이 그 친구, 대학원에 들어온 걸 후회하는 것 같았습니다.

─왜? 또 지도교수 불평이던가?

─그게 아니구요. 깊은 강물만 건너라고, 더 깊이, 더 깊이, 깊은 강
물 속으로만 내모시는 선생님을 감당하기가 어려웠던 모양입니다.

─강물이라니? 그건 어차피 자네들이 건너야 할 강이 아닌가?

─선생님께서는 바닥이 들여다보이는 얕은 물은 질색이십니다.

─뭘, 이 군도 꽤나 학문적이었어. 좀 더 견뎠어야 하는 건데.

─실은 그 논리의 세계가 버거웠던 거죠. 그 친구, 천성적으로 시
인이었습니다.

─자살인가?

─웬걸요. 서서히 무너져간 거죠.

세 번째 3천 시시 때부터 그는 흔들리는 신 군을 보았다. 신 군도

아마 흔들리는 그를 느꼈을 것이다.

―선생님, 영탁이가 죽기 전에 강민종 선배님의 시를 분석했답니다.

―알고 있어.

―알고 계셨으면서 왜 아무 대답도 안 주셨습니까? 그 친구, 선생님의 칭찬 한마디를 감로주처럼 기다리다 갔습니다.

―그 대신 강 군에게 편지를 썼지. 방금 끝내고 나오는 길이었어.

―강민종 선배님하고는 상관없는 일입니다.

―아냐. 이번 일은 강 군에게 문제가 있었다.

―강 선배는 다만 좋은 시를 썼을 뿐입니다.

―이영탁은 논리뿐이더군.

―전에 선생님께서는 논리만을 강요하셨습니다.

―그때는 테마가 좋았으니까. 아무리 테마가 좋아도 논리가 약하면 가설에 불과하거든. 그렇지만 이번에는 가설 자체가 틀렸어.

―강 선배 시가 좋지 않다는 말씀인가요?

―아냐. 시는 괜찮아. 시인의 태도가 싫단 말이지. 그 친구, 아이를 낳는 데 의사의 힘을 빌렸더군. 산모가 왜 자기 몸에 힘을 주지 않지?

―아, 너무하십니다. 선생님. 이제는…….

말을 하다 보니, 아무리 취중이지만 이건 너무하다 싶었는지 신 군은 하던 말을 얼버무렸다. 자칫 정신을 차리지 않았으면, 이제는 강민종 선배까지 죽일 작정이냐고 불평했을 것이다.

네 번째 3천 시시부터 술은 위장 안에 고여가기 시작하였다. 몸 안에서 발효되지 못한 술은 육신을 고문하는 법이다. 반신불수처럼 일그러진 신 군이 맞은편 자리에서 너울거리는 것을 그는 목격하였다. 곰배팔이처럼 허우적대는 그를 신 군도 아마 맞은편에서 즐겼을 것이다. 시간은 끈끈한 침묵의 강이 되어 두 사람 사이를 무겁게 흐르고 있었다. 그 순간 그는 어느 좌탈입망한 선승의 게송 같은 것이 허공에 떠도는 것을 들었다.

　―아버지는 배를 만드는 목공이었습니다. 눈만 뜨면 아침부터 저녁까지, 봄 여름 가을 겨울을 평생 동안 대패질만 하시다가 가셨습니다. 아버지의 소망은 자신이 만든 배를 단 한 번만이라도 물 위에 띄워보는 것입니다. 그러나 아버지의 배는 아직 물 위에 떠본 적이 없습니다. 아버지가 쏟아부은 그 엄청난 시간과 경비와 한 치의 오차도 허용하지 않는 고도의 기술과 노력에 대해서는 말할 것도 없습니다. 마침내 배가 완성되었습니다. 입구에 막아두었던 물이 들어오기만 하면 배는 물 위에 떠서 먼바다로 나아갈 것입니다. 오색영롱한 깃발을 휘날리며 진군의 나팔 소리가 울려 퍼졌습니다. 그러나 아버지의 배는 이번에도 물 위에 뜨지 않았습니다. 그래도 아버지는 함부로 절망하거나 분노하지 않습니다. 이제는 다시 그만큼의 시간과 돈과 기술과 인력을 동원하여 그것을 해체하는 아픔을 겪어야 하기 때문입니다. 그리고 아버지는 다시 배 만들기를 시작합니다. 만든 배를 다시 허물고, 허문 배를 다시 만들고, 아버지는 그렇게 배 만드는 일 말고는 아

무엇도 할 일이 없습니다. 그 아버지를 두고 아들은 말합니다. 우리 아버지는 평생 동안 물에 뜨지도 않는 배만 만들다가 돌아가셨다. 그리고 그 아들이 아버지의 일터에 나가 말없이 배 만드는 일을 계속합니다. 아들은 말합니다. 이제는 내가 이 배를 물 위에 띄워야지.

밤이 깊었다. 몇 번째 3천 시시가 다녀갔는지를 이제는 기억조차 하지 못한 채 그들은 거리로 나와 비틀거리기 시작하였다.

—선생님. 저, 내일 영탁이한테 가는 거 포기했습니다.

—아냐. 난 그 편지 꼭 부치겠어.

뭔가 멧돼지 같은 물체가 어둠 속에 멈추어 섰다고 생각했는데, 그것이 택시였던 모양이다. 신종호가 그를 그 안으로 신문지처럼 구겨 넣고 있었다.

*

떠나는 날 아침 호텔방을 비우기 전에 그는 유라와 짧게 하나 되는 의식을 치렀다. 현관 앞에 버스는 서 있었고, 가이드가 로비 카운터에서 체크아웃을 하고 있을 시각이었다. 색은 어깨에 메고 가방은 손에 들고 마지막 도어 키를 챙기는 순간 유라가 그의 방으로 쳐들어왔다.

—아직 있었네?

—가야지.

　그리고 둘이는 풀잎처럼 한꺼번에 쓰러졌다. ‘풀’은 바람보다도 빨리 눕고, 엎어지고, 되싸지고, ‘바람’보다도 먼저 일어났다가, 앉았다가, 누웠다가를 반복하는데, 현지 가이드 그 나쁜 새끼. 하룻밤 양고기 파티 값이 얼마라고? 600달러? 600달러면 그게 얼마야? 넉넉잡고 한 사람 반년 먹고살고도 남을 돈이라는데, 양 한 마리 값이 그렇게 비싸단 말이야? 비싸 봤자 그까짓 거 몇 푼어치나 되겠어? 양고기 값, 잔치 삯, 술값 다 보태도 미화 100달러면 뒤집어쓰고도 남았을 텐데. 나머지 500달러는 가이드 그 새끼가 한몫에 챙겨 먹고 내뺀 거 아냐? 튀기는? 먹고 튈 놈이면 그런 짓 하겠어? 그놈이 그래 봬도 보통 놈이 아니더라고. 양고기라고 어디, 먹다 남은 개뼈다귀 같은, 양념도 안 한 식어빠진 육고기가, 그게 고기야? 그게 캠프파이어야? 그는 자기를 제어하지 못하고 거친 숨을 몰아쉬는데, 유라는 그때 외로운 낙타처럼, 시간을 잊은 영원한 호흡으로 혼자서, 광활한 사막을 건너고 있었다. 나, 타클라마칸 사막을 건너 서쪽으로 가마. 너, 타클라마칸 사막을 건너 동쪽으로 오너라. 너, 바람 부는 천산을 넘거든 나, 또한 천산을 넘고 나, 흙먼지 이는 곤륜을 넘거든 너, 나를 따라 곤륜을 넘어라. 오다 가다 날이 저물거든 너, 천산의 북로에 머물러라. 나, 천산의 남로에 머물마. 그때는 너, 비단을 팔아라. 나, 거친 황사 바람으로 놀아주마. 가다가 길이 엇갈리면 오는 길에 하늬바람으로 놀고, 그래도 또 길이 엇갈리면 그때는 높새바람으로 놀고······.

　유라가 황급히 복도로 나가 엘리베이터 앞에 섰다. 그는 거기 그녀를 세워둔 채 계단으로 내려갔다. 버스는 아직 살아 있는 짐승처럼 숨을 식식거리며 현관문 앞에 서 있었다.

─왜, 속이 안 좋습니까?

가이드가 달려와 안부를 물었지만 그는 괜찮다며 버스에 올라탔다.

─아니오, 아닙니다. 괜찮아요.

─차가 출발하려고만 하면 냅다 화장실부터 찾는 사람들이 있거든.

누군가 엄청난 농담이라도 했다는 듯 너털웃음을 웃었고, 그때 유라가 마지막으로 차에 오르는 것을 그는 보았다.

물 위의 사막

그날 그는 유라를 찾아 여수로 떠났다.

밤기차를 타고 여수에 닿았을 때는 새벽이었다.

어둠 속을 달리는 동안 그는 내내 자위관嘉峪關으로 가던 밤기차를 떠올렸다. 4인 1실의 침대차는 뜻밖에 안락했다. 밤을 새어 달리는 동안 두 번 잠을 깼다. 첫 번째 깨어보니 깜깜한 어둠이었고, 미세한 진동으로만 그는 기차가 달리고 있다는 걸 알았다. 자위관까지 가자면 100개도 넘는 터널을 거쳐야 한다고 들었다. 그중에 그는 단 하나의 터널도 지난 기억이 없다. 새벽에 커튼을 들쳐보니 황량한 사막 같은 대지가 빠른 속도로 창밖을 스치고, 그 너머 멀리 눈 덮인 산들의 삼각 꼭대기가 찬란한 아침 햇살을 받고 있었다. 그 눈이 녹아 모래 속으로 스몄다가 다시 근원을 알 수 없는 먼 곳에 닿으면 오아시스가 된다고 한다.

—자위관이 뭐지? 왜, 거긴 가는 거야?

어디든지 새로운 곳을 찾아 떠날 때, 그는 그렇게 묻는 버릇이 있었다.

—뭐긴 뭐야? 만리장성이 끝나는 곳이지.

누군가 예언처럼 이 세상의 끝을 언급하고 있었다.

—아! 드디어 갈 데까지 가는구나!

예서부터가 타클라마칸 사막. 천산을 넘어 서역으로 가는 길이다.

새벽녘에 내렸을 때 여수에 유라는 없었다.

바다가 보이는 새벽 어스름 속에서 그는 유라를 찾아 전화를 걸고 또 걸었지만, 유라는 가뭇없이 사라져버리고 없었다.

밤새 유라에게 무슨 일이 일어난 것일까.

어제 통화했었는데, 유라였었는데, 여수라고 말했었는데, 밤새 어둠을 달려오는 동안 무슨 일이 생긴 걸까.

그는 바닷가로 걸어 나갔다. 바다는 어디나 거친 파도뿐이었다. 바람은 차고, 돈황은 멀었다. 왕서방 그 새끼들. 그는 그의 DVD를 불평할 참이었다. 그때 누군가 그의 말머리를 낚아채가는 소리가 들렸다.

—풍랑에 한번 휩쓸리면 여지없어요. 그날은 너무 멀리 나갔던 게

탈이었습니다. 고기를 따라가다 보면 어부들은 그렇게 때를 잃고는 한답니다. 그러고는 영영 이별이었답니다. 혼백이요? 육신도 못 건졌는걸요. 흘러 흘러서 인제는 다 찢기고 발기어 흔적이나 남았겠어요? 햇볕 쨍한 날, 바다 한가운데 굽이치다가, 사금파리처럼 반짝 햇살 튕기면 그게 그 사람이겠거니, 여길 겁니다. 몸만 빠져나갔어요. 다 놓아두고 몸만, 몸만이었어요.

그는 그리움에 몸을 떨었다. 이러려고 여수까지 내려온 건 아니었는데. 그는 어이없음을 견디지 못하여 하늘을 보았다. 참, 엉뚱한 여수였다. 나 타클라마칸 사막 이쪽에 서고, 너 타클라마칸 사막 저쪽에 서서, 너 천산을 넘거든 나 또한 천산을 넘고, 너 곤륜을 넘거든 나 또한 곤륜을 넘고……. 거기 낯선 유라가 서 있는 걸 그는 보았다. 유라가 그의 안부를 물어왔다.

—DVD는 괜찮습니까? 어떡하죠? 그냥 견디세요. 여기가 돈황인걸요.

그는 몸 둘 바를 몰랐다. 괜찮아, 라고 말하려다 보니, 그러는 그가 너무 사소하게만 여겨져서 참았다. 대답 대신 먼바다를 보았다. 사막의 흙먼지처럼 바다 한가운데 무수한 새들이 하늘 높이 날고 있었다.(2005)

베버리힐즈 서울사이트

1

　—야, 찾았다. 여기야, 여기. 저기 왼쪽에 하얀 담벼락 보이지, 그치?

이건 또 아침부터 무슨 참새 물똥 빠지는 소린지, 이 동네 안 살아

본 사람은 모를걸. 지난주 토요일, 아침 일찍. 저 아래 산동네 쪽에서

참새처럼 그렇게 아이들 짹짹거리는 소리가 들리는 거야. 산비탈을

의지하고 생긴 동네라, 길 위쪽으로는 덤불숲이 우거진 소나무 언덕

이고, 언덕 아래로 길 건너 쪽은 낡은 단독주택들이 길게 꼬리에 꼬리

를 물고. 아침 출근이랄 것까지는 없지만 상황이 불리할 땔수록 자리

는 더욱더 공고하게 움켜쥐고 있어야 하니까, 어쨌든 내 위기의 경비

직을 위해 그날 아침 출근을 준비하던 참이었어. 창밖으로 소리 나는

쪽을 내다보니까 웬 중학교 교복짜리들이 저 너머 당대 전철역 쪽에

서 이쪽으로 아주 경쟁적으로 달려오는 거 있지. 그러더니 하필이면

우리 집 대문 밖에 숨이 차도록 멈춰 서는 거야.

―맞아, 하얗게, 벽돌집이랬어.

이런 소리도 들리더라. 한두 녀석이 아니었다. 우리 집이 도대체 뭐가 어쨌다는 것인지, 한 아이는 뭔가를 훔쳐보느라고 대문짝에 바싹 붙어서 있고, 또 한 놈은 저만큼 뒤로 까치발을 딛고도 모자라서 눈알이 빠져라 목을 늘여 빼고, 다시 또 한 놈은 곁에서 망을 보느라고 그런지 잔뜩 긴장해서 발을 동동거리고 말이야. 그때 마침 내가 현관문을 열고 밖으로 나간 거야.

―나온다!

짧은 신호음과 함께 화들짝 놀란 아이들이 한바탕 흩어지는가 싶더니 다시 모이더라. 그때 알았어. 그 나온다!의 장본인이 다름 아닌 나 김종배였던가 봐. 현관문을 열면 거기가 마당이고, 거기서 한 발짝만 더 떼면 바로 코앞이 대문간인 그 집이 바로 내가 세 들어 사는 당대 4동 단독주택이거든. 내가 철대문을 밀고 나가면서 물었다.

―뭐하는 애들이냐?

―아저씨, 여기가 에치오티 집인가요?

있잖아, 에치오티라고, 요새 한참 잘나가는 아이돌 그룹 말이야. 내 집이 그 집인 줄 알았다는 거야. 그렇잖아도 이 동네에 에치오티 스튜디오가 있거든. 그때 내 기분이 어쨌는지 알아. 아, 그렇다. 내가 바로 에치오티랑 한동네 살지. 이 판에 내가 에치오티네 삼촌이기라도 하다면 얼마나 좋을까. 그 에치오티네가 바로 우리 집이라니, 갑자기 어린 여학생짜리들이 귀여워 죽겠더라니까. 그냥 어울려 놀아버리고 싶은 거야. 그래서 내가 그랬지.

—어째서 우리 집이 에치오티네 집일 거라고 생각했나?

그랬더니 걔네들이 뭐랬는지 알아.

—아닌가요? 당대 전철역에서 바른편 쪽으로 산길을 따라 쭉 걸어 올라오다 보면 왼쪽으로 하이얀 벽돌담이 나온댔어요.

—우리 집이 그 집이냐?

—그 집 맞잖아요.

나도 참 나지. 그날 처음으로 우리 집 담벼락을 맘먹고 쳐다보았다니까. 에치오티네처럼 하얀 회칠 벽은 아니지만, 희끄무레하게 낡은 담장이 얼핏 닮은 것도 같더라.

—에치오티네 집은 여기가 아니고…… 나는 앞장서 걷는 수밖에 없었다. ……날 따라오겠니?

그 길은 어차피 경비실 쪽으로 가는 길이었거든. 산비탈을 끼고 굽이굽이 돌아가는 골목길 가득 아카시아 꽃향기가 진동했다.

—아저씨, 고맙습니다.

최신식 고급 빌라형 아파트, 호화 맨션 빌라트, 쉐르빌 파크텔 궁전, 베버리힐즈 타운, 레스빌 사이룩스 밸리의 골목길을 내가 이렇듯 낯선 아이들과 함께 낯선 동네를 가듯 걸어가는 거야. 여긴 재개발 사업이 이미 끝난 데거든. 같은 당대동이라도 내가 경비하는 3동과 이곳 4동은 천양지판이지. 동네가 유난히 예뻐 보였지만 아이들은 별

관심 없더라. 빨주노초파남보의 무지갯빛 기와지붕들이 초록의 산빛 깔과 어울리자, 눈앞에 펼쳐지는 장면이 영화처럼 아름다웠다.

—넌 이름이 뭐니?

그중의 한 아이를 바라보며 이름부터 물었지. 괜히 할 말 없으니까.

—민정이요, 김민정.

—그래? 이름 예쁘구나.

그러면서 걸어가는데, 애네들은 이름 하나를 물어도 공평하게 세 사람 다 물어줘야 하는 거 있지.

—아저씨, 내 이름은 왜 안 물어보세요?

—그렇구나. 넌 이름이 뭐니?

—현주요, 한현주. 그리고 쟨 정아구요. 박정아.

—어디 사니?

나는 걸어가면서 묻고.

—남해요.

아이들은 따라오면서 대꾸하고, 민정이랑 현주랑 정아랑 나랑, 네 사람 주고받는 말벗들이 어쩌면 바람 부는 물살처럼 찰랑찰랑 살갑 기까지 하더라니까.

—남해?

남해라니, 깜짝 놀랐어. 그런데 걔네들은 어쨌는지 알아. 놀라기는 커녕 멀뚱멀뚱 나를 흘겨보며 되묻는 거 있지.

—왜요, 아저씨?

—남해 바다 섬, 남해에서 왔단 말이냐?

—왜 놀라세요, 아저씨?

—서울은 언제 왔는데?

—지금 오고 있잖아요?

—지금 오는 길이라고? 언제 갈 건데?

—이따가요.

—오늘?

—아저씨는 왜 자꾸 놀라기만 하세요? 촌스럽게시리.

—내가 그랬니?

레스빌 사이룩스 밸리의 파랗고도 빨간 지붕들이 먼바다의 물결처럼 눈앞에서 출렁거렸다. 길은 외길이다. 잊어버리고 가는데 하얗게 회칠을 한 단독주택 한 채가 눈앞을 가로막고 서는 거야.

—이 집이다.

내가 말해줬지. 담벼락도 하얗고, 대문짝도 하얗고, 몸체도 하얗고, 건물 전체가 온통 하얀 페인트 통을 뒤집어쓴 것 같았지만, 그러나 생각처럼 아름답지는 않아.

—이게 에치오티 집이라구요?

—왜? 실망했니?

—그게 아니라요.

감탄일까, 실망일까, 아이들이 하— 입을 벌린 채 그만 그 자리에 눈사람처럼 서버리는 거 있지. 집은 텅 빈 채 문이 잠겨 있었다. 하얗게 회칠 벽을 한 낡은 건물은 마치 방금 무대에서 내려온 연극배우처럼 누추했다.

—이 낙서들을 좀 봐라. 얼마나 지저분하니…… 변명일까, 자랑일까, 내가 그 집을 좀 아는 체하고 싶어졌지. ……이게 다 늬들 같은 어린 팬들이 와서 적어놓고 간 거 아니겠니. 읽어보진 않았다만, 아이 지저분해. 아마 천 명도 더 될 거다.

—아저씨, 좀 비켜주세요.

—왜? 실망했니?

—실망이라니요. 그건 낙서가 아니라, 편지란 말이에요. 우리들 마음을 그냥 써놓는 거라구요.

어처구니없도록 황홀한 침묵의 시간이 흘렀다. 기도하듯 경건한 침묵이었다. 나 같은 건 감히 끼어들 틈이 없더라니까. 새 떼들의 지저귐처럼, 에치오티가 머물다 간 그 자리, 지금은 여운처럼 정적이 감돌지만 거기 빈자리를 어린 팬들이 와서 지켜주는 거야. 구렁이 허물처럼, 만지면 부서져 가루가 되어버릴지도 모를 풍경 앞에 징그러운 뱀의 몸뚱어리를 실감하는 아이들 모습이 어쩌면 황홀하다 못해 경건하기까지 하더라니까.

—우리도 적고 갈까?

—그러자.

그들은 달려들어 저마다 한 자리씩 빈칸들을 차지하더라.

'강타 오빠! 그대 있음에 내가 있고, 김민정.'

—안 돼!

현주가 달려들어 '김민정'을 지우고 그 자리에 '현주 올림.'

—정아야, 너도 써줄까?

—싫어. 내 껀 내가 쓸 거야.

정아는 저만큼 돌기둥 쪽으로 멀어져 갔다.

'천 년에 딱 한 번 우는 새가 있습니다. 그 새의 울음이 모여 바다를 이룰 때까지 희준오빠오빠빠빠, 사랑할 거야. 정아가.'

—안 돼, 정아야.

—안 되기는, 너도 해라.

마음을 남기는 것도 엄청 경쟁적인 거 있지. 사랑은 나만 가졌다고 생각할 때 한없이 기쁘더니, 함께 나누어 가진 것을 알자 슬프기 짝이 없었다. 빗살무늬처럼, 가슴 한복판을 긋고 지나가는 한 줄기 잉크빛 수평선.

—나, 상식이 부를 거야.

민정이 문득 그 남해 바다 푸른 물결 너머로 문자를 띄우고 싶어진 거야.

—불러라.

그래도 정아랑 현주는 그런 민정이 부럽고.

'상식아, "푸우"의 2행시야. 푸 : 푸우야 넌 커서 뭐가 될래? 우 : 우루사.'

상식이 뭐라고 써서 답장을 보내왔을까.

세 아이들, 그러고는 모르겠어. 나라고 언제까지나 그 어린것들하고만 시간을 함께할 수는 없는 일이잖아. 아니면 당대4동 남의 동네에서만 노닥거리는 내가 싫었던가. 당대4동이라면 나는 괜히 존심이 상하고 심술이 나더라. 왜 안 그렇겠어. 우린 단독주택촌이고 거긴 빌라촌이잖아. 단독주택 그거 요즘 신세가 말이 아니거든. 언제 헐릴지 모를 정도로 목숨이 촌각을 다툰다니까. 단독주택이 헐리면 아파트가 들어선다. 4동 빌라촌도 그렇게 생긴 동네거든. 단독주택을 허물고 고급 빌라를 세운 거라니까. 한때는 나도 그 동네 경비를 좀 서볼까 하고 군침을 삼켰었지. 워낙 시설이 좋으니까. 하는 일도 일이거니와 거기 사는 주민들이 좀 좋아야지. 최소한 영화배우 아니면 탤런트, 개그맨들이 수두룩하다니까.

2

그건 그렇고, 그날 그러니까 에치오티 여학생짜리들을 버리고 당대 3동 경비 제7초소 내 이름뿐인 직장까지 걸어가는 길이었는데 말이야, 4동 베버리힐즈 세인트루이스 패밀리파크라고 알던가. 지나가면서 보니까 마침 근무교대를 하는 모양이더라. 간밤에 근무를 섰던 성승택 씨가 퇴근을 하고 그 자리에 황인엽 씨가 출근을 하는 거야.

누구는 할 일이 없어서 낮이면 샤인빌로 갔다가, 밤이면 마누라한테 갔다가 정신이 없는 판에, 이건 하루를 절반으로 쪼개어 밤이면 밤 경비 따로 낮이면 낮 경비 따로, 그러니 내 배가 안 아파. 배알이 뒤틀리다 못해 생배가 꼬일 지경이지. 주차장 경비는 어떻고. 패밀리파크는 정문 경비 말고 또 주차장 경비라는 게 있거든. 그런 델수록 주차장 쪽이 일도 더 많고, 파워가 세다는 거 알지. 정문은 이름 그대로 세인트루이스 패밀리파크의 남대문 숭례문일 뿐이야. 들고 나는 사람이 없는데 무슨 소용이 있겠어. 이름만 정문이면 뭘해. 너 나 할 것 없이 자가용들로만 들락거리거든. 쥐도 새도 모른다. 승용차를 몰고 주차장 안으로 들어가면 그대로 엘리베이터가 닿고, 엘리베이터에서 내리면 거기가 바로 그 집 안방이고 거실이라는 거야. 그러니 그런 데 경비인들 왜 안 그렇겠어. 승용차 체크하랴, 그 안에 탄 사람 챙기랴, 엘리베이터 관리하랴, 들고 나는 일이 죄 주차장 경비 책임이라니까. 그 사람들, 차려 입은 제복을 좀 보라지. 여름이면 카키색, 겨울이면 감청색 정장에다가 넥타이는 어떻고. 어디 그뿐인가. 양 어깨며 가슴패기며, 웬 견장이랑 훈장이랑은 그렇게도 주렁주렁 매달았는지, 모르는 사람이 보면 꼭 경찰 간부인 줄 알겠다니까. 그런 황인엽 씨와 성승택 씨가 방금 근무교대식을 거행하는 셈이야. 갈 길이 바쁜 성승택 씨는 벌써부터 사복 차림이 되어 문밖에 나와 섰고, 오늘 하루 버펄로 신세가 되어야 할 황인엽 씨는 서두를 것도 없지 뭐. 아직 당직실 안에서 느릿느릿 제복을 갈아입는 거야.

—아, 지난밤은 꼬박 날밤을 샜더니.

밖에 있는 성 씨가 그러더라.

—왜, 무슨 일 있었소?

안에 있는 황 씨가 소리로만 되묻는 거 있지.

—영화를 찍더라구.

—엊그제 찍었잖아. 또 찍어?

—치정극인가 봐. 숲 속에서 시체가 발견되었다지 뭐야.

성승택 씨가 턱짓으로 아카시아 언덕 저쪽을 가리켰다.

—진짜야?

황 씨는 아직 넥타이 끈을 조이는 중이었고.

—영화라니까. 정사 장면인가 봐.

—벗었어?

—벗기는? 저기 아카시아 숲 속에서야. 조명만 대낮처럼 밝은데, 두 연놈이 껴안고 얼른얼른 희끗희끗, 좋다 만 거지, 뭐. 그러더니 누군가가 죽었다는 거야.

—이 동네, 웬 배우들이 그렇게도 많이 살지?

황 씨가 구릿빛 견장을 번쩍거리며 밖으로 나왔다.

—경동시장 가서 물어보라고. 한약방은 왜 한약방끼리만 모여 살기를 좋아하는지. 배우들도 아마 그래서 그럴걸. 이거 오늘 업무야.

성 씨가 접힌 쪽지 하나를 황 씨 앞에 내밀더라.

—뭔데?

—몰라, 황 형이 알아서 처리하라고.

—돈인가?

황 씨가 펴보는 거야.

—연애편질걸. 308호 뚱보 여사.

—연애편지 좋아하시네.

황 씨가 뚱보 여사를 떠올리는 동안, 성 씨는 가뭇없이 사라지고 없었다.

308호, 할아버지 혼자 계심. 오늘 파출부 못 옴. 11시 주치의 왕진. 12시 30분경 전복죽 배달 올 테니 안내 바람. 집 안에 들이지 마시오.

308호 아니라도 이 동네 사모님들은 늘 이런 식으로들 사니까, 경비 업무라는 것도 따지고 보면 그렇지 뭐. 패밀리파크 경비라는 게 원래 외형만 번드르르하게 정복 입고 견장 차고, 그야말로 말이 좋아 베버리힐즈 경비실 직원이지, 그게 무슨 경비야. 그 잘난 사모님들 뒤치다꺼리나 해주는 부엌데기 아니면 심부름꾼이지 뭐. 시장 보아오면 운전기사 보따리 받아 안으로 들여놓기, 쓰레기 나오면 분리수거해서 대문 밖에 내놓기, 바깥 사장님 외출하면 외출했다고 몰래 일러바치기, 맨 그런 거야. 오늘은 308호라니까, 그나마 아이들 잔심부름은 없어서 다행이겠군.

308호 영감님은 작년에 85세를 넘겼다고 들었는데, 지난봄까지만
해도 한낮이면 요 앞으로 산책도 나다니곤 하시더니, 그나마 여름 들
어서는 그것도 포기를 해버렸는지 요즈음은 통 못 보겠더라. 할머니
는 돌아가신 지가 오래래. 언제부턴가 의원님이라고 불리는 그 집 아
드님은 현재 이렇다 할 직함은 없지만 원래 빈 택시가 더 바쁘다지 않
아. 다음 선거를 위해서는 나가서 무슨 짓이든지 해야 하니까, 집 안
에 붙어 있을 새가 없더라고. 의원님 사모님이라는, 아까 그 쪽지를
남기고 간 뚱보 여사 말이지, 그 여자는 한술 더 떠요. 반드시 정치인
남편을 내조하느라고만 그런대서가 아니라, 한 인간이 인간으로서
인간답게 살자면 남 못지않게 신앙생활도 해야지, 사회봉사 활동도
거들어야지, 거기다가 가정경제도 일으켜야지, 여자로서 할 일이 좀
많겠어. 그 빈자리를 파출부 아줌마가 채워준다고는 하지만, 그 채워
준다는 게 무엇을 어떻게 채워주고 또 얼마나 채워준다는 말인지, 낮
에는 텅 빈 집 안에서 영감님 병 수발을 하는 일이 고작일 텐데, 그것
또한 피차간에 만족스러울 리가 있겠냐고.

성승택 씨가 떠나고 나자, 베버리힐즈가 갑자기 빈집처럼 고즈넉했
다. 황인엽 씨는 딱히 할 일은 없었지만 그래도 뭔가를 해야 할 것 같
았으므로 일단 밖으로 나와 정원을 거닐었다. 말이 좋아 정문 경비지
이럴 때 남문 주차장이었다면 얼마나 좋았을까. 남문 경비들은 이 동
네 누가 몇 동 몇 호에 사는지는 몰라도 방금 들어간 검정색 벤츠 몇
호가 몇 호 집 차인지는 신발집 주인처럼 꿰고 있다지 아마. 에쿠우

스. 재규어. 푸조. 벤츠. 볼보. 최하가 그랜저 3.0이라니까, 소나타 EF
나 프린스 같은 건 창피해서 족보에도 못 들걸.

황인엽 씨한테 경비 전화가 걸려온 것은 그렇게 자기가 자기 할 일
을 찾아서 잔디밭에 물을 좀 뿌릴까 하고 스프링클러를 틀고 있을 때
였다. 남문 경비가 308호 안부를 물어온 것이다.

—308호 주치의가 오셨는데, 문이 안 열린다지 뭐요. 연락을 좀 해
볼 데가 없겠소?

시간을 보니, 오전 열한 시를 방금 지나고 있었다.

—잠이 드셨나? 인터폰을 넣을까?

황 씨가 그렇게 주무시는 영감님을 떠올리는데, 남문 경비는 그만
그 느린 템포에 화가 났던 모양이다.

—누구, 다녀간 적 없지요?

엉뚱하게 누구 다녀간 사람이 있는지를 따져 묻는 것이다.

—다녀가다니? 아까 며느리 되는 사람이 쪽지를 남기고 갔는데, 그
사람인가?

—아니면 됐소.

그러고 말았어야 했거든. 그런데 괜히 친절을 베푼답시고 한마디
덧붙인 게 그만 황 씨는 그게 탈이라니까. 홀라당 뒤집어쓴 꼴이 되고
말았지 뭐야.

—비상키가 있지 않습니까? 열고 들어가 볼까요?

이랬던 거야. 그러고 보면 황 씨 하는 짓도 참 왕초보라니까. 남의

집 자물쇠를 열고 들어간다는 게 얼마나 바보 같은 짓인지를 황 씨가 왜 모를까.

　—무슨 소릴 하는 거요? 황 형은 마치 황 형이 갖고 있는 비상키가 황 형 것인 줄로 착각을 하는 모양인데, 어림없소. 황 형이 만일 자물 쇠를 열고 안으로 들어갔다고 칩시다. 그 안에 아무 일도 없었다면 얼 마나 웃기는 일이요. 그렇다고 그 안에 무슨 일이 벌어져 있기라도 하 면 그땐 괜찮을 줄 아시오? 천만의 말씀. 사건은 원래 일어나도 문제 고 안 일어나도 문젭니다. 그냥 열쇠를 사용하지 않으면 그만 아니오.

　—듣고 보니 낯선 자가용 한 대가 정문 앞을 오락가락한 적이 있었 습니다. 오늘은 어땠더라. 잠깐만 기다리십시오. 보고 오겠습니다.

　그렇게 밖으로 뛰쳐나가려고 하는데, 남문 경비의 또 한 차례 질겁 하는 소리가 고막을 찢는 것이다.

　—그걸 날더러 어떡하란 말이오? 못 들은 걸로 하겠소.

　전화가 뚝 끊겼다.

3

　—아까 그 아저씨다. 애들아, 아까 그 아저씨 여기 있어. 아저씨! 아저씨, 여기 사세요?

　당대3동 경비 제7초소. 생각만 해도 낯 뜨겁고 초라하기만 한 내

직장 7초소 경비실로 말이야, 낯익은 꼬마손님들이 들이닥친 것은 그 날 오후 두 시가 넘어서였다. 할 일이 뭐가 있겠어. 503호 재건축 현 장에 가서 대충 점심은 때웠다지만, 그러고도 또 할 일이 없으니까 그 만 호주머니에 두 손을 넣은 채 우두커니 먼산바라기나 하고 서 있는 거야. 우면산 하늘가를 떠도는 솜털구름이 속절없이 한가롭더군. 바 로 그때였다. 아까 그 에치오티 여학생들이 경비실 앞을 지나치던 거 야. 뻔하지 뭐. 성지순례를 마치고 방금 귀가하는 길 아니겠어. 올 때 는 우리 셋집 앞에서 만나더니, 갈 때는 또 이름뿐인 직장 앞에서 만 나고, 그렇게 내 허술한 겉과 속을 한몫에 다 보여줬으니 이런 개망신 이 어디 있냐. 어떡해. 시치미 뚝 따고 반가운 척 맞이할 수밖에.

—에치오티는 봤냐?

—아니오. 공연 갔대요.

—봤으면 좋았을 텐데, 그냥 가서 어떻게 하냐.

—괜찮아요. 다음에 또 올 건데요, 뭐.

그러고는 곧 갈 줄 알았는데, 미적미적 머뭇거리고 안 가는 거 있지.

—야, 이 집 좋다. 이게 아저씨네 집인가요? 엄청 크다.

그중의 한 아이가 집 구경까지 마저 하고 가려는 눈치였다. 내 초소 가 빌붙어 있는 네거리 코너 집, 옛날 생명금고 사장집인데 엄청 크거 든. 내가 그 저택 앞에 서 있으니까 그 집이 꼭 우리 집인 줄 알았던 모양이야. 그렇다고도 못하고, 아니라고도 못하고, 영 쪽팔려 죽는 줄 알았다니까. 띠딕, 띠디딕, 띠디디딕 아이들 핸드폰 소리가 울린 것은 바로 그때였다. 민정이란 아이가 한쪽으로 돌아서서 전화를 받더라.

……아니 ……알았어 엄마…… 친구집이야…… 시험공부하느라고…… 알았어 엄마…… 좀 늦을지도 몰라. 어쨌든 오늘은 들어갈게…… 알았어 엄마…….

남해에서 전화가 걸려온 거야. 민정이 즈이 엄마와 통화하는 동안 현정이 정아는 내 곁에서 나하고만 놀고 싶어하는 거 있지 .

—아저씨?

—왜?

—아저씨는 어렸을 때 좋아하는 연예인이 누구였나요?

—연예인?

워낙 급작스레 받는 질문이라 어떻게 할 줄을 모르겠더라. 우리 땐 그런 거 없었거든. 연예인이 다 뭐야. 영화배우가 연예인인가.

—에디슨이나 교장 선생님같이 그런 위대한 사람 말구요. 에치오티 오빠들처럼 그냥 보고 싶어서 자다가도 문득문득 눈이 떠지는 그런 사람 말예요.

—자다가도 눈이 떠지는 사람은 없었지만, 가만있자, 그게 누구였더라?

아, 그때 김동리 선생님이 떠오른 거야. 어렸을 때, 지금 애네들처럼 나 중학생이었을 때, 서울서 온 시인을 보고 그토록 가슴 뛴 적이 있었거든. 그때 그 이야기를 들려주고 싶었다.

—옛날에, 내가 백일장 대회에 나갔을 때 말이다.

아이들이 귀를 쫑긋 열고 다가서더라.

―아저씨가 시를 썼다구요? 아저씨, 시인이세요?

―니들만 한 중학생 때였지. 들어봐라.

―중학교 때 시를 썼다구요? 아저씨가요?

―왜? 아저씨는 시 못 쓸 것 같으냐? 이래 봬도 선수로 뽑혀 나갔었구나. 새벽 기차를 타고, 엄마가 싸주시는 도시락을 들고, 먼 도시로 시를 쓰러 나가는 중학생들, 감동적이지 않니?

―저희들도 새벽 기차를 타고 왔어요.

―들어봐라. 쥐어짜기만 하면 온몸에서 눈물 같은 낭만이 주르륵 흘러내릴 것만 같던 그때는 나도 시인이었거든. 그날, 어린 시인들이 구름처럼 몰려왔었지.

―제목이 뭐였나요? 아저씨는 뭐라고 썼나요?

―들어보라니까. 드디어 대회가 시작되었다. 제목은 '나무'. 가슴은 콩당콩당 뛰지, 어떻게 써야 할지 생각은 안 나지, 그때 누군가가 그러는 거야. 야, 서울서 유명한 시인이 오셨다는구나. 보이니? 저기 저분이 그 유명한 김동리 선생님이래. 먼빛으로 보일락 말락 소나무 그늘 아래 앉아 계신 선생님은 유난히 이마가 반짝거리더라. 그리고부터는 도통 시가 써져야지. 김동리 선생이 보고 싶어서 견딜 수가 없는 거야. 그래서 그만, 쓰라는 시는 쓰지 않고 괜히 동리 선생님 가까운 주변으로 가서 주위를 빙빙 돌기만 한 거 있지.

―왜요?

―보고 싶으니까. 시인이잖니. 동리 선생님은 내가 그런 줄도 모르고 연못가 저쪽 소나무 그늘 아래서 말이야, 우리 국어 선생님이랑 다른 젊은 시인들한테 빙 둘러싸여 갖고 말이야, 환하게 웃고 계시는 거야. 잔디밭에 신문지를 깔고 앉아 술이랑 과자랑을 들고 계신데, 나는 자꾸만 그 둘레를 어정거리면서 조금만, 조금만 더 가까이, 그래도 영 다가갈 수가 없는 거 있지.

　―시는요?

　―내 시? 못 썼지. 그날 가슴속이 온통 김동리 선생뿐이었는걸.

　―그래서 어떻게 됐나요?

　―어떻게 되긴, 그냥 그런 일이 있었다니까.

　―아, 재미없다. 아저씨, 우리 갈래요. 안녕히 계세요.

민정이, 정아, 현주, 세 아이가 베버리힐즈의 고갯길을 겁도 없이 폴짝폴짝 달아나는 거야. 남해 바다 섬, 남해가 여기서 어디라고 감히, 어제는 서둘러 학교 공부를 마치고, 서울행 버스를 타고, 새벽 기차를 타고, 그렇게 에치오티를 만나고, 이제는 또 그렇게 남해 바다 섬 남해로 돌아간다는 거야. 신기하더라고. 서울 시인이 그립던 옛 소년은 다시 당대3동 제7초소 경비원이 되어 경비실 안으로 들어가는 수밖에. 아카시아 꽃잎 지는 오후의 한나절 햇살이 장난처럼 왔다가 놀다 간 자리. 나는 돌아온 탕아의 심정으로 거울 앞에 서보는 거야. 표정이 잘 읽히지 않는 애매한 사나이 하나가 거울 앞에 서 있더라. 거울 속에서도 짹짹짹짹 새 떼들은 지저귀고, 정체불명의 사나이는

그러니까, 황금빛 구렁이 가시나무 잔가지에 허물을 걸쳐두고 몸만
빠져나가려다가 그만 광속도의 세월을 견디지 못하고 말라비틀어진
파충류의 시체였다.

4

　—308호 전복죽 배달 왔습니다.

　젊은 오토바이 철가방 한 대가 세인트루이스 정문 경비실로 들이닥
친 것은 오후 네 시가 임박해서였다. 308호라, 황인엽 씨는 아까 왕진
을 왔다가 헛걸음을 치고 간 주치의를 떠올렸고, 그 일 때문에라도
308호 영감님한테는 뒤늦게나마 인터폰을 넣어볼 일이었다.

　—이게 점심이냐? 저녁이냐?

　황인엽 씨는 신호가 가기를 기다리는 동안 배달에게 물었다. 전복
죽이 엉뚱하게 늦게 도착한 것을, 말하자면 추궁하는 셈이었다.

　—원래는 열두 시 반 점심으로 예약을 했었습니다. 그런데 갑자기
전화를 걸어 네 시쯤 갖다 드리라고 했습니다.

　젊은 배달이 설명해주었고.

　—누가? 영감님이?

　황인엽 씨는 다시 한 번 308호 영감님을 떠올렸다.

　—아니죠. 아줌마였습니다.

황 씨는 다시 뚱보 여사의 메모 쪽지를 펴들었다.

—아줌마였어? 열두 시 삼십 분 맞는데. 전화는 그럼 밖에 나가서 걸었구만.

—안에는 그럼 아무도 안 계십니까?

배달이 다시 황 씨에게 물었고.

—영감님 혼자라니까. 그나마 연락이 안 되니 이걸 어떡허믄 좋아.

마침내 황 씨가 짜증을 부리기 시작한 것이다. 인터폰 저쪽에서는 지금까지 아무런 기척도 없었다.

—놓고 갈까요?

—놓고 가기는? 그냥 갖고 가라.

—아닙니다. 기다릴게요. 더 연락해보세요.

배달은 돌아서지 않은 채 경비실 앞에 서 있다.

—이걸 어떡헌다?

황 씨는 이번에는 남문 경비실 쪽으로 호출을 넣어본다.

—308호 전복죽이 왔습니다만, 아직도 연락이 안 됩니까?

그 일을 그쪽이 알지, 내가 안단 말이오? 하는 식으로 남문 경비는 여전히 나 몰라라였다. 전복죽은 그냥 놓고 갈 테니 전해달라고만 우기지, 영감님은 하루 왼종일 감감무소식이지, 며느리 뚱보 여사는 그림자도 안 비치지, 이럴 때 경비의 할 일이 무엇이란 말인가.

—어쨌든 이쪽은 아무 일 없으니 그쪽이나 알아서 잘해보시오.

—여보시오, 박 형. 그쪽은 아무 일도 없다니, 도대체 무슨 일이 있

어야 하기에 있어야 할 일이 없어서 다행이란 말이오? 말해줄 수 없겠소?

—아, 별일은 아니오. 황 형, 내가 잠깐 그쪽으로 갈까요?

—이쪽으로 오다니, 그쪽은 어떡허구?

—어떡허기는? 잠깐 사인데 뭘.

남문 경비와 통화를 하는 사이, 전복죽 배달은 오토바이 철가방을 철수해 가버렸고, 인터폰을 내려놓는 그 순간 남문 주차장 쪽에서는 경비가 달려오고 있었다. 오토바이 철가방이 남문 주차장을 빠져나가는 그 순간, 정체불명의 BMW 한 대가 세인트루이스 주차장 안으로 빨려 들어가는 것을 배달소년은 보았다.

—틀림없지요? 그 사이 아무도 다녀간 사람은 없지요?

남문 경비 박종수 씨는 들이당짝 묻는다.

—다녀가기는 누가 다녀간단 말이오? 그렇게 불안하면 우리가 직접 들어가 봅시다.

—308호를? 우리가?

—보조키를 쓰면 될 것 아니오?

—그게 아니라, 사실은……

남문 경비가 목소리를 죽이고 다가선 것은 그때였다.

—틈만 나면 사람을 훔쳐 가겠다는 거요. 308호 사모님이 신신당부를 하고 갔소.

—사람을 훔쳐 가다니, 그게 누구지요? 누가 누구를 훔쳐 간다는

거죠?

—누가 압니까? 워낙 도깨비 같은 세상이라, 차를 정문 쪽에다 댈 지도 모르니까, 이쪽은 어쨌든 황 형이 책임을 져야 할 거요.

—훔쳐 갈 물건이 308호 영감님이란 말입니까? 그냥 모셔 가면 될 일을, 하필이면 왜 몰래 훔쳐 가겠다는 거죠? 그게 유괴라는 거 아닙니까?

—쉿, 조용히 하시오. 피붙이니까 그런 짓들을 하지, 피 한 방울 섞이지 않은 사람이면 뭣 때문에 다 늙은 영감을 훔쳐 간다 하겠소?

—아들인가?

—시집간 딸이 하나 있소. 남편이 빵빵하답디다.

—그냥 모셔 가면 될 것 아니오?

—안 주니까 그렇지.

—안 주다니? 누가? 편안하게 잘 모시지도 못할 테면서, 안 주기는 왜 안 준다는 거죠?

—그걸 몰라서 묻소? 영감님이 한때 굉장한 재산가였거든.

5

그 순간 에치오티 여학생들은 지하철 3호선을 고속터미널역에서 갈아타고 남부터미널역에 내린 거야. 남해까지는 하루 네 차례 시외

버스가 오간다. 그들은 삼십 분 이상 기다렸다가 열다섯 시 사십 분 남해행 마지막 버스를 탔다. 가는 동안 아무도 입을 열어 에치오티를 말하지 않았다. 늦은 밤 버스는 남해 합동터미널에 도착했고, 거기 어둠 속에 상식이가 나와 있었다. 그들은 터미널 구내매점에서 떡라면을 한 접시씩 시켜 먹었다. 상식이는 자꾸만 에치오티가 궁금했지만, 아무도 그의 궁금증을 풀어주지는 않았다.

—지하철을 탔을 때였어…….

딱 한 차례 민정이가 서울 갔다 온 이야기를 입에 담았다.

—일요일이라 그런지 사람들이 많지 않았어. 한낮인데 에어컨도 켜 있지 않았어. 객실이 후텁지근하더라. 구석 자리를 잡는다고 잡다 보니 노약자석이었던가 봐. 뒤늦게 알기는 알았지만, 어차피 남는 자리인걸 뭐, 그냥 눈 딱 감고 앉아서 버틴 거야. 서울도 차 안에 잡상인들이 많더라. 방금 어떤 아저씨가 요요를 팔고 간 뒤였을 거야. 그 전에 참, 노래하는 맹인 아줌마가 한 차례 느린 걸음으로 지나갔었지. 그러고는 깜빡 잠이 들었던가 본데 인기척이 느껴지는 거야. 눈을 떠 보니 어떤 궁상맞게 생긴 할아버지가 나를 뚫어져라 쳐다보는 거 있지. 놀라서 피하고 싶었는데, 피할 새도 없이 한 푼 줍쇼, 하고 내 앞으로 손을 벌려 오는 거야. 이럴 때 어떻게 해야 하는지, 돈을 주면 얼마를 줘야 하는지, 겁이 덜컥 나더라고. 평소에 남한테 돈 같은 걸 줘 본 적이 없거든. 그래서 그냥 모른 척하고 가만있었지 뭐. 그랬더니 어쨌는지 알아? 내 앞에 서서 잠시 나를 째려보더니, 되레 자기 호주

머니에서 10원짜리 동전 하나를 꺼내 내 손에 안겨주는 거 있지. 그러고는 얼른 다음 칸으로 가버리는 거야.

　─왜 그랬다니?

상식이 신기한 듯 묻더라.

　─모르겠어.

　─뭔가 이유가 있었을 거 아냐?

　─그게 뭔데?

세 아이 모두 뭔가 이유가 있을지도 모른다는 생각이 든 것은 그때가 처음이었다. 상식이 말대로 거기 뭔가 이유가 있었다면 큰일이잖아. 무엇보다도, 그들 세 사람 가운데 하필이면 왜 자기였을까, 민정이는 그게 가장 두려웠거든. 하필이면 왜 나였을까. 먼 데서 낯익은 파도 소리가 들려오는 거야. 세 아이는 미조, 상주로 가는 마지막 버스를 탔다. 낯익은 풍경들은 어둠 속에서나마 금산 주차장이 임박했음을 알리고, 머릿속에 에치오티는 떠오르지 않았다.

6

세 아이가 그렇게 남부터미널역 대합실을 빠져나가 남해고속버스 승강구를 올라탈 무렵, 서울 강남구 당대4동 베버리힐즈 세인트루이스 패밀리파크 남문 지하 주차장에서는 방금 하얀 앰뷸런스가 한 대

서둘러 빠져나간 거야.

—308호, 차 나갑니다.

황 씨가 급히 남문 주차장 쪽으로 달려간 것은 앰뷸런스가 이미 꼬리를 감춘 뒤였다.

—저 앰뷸런스가 오늘은 왜 경적도 울리지 않고 그냥 간다지?

남문 경비들이 달아난 앰뷸런스의 뒤꽁무니 쪽을 우두커니 지켜보며 말하더라.

—시체로 나갈 때는 원래 조용히 가는 법이야.

—별일은 없었군요?

—사람이 죽어 나가는데 그게 어찌 별일이 아니겠어.

도둑맞지 않아서 다행이라는 말을 그들은 그렇게 하고 있었다.

—산 채로 도둑맞지 않았으니 그나마 다행이지요.

—그럼. 우리들 책임은 면했으니까.

가로등처럼 길가에 나와 서서 그들은 308호 영감님을 이야기했다.

—하긴, 낮에 주치의가 왔을 때부터 수상쩍기는 하더라.

—어쩌면 며느리 뚱보 여사가 외출을 나간 직후였을지도 몰라.

—그러고 보니 결국 오늘 하루 온종일을 남의 시체만 지켜준 셈이군. 누구, 다녀간 사람도 없고?

—그렇지 뭐. 떠날 때는 언제나 혼자더라고.

그들은 황 씨가 꺼낸 담배를 나눠 피웠다. 밤바람 탓인지, 담배 맛이 유난히 쓰다는 생각을 황 씨는 떠올렸다.(2000)

파도야 어쩌란 말이냐

물 위를 떠가는 범선처럼 나는 지금 내 몸에 세찬 너울을 받는다. 다시 동해 바다 한가운데, 자정을 넘긴 시각.

북위   38° 50′ 00″
동경   132° 19′ 40″

해군 제 ○○함대 소속 대청함 함장 이옥규 대령을 곁에서 지켜보다 보면 그는 마치 끝날 줄을 모르고 이어지는 말줄임표 같다. 점점점…… 다음에 뭔가 할 말이 많을 것 같은데 입을 열지 않는 사람. 그는 그 침묵의 힘으로 1만 톤급짜리 대청함을 거뜬히 끌고 가는 것인지도 모른다.

대청함 3층 한복판에 자리 잡은 사관실, 혹은 회의실, 혹은 휴게실, 혹은 식당이기도 한 그 방을 관리하는 나는 오늘 함장님의 당번병이다. 유난히 주황빛 고급 목재로만 꾸며진 이 방에 근무하게 된 것을 나는 무한 기쁘게 생각한다.

방이 꽤 커서, 바닥 한가운데 열 명 이상이 마주 보고 앉을 수 있을 만큼 넓은 테이블과 같은 숫자만큼의 의자들이 줄을 지어 서 있고, 테이블 바닥은 짙은 바다를 닮은 잉크빛 융단 자락이 드넓게 깔려 있었다. 함상인 점을 감안하여 실내장식은 비교적 단순하지만, 그 단순함이 오히려 고품질 목재에서 묻어나는 주황빛 색상과 어울려 묘한 품격을 자아냈는데, 이것들이 모두 함장님한테서 고안된 인테리어라는 걸 알았을 때 나는 함장님의 또 다른 면모를 보는 것 같아서 놀라웠다.

군함을 움직이는 힘은 엔진이 아니라 함장이라는데, 말하지 않고도 스스로 군함을 가게 하는 함장님의 그 말줄임표 안에는 어떤 철학이 담겨 있을까.

마주 보이는 정면 벽에 작지만 동그랗고 예쁜 유리창이 두 군데나 뚫려 있었다. 유리창에 수시로 물그림자 같은 얼룩이 지곤 하는데, 너울이 치는 것 말고 여기가 함상이고 지금 항해 중이라는 걸 간접 말해 줄 수 있는 건 바로 그 유리창뿐이다. 그 유리창을 통해 바다를 보듯 나는 함장님을 통해 세상을 읽는 것이다.

사관실에 불이 켜져 있다는 연락을 받은 것은 내가 때를 알 수 없을 만큼 깊은 잠 속에 빠져 있을 때였다. 곤히 잠든 나를 당직사관이 흔들어 깨웠을 때, 나는 죽었다 복창하고 사관실로 뛰어 올라갔다. 거기 환하게 불이 켜져 있었고, 홀로 함장님이 앉아 있었던 것이다.

"필승!"

함장님을 보자, 나는 거수경례로 인사했다.

"심 상병이 이 시각에 웬일인가?"

함장님도 놀라는 기색을 나는 표정으로 읽었다.

"사관실에 불이 켜져 있다고, 가보라고 해서 왔습니다."

"괜찮아. 갈증이 나서 잠깐 물을 마시러 나왔을 뿐이다."

"간밤에 야식이 너무 짰었나 봅니다, 앞으론 주의하겠습니다."

"아냐, 너무 맛있었던 게 탈이었다. 그 국수, 심 상병이 말았었나?"

"네, 그렇습니다만."

그리고 막 돌아서 나오려는데 함장이 다시 나를 부르는 것이다.

"심 상병, 나를 위해 차 한잔 끓여줄 수 있겠나?"

나는 기쁜 마음으로 그러겠다고 대답했다.

주방에서 내가 쌍화차를 끓이는 동안 함장은 함교와 통화하고 있었다.

"나, 함장이다, 포술장 바꿔라, 음, 나 함장인데, 이상 없나? 현재 위치가 어디고? 38도 50분? 육지로 대보거라. 장전항? 경계수역 90마일 밖이란 말이지? 그 선은 반드시 지켜야 돼, 알겠나? 잠깐! 독도는 내일 언제쯤 통과할 것 같나? 오후? 몇 시쯤? 시간 조정대에 걸린다고? 알았다, 지금 14노트면 너무 느린 거 아냐? 1노트쯤 당겨봐라, 롤링 취할까 봐? 동해 바다에서 물결이 치면 얼마나 치겠노? 아, 참! 그리고. 내일 독도를 지날 때 말이다, 최대한 근접시키도록 해라. 얼마나 근접시킬 수 있는지 미리 체크하도록. 아! 12시 근무 교대던가? 업무 인계 잘하고, 그때는 나도 나간다, 수고해라."

나는 쟁반 위에 찻잔을 받쳐 들고 가면서 물었다.

"함장님, 내일 저도 독도를 볼 수 있습니까?"

함장은 함장석에 앉아 있지 않았다.

"독도? 심 상병은 아직 못 봤던가? 야, 이쪽으로 가져온나."

"아닙니다, 함장님 좌석은 이쪽입니다. 함장님은 함장석에만 앉아야 된다고 배웠습니다."

"인마, 커피가 함장을 따라와야지, 함장이 커피를 따라가면 되나? 이리 가져온나."

나는 나의 쌍화차를 함장석 앞으로 옮겼다. 함장은 뜨거운 찻잔을 가만히 입술에 갖다 대더니 물었다.

"니, 이게 뭐꼬?"

"뱃멀미 나면 마시라고 우리 어머니가 특별히 지어주신 쌍화참니다. 경동시장 한약방에 가서 보약으로 달인 거랍니다."

"늬네 어머니가? 야, 이거 목메어서 어디 먹겠나."

함장님은 후후 불면서 맛나게 쌍화차를 들고 있었다. 휘청, 배가 흔들거렸다.

"너울이 심하군, 심 상병은 집이 어디고?"

"서울입니다."

"서울, 어디?"

"강남입니다."

"순 깍쟁이로군."

그러는 함장님이 재미있어서 나는 생글거리며 물었다.

"함장님은 시골이시지요?"

"왜? 네 눈에 내가 되게 촌스러 뵈더나?"

"아닙니다, 함장님께서는 유난히 곰삭은 젓갈을 즐겨 드십니다. 황석어젓이면 황석어젓, 갈치젓이면 갈치젓, 짜리젓이면 짜리젓, 그중에서도 유난히 썩고 곰팡내 나는 것들에만 젓가락이 가셨습니다. 국으로는 아욱국을 즐기셨구요. 우리 아버지도 아욱국을 좋아하셨는데, 어렸을 때 시골에서 아욱국만 먹고 자라서 그렇다고 말씀하셨습니다."

"네 집은 서울이라며?"

"원래는 김제 만경 너른 들이었습니다. 아버지가 서울로 나오신 거죠."

"와아, 수병들 앞에서는 밥반찬도 함부로 못 먹겠네, 그치?"

"그렇지 않습니다. 저희 당번병들은 뭐든지 잘만 잡숴주시면 그만입니다. 사령관님은 삶은 닭다리를 잘 드시구요. 참모장님은 총각김치를 즐기시구요. 작전참모님은 알맞게 익은 물김치 한 사발이면 끝내줍니다."

이번에는 함장님도 입가에 웃음을 머금었다.

"이제 보니, 너 참 괜찮은 녀석이구나. 너 같은 깍쟁이가 어떻게 우리 해군을 지원할 수가 있었다지?"

"멋있잖습니까?"

"뭐가, 해군이?"

"바다 말입니다."

그때 함장님이 자리에서 일어섰고, "그래. 바다, 좋지!" 배우처럼 대사를 외우는 것이다.

"멀리 쪽빛 바다에는 외로운 섬 하나 야자수 그늘 드리우고, 수평선 너머 뭉게구름 피어오르면 우리들 꿈은 두둥실 흰 돛단배처럼……."

"함장님! 앉으십시오."

꿈에서 깬 듯 함장이 나를 물끄러미 쳐다본다. 그리고 함장석의 빈 자리를 어루만지며 내 앞에 권하는 것이다.

"야, 심 상병! 네가 앉을래?"

"제가요? 안 됩니다. 함장석은 함장님만 앉도록 되어 있습니다."

"명령이다, 앉아라."

함장님은 강요하듯 명령을 내렸다.

"그럴 수는 없습니다, 함장님."

"괜찮아."

함장님 목소리가 청량음료처럼 산뜻하게 들린 것은 바로 그때였다.

"네가 나를 위해 한번 앉아주렴. 거기 앉은 내 모습이 어떻게 생겼을까? 평소에 나는 함장석에 앉은 내가 어떻게 생겼을까 궁금했다. 심 상병, 네가 나한테 직접 보여주지 않겠나?"

나는 마침내 호기심에 들떴다.

"앉을까요?"

나는 덥석 함장석에 앉았고, 그러자 또 다른 호기심이 나를 충동질했으므로 잠깐! 나는 다시 벌떡 일어나 주방 쪽으로 뛰어갔다. 사진을 한 방 찍어두고 싶었던 것이다. 내가 다시 카메라를 들고 나올 때 함장님도 기뻐했다.

"인 줘라, 내가 눌러줄게."

나는 카메라를 건네주며 말했다.

"플래시가 터져야 찍힌 겁니다."

"알았다."

나는 포즈를 잡고 함장석에 앉았다. 함장이 알맞게 뒤로 물러나고 있었다.

"야, 심 상병, 웃어라. 너무 긴장하고 있잖니?"

"함장님도 평소에 웃지 않으셨습니다."

"이 녀석, 장난치지 말고."

"아닙니다. 함장님처럼 전, 지금 진짜 함장이 되어보는 겁니다."

"그래, 제발 그러라구. 야, 심 상병! 내가 이렇게 외로워 보이더나? 어깨를 펴. 그리고 활짝 웃으라니까."

나는 어깨를 펴고 조금 웃었다.

"자, 찍는다."

찰칵! 사관실 가득 플래시가 터지는 것을 나는 보았다.

그날 밤 나는 함장이 내게 어떤 강력한 마술을 걸었던 거라고 생각한다. 이튿날 눈을 떴을 때 특히 그런 생각이 들었는데, 그 때문인지 나는 아직 사진 같은 건 꺼내 볼 엄두도 내지 못한 채 마술의 환각 속에만 빠져 있었다. 내 카메라는 폴라로이드였다. 찰칵! 하고 나서 거꾸로 털면 그대로 사진이 되어 나오는 즉석 사진기였다. 그래도 그날 밤 나는 어떤 흥분 때문에 그 사진을 들여다볼 수가 없었는데, 보고 싶어도 보지 못하는 어떤 두려움이 밤새 나를 얼마나 고문했는지 모른다.

함장님은 그날 밤 몹시 흔들렸던 것 같다. 그 흔들거림이 나한테 기쁨의 충격을 주었던 거라고 나는 생각한다. 나는 내가 흔들리기는 싫지만, 남이 흔들리는 걸 보면 신이 난다.

그래서 처음에는 그가 왜 흔들렸는지 궁금할 새도 없이 황홀하기만 했었는데, 그러나 이튿날 아침이 되자 생각이 바뀌었다. 나는 나도 모르는 사이에 큰 잘못을 저질렀다고 생각한 것이다. 내가 감히 함장님의 못 볼 데를 훔쳐본 거나 아닌지, 아침 식사 시간은 임박해 오는데 나는 함장님을 만날 일이 걱정이었다.

그날따라 함장님은 7시 전에 입실하였다. 나는 시치미를 뚝 떼고 함장님께 거수경례하였다.

"음, 아직들 안 내려왔나?"

나를 대하는 함장님도 평상시와 다를 바가 없었다.

사령관이 아침 식사를 거르기 때문에 아침 기도는 생략하는 걸로 되어 있었다. 사령관은 방금 함미 비행갑판을 삼십 바퀴쯤 뛰고 나서 샤워를 하는 중이었다.

간밤에 야식들이 넉넉했던 탓인지 그날 아침 식탁은 유난히 썰렁했다. 사령관이 불참하는 만큼씩 다른 참모들의 아침 식탁도 그만큼 자유롭기 때문이다. 실습 대장과 의무참모와 경리참모 같은 신참 사관들이 두서넛 자리를 지켜주었을 뿐, 더는 올 사람도 없었다.

십 분쯤 늦게 윤 작가가 도착하였다.

자리가 채워지는 대로 나는 그 앞에 뜨거운 국그릇을 조심스럽게 갖다 놓곤 했는데, 그때까지 함장은 미동도 않은 채 자신의 검은 눈을 떴다가 감았다가 하면서 좌중을 압도하였다. 말줄임표의 표정 그대로 자신의 중심을 터억 잡고 앉았는 모습이, 함장은 마치 그렇게 배의 중심을 잡고, 세상의 중심을 잡아가는 것 같았다.

그날은 마른 통북어를 잘게 찢어서 끓인 무국이었다.

"북어국, 좋지."

실습 대장 쪽에서였을 거라고 생각된다. 그런 소리가 얼핏 들리는가 싶었는데, 그 순간 작가가 조금은 흐트러진 모습으로 나타난 것이다.

"작가님, 키미테는?"

윤 작가를 보자 누구보다도 먼저 말을 걸어준 사람은 의무참모였다.

"네? 아, 네에."

그날따라 작가는 불안한 듯 자꾸만 자신의 귀밑을 쓸어내렸다.

"윤 작가님, 아직도 속이 울렁거리십니까?"

의무참모가 습관적으로 직무와 관련된 인사를 하였고.

"아니죠, 떼어 내면 금방 토할 것만 같아서요, 아차 식사 중에 이건 실례했습니다만, 간밤에 술을 좀 마셨더니 그만."

그렇게 사관실이 긴장의 바람을 타기 시작한 것은 그때부터였다.

"네? 술을? 술이라니요?"

실습 대장이 뜻밖의 질문을 던졌는데, 그 순간 참모들은 일제히 함장 쪽을 돌아보았다. 함장은 들은 척도 않고, 말 없는 젓가락질만 반복하고 있었다.

설레도록 두렵기만 하던 아침 식사 시간은 그토록 위험천만한 가운데 별 탈 없이 지나갔다. 그 또한 함장님의 침묵 때문이었다고 생각한다.

뒤늦게나마 내 폴라로이드를 꺼내 본 것은 아침 설거지가 끝난 뒤였다.

다시 대청함 3층 사관실, 혹은 휴게실, 혹은 식당에서 남은 시간을 때우던 나는, 마침내 함장님 체면은 체면이고 내 사진은 사진이다, 라는 생각이 들면서 사진을 꺼내 들었던 것이다. 먹통 같은 필름을 들여다보는 동안 나는 잠시 주방 쪽으로 난 출입문 앞에 서 있어야 했다.
그러자 필름 속의 사내는 어둠 속을 헤치고 나오듯 조금씩 조금씩 아
주 느린 속도로 밝은 모습을 드러내기 시작했다. 함장님처럼, 사진 속
의 나는 감히 함장석에 앉아 있었다.

"야, 심 상병?"

선임하사가 들이닥친 것은 그때였다.

"너랑 같이 밥 당번하던 그 자식."

"변 병장님 말입니까?"

"그래, 변상주 그 새끼. 어? 니 그게 뭐꼬?"

처음에 그는 변 병장을 찾는 것 같더니 금방 내 사진을 묻는 것이
다. 바보같이 나는 어쩔 줄 모르고 머뭇거렸다.

"아무것도 아닙니다."

"아무것도 아니긴 뭐가 아무것도 아냐, 인마? 내놔 봐라."

눈 깜짝할 사이에 그는 그것을 낚아채갔다.

"어? 자슥 봐라. 이거 함장석 아냐? 여기가 어디라고 인마? 대통령
도 허락 없이는 맘대로 못 앉는 자리를 네가?"

내 가슴팍에다 대고 퍽, 퍽, 퍽, 퍽, 그는 펀치를 퍼부었다.

"니, 아무도 없을 때는 늘 여기 앉아서 놀고 그랬지? 누구랑 놀았
어? 그 새끼 누구지?"

"아닙니다. 저 혼자였습니다."

"혼자였다구? 이 자식 거짓말하는 것 좀 봐라. 너 혼자 여기 앉아

서, 너 혼자 사진 찍고, 네가 너를 찍었다고? 누구야? 그 자식, 주방
에서 밥 퍼나르던 변상주, 맞지? 어디 갔어? 나쁜 자식, 밤이면 밤마
다 못된 술이나 퍼마시고 말야, 심 상병 너도 어제 같이 마셨나?”

“네에? 술이라니요?”

선임하사가 내 앞에서 술을 들먹거린 건 뜻밖이었다. 사진 찍어준
사람을 대라는 것인지, 술 마신 사람을 대라는 것인지, 나는 또 헷갈
렸지만 그러나 답이 어느 쪽이든 간에 범인은 변 병장 하나라는 걸 알
았을 때, 나는 함장님을 대지 않아도 되어서 다행이었다.

“항해 중에 술을 마시다니, 그게 누구였지요?”

나는 어느새 그렇게까지 물을 정도였다.

“작가가 문제였다. 그깟 민바리 같은 것들은 처음부터 태우지를 말
았어야 하는 건데, 실수였다.”

“작가라니요? 윤 작가가 어젯밤 변 병장이랑 어울렸습니까?”

아침에 윤 작가가 술 이야기를 꺼내더니, 그게 기어코 문제가 된 모
양이었다.

“변 병장이다뿐이겠니? 일 개 분대는 되는가 보더라. 미친 자식들,
배를 탔으면 점잖게 소설이나 쓰다 갈 것이지 왜 물은 흐리나?”

“누가 물에 빠져 죽기라도 했습니까?”

“뭐야? 너야말로 무슨 일이 생기기를 바라기라도 하는 놈 같구나.”

“아무 일 없었다면 그게 뭐가 문제지요?”

“인마, 술을 마셨지 않니? 술을. 술이, 너 얼마나 나쁜 것인지 몰라

서 그래?"

"그렇지만 아무 일도 없지 않았습니까?"

"없으면 다냐? 그러다가 너, 무슨 일이라도 생겼으면 어떡할래? 바다에서 술을 마시는데 아무 일도 없을 수가 있겠니? 술과 바다가 너, 얼마나 위험한 관계인지 알아? 술은 사람을 아름답게도 만들고 슬프게도 만들고, 아주 제멋대로 세상을 갖고 노는 요술쟁이 같은 놈이다. 더구나 그 술이 물을 만나면 아주 환장을 한다는 거야. 그건 우리 함장님의 철학이다. 물속에는 술 귀신이라는 것이 있어서 취한 사람만 보면 인정사정 볼 것 없이 마구 잡아간다는 거야. 그러면 취한 사람들은 자기가 끌려가는 줄도 모르고 마구 잡혀 들어가는 거 있지? 아름다우면 아름답다고 뛰어들고, 슬프면 슬프다고 뛰어들고, 걷잡을 수 없다. 그게 바다야. 이태백이 봐라. 오죽하면 주태백이겠니? 이태백이도 물 위에서만 마시지 않았으면 괜찮았을 텐데, 하필 배를 타고 가다가 술을 마셨던 게 탈이었다. 술이, 너 세상을 얼마나 아름답게 만드는지 알아? 아름다움은 죽음을 겁내지 않는다, 그게 우리 함장님 철학이다. 술을 마시면 뭐든지 집어던지고 싶어진다는 거야. 술잔도 집어던지고 싶고, 사랑하는 사람도 던져버리고 싶고, 여차하면 자기 자신까지도 던져버리고 싶어지는 게 술 취한 사람들이다. 그래서 우리 함장님은 아름다운 건 딱 질색이다. 더구나 바다가 아름다워 보인다면 그건 못 참는다. 왜냐고? 마음이 아름다워지면 세상은 깃털처럼 가벼워지거든. 바다는 몸 비비며 사는 곳이지, 멀리 두고 관조할 것이 못 된단 말이다. 우리 함장님은 그걸 믿는 사람이다."

"함장님이 어떻게 그런 위험한 철학을 갖게 되었다지요?"

"그럴 일이 있었다. 함장 초임 시절, 그때만 해도 바다가 얼마나 아름다웠겠니? 방심했겠지. 그때 술 취한 수병 하나가 그만 풍덩! 바다에 몸을 던져버렸다. 심승섭 너, 수병 목숨이 곧 함장님 목숨이란 거 알지? 함장님도 그때는 옷 벗으려고 했었다. 마음이 얼마나 괴로웠겠니? 그러고는 일절 함장님 사전에는 술이라는 단어를 없애버렸다. 그동안 그 교훈이 모든 재앙을 잘 막아주었다고 생각했는데, 어제는 작가가 문제였다. 작가라는 사람들은 통제가 안 되는 사람들이지 않니? 시도 때도 없이 아름다워지고 싶어한다. 그게 문제였다."

"함장님도 알고 계십니까?"

"그걸 왜 모르겠나? 함장님은 앉아서도 천 리를 보는 사람이다. 간밤에 아마 한숨도 못 잤을 거다. 위험해서가 아니다. 배신감 때문이었을 것이다."

"알면서도 왜 말리지 않았나요?"

"알았을 때는 이미 취한 상태였다. 그때는 술이 문제가 아니라, 몸을 던지는 놈이 생길까 봐 그게 걱정이었을 거다. 지난밤 늦도록 사관실에 켜져 있던 불 말이다. 너 봤니? 밤새도록 꺼지지 않더라. 우리 함장님이 그런 사람이다. 얼마나 불안하고 가슴 조였으면 그랬겠니?"

"그게 지난밤이라고 했습니까?"

"그렇다. 바로 지난밤이었다."

그러고도 함장님은 왜 끝내 아무 말이 없었는지, 지난밤 함장님을 떠올리자, 나는 갑자기 알지 못할 침묵의 중압감에 압도되기 시작하였다.

그날 오후, 우리는 독도를 보았다.

북위   37° 14′ 10″
동경   131° 51′ 50″

아까 14시가 되자 시곗바늘은 다시 낮 12시 정각으로 두 시간 거꾸로 되돌아갔고, 고친 시간으로 오후 3시가 임박하자 흐린 날의 사진처럼 멀리 독도가 보이기 시작했다.

야— 독도다!

우르르 쏟아져 나가는 수병들과 함께 나는 함미 비행갑판으로 뛰어나갔다.

진짜 독도구나!

쌍봉낙타처럼 검은 바위 덩어리가 등을 맞대고 물 위에 떠 있었다.

목표물이 보이자 배는 층계를 밟아 내려가듯 단계적으로 속력을 떨어뜨렸고, 내가 독도를 향해 가까이 다가가는 만큼씩 그도 내 앞으로 조금씩 다가오고 있었다.

북상할 때 보지 못한 독도를 남하하면서 보게 된 것은 함장님의 특별한 배려였다. 거기 섬이 있어서 오다가다 만나는 것이 아니라, 함장님이 수병들을 이끌고 독도를 직접 찾아와 준 것이다.

바다 가득히 수병들이 어울려 독도를 즐기고 있었다.

대청함 속도 0.5노트 이하. 아주 정지해버리지 않는 한 이보다 더 느릴 수는 없지만, 그래도 섬의 윤곽이 선명해지는 만큼씩 배가 움직이고 있는 건 사실이었다.

바위섬 치고는 참 잘도 생겼구나.

저게 잘생긴 거니?

봐라, 수석처럼 예쁘잖니?

수병들, 어울려 묻고 대답하는 소리가 한창이다.

우리, 사진 찍을까?

그래, 찍자.

여러 명 수병들이 갑판 난간에 기대어 포즈를 잡고 있었다.

갑판 위에 함장님 모습은 보이지 않았다. 함장님은 방금 함교로 올라왔다가 다시 사관실로 내려가 있을 것이다. 아까 사관실 문을 박차고 나올 때 나는 바로 코앞에서 함장님과 맞닥뜨렸었다.

"독도랍니다, 함장님. 독도, 다 왔답니다."

나는 뛰어가다 말고 함장님께 보고했었다.

"알고 있다. 심 상병, 그 책 어디 있지?"

"뭐죠? 그날? 그 작가님이 썼다는 소설책 말입니까?"

함장님은 뜻밖에 윤 작가가 썼다는 그 소설책을 찾고 있었다.

"함장님은 독도, 안 보시겠습니까?"

나는 서랍 속의 책을 꺼내 주면서 물었다.

"음, 심 상병 너나 나가 보거라."

그랬었다.

함장님은 왜 독도는 보지 않고 그 시각에 하필 소설을 읽겠다는 것인지, 어쨌든 그는 지금 사관실에 앉아 때아닌 독서 삼매경에 빠져 있을 것이다. '…… 이때 문밖에서 황급하게 제독님을 찾는 소리가 들렸다. 서울서 큰손님들이 오셨습니다. 방금 제독님을 뵙고 가겠답니다'로 시작되는 아마 그 부분일 것이다. 윤 작가가 썼다는 『리슌신뎐』의 일부인데, 전에도 그 대목을 읽다가 이건 무슨 뜻인지를 모르겠다고, 언제 시간이 나면 다시 한 번 읽어야겠다는 말을 함장님은 하신 적이 있었다. 술주정뱅이 윤 작가가 어떻게 옛날 해군제독의 심정은 그토록 잘 그려낼 수 있었는지, 나도 신기했다.

부산에서 거제까지, 진퇴양난의 왜군들이 독 안에 든 쥐새끼들처럼 산재해 있었다. 임진년의 도요토미 히데요시가 겁을 먹고 달아나자, 오갈 데 없이 탈주의 기회만을 엿보고 있던 고니시 유키나가의 잔당들이었다. 리슌신은 우리 육군이 그들을 바다로 내몰기만 하면 달려가 섬멸하겠다고 별렀지만, 육군은 그럴 만한 힘이 없었다. 어떻게 할 것인가, 도요토미 히데요시와 이여송은 내밀한 협상을 벌이고 있는 중이었다. 그들이 움직이는 날이 결전의 날이다. 정보를 수집하고, 군대를 집결시켜 훈련을 강화하고, 군기를 확립하여 수병들의 사기를 진작시키고, 군량을 확보하는 등 리슌신의 나날은 평화가 아니라 긴장의 연속이었다. 이러한 상황을 모르는 조정에서는, 리슌신은 어서 나가 왜 싸우지 않는가, 하고 성화가 빗발쳤다. 내가 선택할 수 있는 유일한 전략은 칼을 갈면서, 왜적이 못 견디어 스스로 움직일 때까지, 오직 그때를 기다리는 것뿐이다. 그러나 리슌신은 결코 자신의 전략을 말하지 않았다. 겁쟁이 리슌신을 갈아치우라는 원균의 모함은 조정의 분노를 부추겼다.

마침내 고니시 유키나가가 리슌신을 사로잡겠다고 나섰다.

"아무 날 아무 시에 가토 기요마사가 일본에서 돌아온다 합니다. 조선이 그때를 기다려 그를 사로잡으면 이 전쟁은 끝이 날 것입니다."

고니시가 이 같은 계략을 꾸며 조선의 조정에 보고한 것이다.

"리슌신은 기회를 놓치지 말고 출동하여 가토를 사로잡으라."

조정은 사신들을 보내어 들볶기 시작했다.

"……"

"……?"

사신들은 제독 앞에 당당하였다.

"가토 기요마사를 사로잡으라는 명령인 줄 알고 있습니다. 내달 초닷샛날, 밤이 이슥해지면 거제 앞바다에 가토가 나타날 거라는 소식을 접하였다 합니다."

"가토가 저 잡아가라고 전국 방방곡곡에다가 전단이라도 뿌렸단 말인가?"

제독은 시큰둥한 채 사신들에게 물었다.

"웬 소문이 이다지도 물 번지듯 요란할까?"

"제독께서는 방금 소문이라고 말씀하셨습니까?"

"소식이 누설되면 소문이 되는 법이오."

제독은 단호했다.

"그럴 리가 있겠습니까? 고니시와 가토가 불화한다는 사실은 세상이 다 아는 것을, 이번 일이 더구나 고니시 편에서 새어 나온 적진의 상황이고 보면, 적 대 적이 다투는 와중에 어부지리를 챙기는 것도 또한 기회가 아닌가 싶습니다만."

"가재는 게 편이라 하였소. 고니시와 가토가 좀 불화하기로서니, 그것이 어찌 게를 잡아 가재를 살리는 일에 비유될 수가 있단 말이오?"

제독은 밀지를 구겨 쥐고 탄식하듯 말하였다.

"아, 조정의 어리석음이 어찌하여 이 지경에 이르렀는고? 부화뇌동하는 간신배의 말이라면 철석같이 믿으면서, 아군 충신의 말은 귀담아 들으려고를 하지 않으니. 이보, 서울 양반들, 상경하시거든 폐하에게 전해주시오."

제독은 사신들에게 당부하였다.

"그날, 소문대로 거제 앞바다에 누군가 나타나기는 나타날 것이오

만, 그러나 그는 거짓 가토일 것이 분명하오. 계략이 있으니까 소
문도 퍼뜨리는 법, 아니 땐 굴뚝에 연기가 났겠소? 본시 전투는
술수와 계략이 난무하는 법이거늘, 고니시라고 어찌 바른 말만 하
면서 싸워 이기기를 바라겠소? 그러니, 고니시가 거짓 가토를 내
보내면 나는 진짜 가토를 잡겠다고 나설 것이고, 나 리슌신이 가
토를 잡겠다고 출동하면 고니시는 얼씨구나 좋다 하고 나를 치러
나올 것이 뻔한데, 바보 아닌 다음에야 누가 그걸 믿고 출동을 한
단 말이오?"

사신들, 화가 나서 자리를 박차고 일어섰다.

"가서 전하라니 전하기는 하겠습니다만, 제독께서는 지금 고니시
를 못 믿겠다는 말씀이신지, 조정을 못 믿겠다는 말씀이신지? 감
히 말씀드립니다만, 조정에서는 지금 제독께서 움직여주기를 간
절히 바라는 줄로 알고 있습니다."

제독은 여전히 무거운 고개를 가로저었다.

"당치 않은 말씀이오. 나는 바다에 매인 몸. 내가 바다를 비우는
날, 그날이 바로 도요토미가 오는 날입니다. 여차하여 그가 들이
닥치기라도 하는 날이면, 독 안에 든 쥐들은 그날로 용기백배하여
날뛸 텐데, 아! 안 됩니다. 그럴 수는 없지요. 독 안에 가두어 두자
니 약탈과 항전만을 일삼고, 누군가가 놈들을 풀어 바다로 내몰기
만 한다면 내 단칼에 목을 베어버리고 말 텐데, 그러기엔 우리 내
륙의 군사가 너무 허약하고, 그러니 내 조총을 들고 육지로 뛰어

172

들고 싶지만, 뛰어들어 봤자 그건 바다를 비워 도요토미 히데요시 좋은 일만 시키는 꼴이 되고 말 텐데, 그러니 이 일을 어찌해야 옳 단 말인가……."

나는 갑판 난간에 기대어 꿈꾸듯 독도를 지켜보고 있었다.

바다는 같은 모습으로 굼실거리고, 섬은 고개 숙인 채 말이 없는데, "그래, 너 그냥 가거라, 나는 듣는다, 백사장처럼 하얗게, 햇살은 물 위에 부서져 내리고……" 함미 비행갑판 맨 뒤꽁무니 프로펠러 용솟음치는 물기둥에다 대고 윤 작가가 끄억끄억 토악질을 하기 시작한 것은 내가 그렇게 전설 같은 꿈속에 젖어 있을 때였다.

"작가님, 많이 울렁거리십니까?"

나는 곁에 가서 그의 구부린 등을 토닥거려주면서 물었다.

"괜찮아요, 이제는 더 나올 것도 없으니까. 어제 마신 것까지 다 쏟 아버렸는걸."

윤 작가는 흔들거리지 않으려고 애써 눈을 감고 서 있었다.

"안 됩니다. 눈을 감으면 세상은 자꾸만 더 어지러워진답니다. 눈을 뜨십시오. 그리고 먼 데 푸른 하늘을 보십시오."

나는 더욱더 세차게 윤 작가의 등을 토닥거렸다.

배가 독도를 떠나고 있었다. 독도가 멀어져 가는 만큼씩 배는 빠르 게 속도를 더해가고 있었다.

"이상하지?" 배가 속도를 멈추자, 그때 내 속이 울렁거리기 시작했다. "달릴 때는 괜찮더니, 왜 달리기를 멈추자 토악질이 나온다지?"

윤 작가가 내 몸에 머리를 기대면서 말했다.

"그럼요. 이따가 땅에 내리면 어지럼증은 더할걸요."

"왜 그렇지?"

"흐르는 물에서는 물을 따라 함께 흘러가는 것이 좋습니다."

멀어져 가는 독도를 향해 수병들이 작별의 손을 흔들고 있었다. 함장님은 끝내 모습을 보이지 않았다. 잉크빛 바다가 거칠게 독도를 훑고 있었다.

거제 앞바다를 지나 대마도 남쪽 해역을 빠져나가자, 군함은 밤과 낮을 구분하기 어려울 만큼 망망한 시간 속을 달리기 시작했다. 바다는 그동안 해가 뜨고 지고를 몇 번이나 반복하였는지 모른다. 해가 없이도 살 것 같지만, 해가 뜨면 바다는 햇살을 받아 더욱 아름다웠고, 달이 없어도 될 것 같지만, 달이 뜨면 배는 달빛을 벗삼아 더욱 신바람이 났다. 비가 내리면 비 때문에 바다는 부풀고, 바람이 불면 배는 바람이 불어 더욱 씽씽 달렸다. 하늘과 바람과 별과 구름과, 바다는 그렇게 해와 달과 비와 사람이 함께 어울려 숨 쉬는 대자연의 합창이었다.

윤 작가의 노모가 위독하시단다!

배 안에 그런 소문이 떠돌기 시작한 것은 다음 기항지인 괌을 얼마 남겨놓지 않은 어느 날이었다. 블라디보스토크에서 서울로 전화를 걸었을 때 모친이 위독한 것을 알았다고, 이제는 더 이상 버틸 자신이 없으니 그만 돌아가겠다는 말을 윤 작가가 직접 함장님에게 말씀드렸다는 것이다.

괌에서는 돌아가야 할 텐데 함장님이 내려주실까? 윤 작가의 귀국 문제는 어느새 배 안에 큰 화젯거리가 되어 있었다.

그러면 그렇지, 그 사람 도중하차할 줄 알았다구. 해군이 아니고는 누가 바다를 견디겠니? 해군인 나도 당장 내리고 싶은걸. 바다는 몸 부비며 사는 곳이야. 멀리 두고 관조할 것이 못 된다구. 수병들은 무성한 입방아들을 찧으면서도, 윤 작가의 노모가 위독하시다는 그 말을 믿는 사람들은 많지 않았다. 물론, 사실대로 믿고 싶어하는 사람도 전혀 없는 것은 아니다.

그래도 내려야 한다. 만일 안 그랬다가는 평생 불효가 되고 마는걸. 그건 함장님도 못 말린다. 이렇듯 말들은 하면서도, 대부분 수병들은 회의적인 쪽이 많은 것이다.

그래도 아니다. 항해 중에 배를 내린다는 건 치명적인 불명예다. 수병들에게 그건 자살행위나 마찬가지다. 함장님이 자살을 방관할 수 있을까? 수병들 입방아는 끊일 줄을 모르고 계속되었지만, 그래도 윤 작가가 내리지 못할 거라고 생각하는 사람은 별로 없었다.

윤 작가가 배를 내린다는 것과 윤 작가 모친이 위독하다는 것과는 별개여야 한다, 이 마당에 와서 참말과 거짓말이 무슨 의미가 있겠는가, 어차피 수병 생활을 하다 보면 적어도 다섯 번 이상 거짓 모친을 죽인 사람이 얼마나 많은가, 그래도 다섯 번 다 휴가를 보내주는 것이 함장님 할 일 아니겠는가, 작가님은 괌에서 내린다, 모든 수병들은 그렇게 믿고 있었다.

괌에 상륙하기 전 해상에서 우리는 또 한 차례 함포사격 훈련을 가졌다. 훈련을 준비하는 동안 바다는 내내 열대성 폭우에 시달려야 했다. 처음엔 개진개진 바다를 적시다가도 이내 바람을 만나면 비는 고래잡이 작살처럼 사나워졌다. 비는 툭탁툭탁 연꽃 잎사귀를 때릴 때만 시끄러운 줄 알았더니, 바다를 난타하는 비는 하늘에서 퍼붓는 함포사격처럼 과격했다.

엉뚱하게도 해탐실에 근무하는 김철 상사의 부친 사망 소식이 날아든 것은 그날 해상훈련이 시작되려는 바로 그 순간이었다. 슬픈 소식은 무선 연락망을 타고 먼바다를 건너와 다시 대청함 비상 통신망까지 정확히 꽂혀 들었다. 맨 처음 연락을 받은 사람은 부장님이었다. 그러자, 부장님은 곧 그 사실을 함장님에게 보고했고, 함장님은 즉각 해탐실로 연락하여 김철 상사를 불러오도록 지시했지만, 그때 이미 훈련은 시작된 상태였다.

대청함 함상 1층, 2층, 3층 그리고 함교로 올라가는 층계마다 전투복을 차려 입은 수병들이 길게 줄을 지어 서 있었다. 마스트 너머 짙푸른 하늘처럼 바다는 수평선을 향해 치닫고, 주고받는 교신음들로 바다는 온통 들떠 있었다.

우현! 타깃선 확인하라! 오우버.

이어 떨어지는 함장님의 지시음. 김철 상사는 그때까지 해탐실 깊숙한 데 틀어박혀 레이더를 탐색하고 있는 중이었다. 선임하사가 주임원사와 얼굴을 맞대고 서서 짧은 잡담을 나누고 있었다.

"불행 중 다행이구나. 만약에 바다 한가운데서나 이런 일을 당했더라면 어쩔 뻔했는가?"

선임하사는 김철 상사를 생각하는 모양이었다.

"그때는 헬리콥터 타야지."

주임원사가 짧게 대꾸했다.

"설마 안 보내주지는 않겠지?"

"모르지, 함장님 맘이니까, 김 상사가 가면 해탐실 업무는 누가 본다?"

주임원사가 힐끗 함장님 쪽을 넘겨다보고 있었다.

함장님은 말없이 훈련을 지시하는 일에만 골똘하였다.

우현, 견시 보고. 우측 120° 직선 방향, 흰색 선박 두 척 발견, 오우버. 계속 감시하라, 오우버.

날씨, 한없이 쾌청. 물 위에 백파가 일고 있었다.

타깃선이 안 온다. 어디서 늦어지는지 확인하라, 오우버.

필승! 우현 견시 보고, 2,000야드 전방 타깃선 출현. 전원 전투 정비하라.

수병들, 신속하게 라이프조끼를 착용하고 정위치한다.

사격 준비! 지원 사격 42포. 골 키퍼 21포. 전원 긴장하라!

함장님 목소리 우렁차게 전 해상에 울려 퍼지고, 직방향 205°앞으로 새하얀 고속정이 다가오고 있었다.

사격 준비 끝! 바다 한가운데 펄럭이는 깃발을 향해, 고래등처럼 먼 바다의 타깃선이 물을 뿜어 올리는 순간, 사격 개시! 함장님 음성은 바다를 찢고 타타타타타타타타타…… 이윽고 바다를 난타하는 소리!

홍보 전시관 안에 김철 상사의 부친 빈소가 마련되었다는 안내방송이 전해진 것은 방금 해상훈련이 끝난 뒤였다.
"빈소라니? 김철 상사는 결국 못 내리게 되는 겁니까?"
선임하사가 허탈하다는 듯 주임원사 쪽으로 가면서 물었다.
"무엇보다도 항해가 우선이니까, 바다에서는 그럴 수 있다."
주임원사는 당연하다는 듯 덤덤한 표정이었다. 땅 냄새와 함께 물살도 잠잠해졌고, 짙푸른 혹은 짙검은 바탕 위에 투명한 햇살이 비끼자 바다는 아무 일도 없었다는 듯 반짝이는 금물결이다.

지도를 보면 꽘 항구는 입 벌린 악어처럼 들어가는 입구가 웅숭깊게 파여 있었다. 악어새처럼 물살을 찰랑거리며 우리는 그 안으로 깊숙이 파고 들어갔다.

윤 작가가 흔적도 없이 자취를 감추어버린 것은 배가 부두에 닿자마자였다. 그래도 윤 작가는 왜 붙잡아두지 않았느냐고, 함장님을 원망하거나 윤 작가를 그리워하는 사람은 아무도 없었다.

그 대신 돌아가지 못한 김철 상사는 큰 충격을 주었다.

"윤 작가님 노모가 위독하시다는 말, 진짜였나 보죠?"

"바다에서 인마, 진짜고 가짜고가 어딨어?"

수병들은 수군거리기 시작했다.

"아니면 김철 상사님 부친이 혹시?"

"아니라니까. 바다에서는 무엇보다도 항해가 최우선이다. 항해 다음에 노모도 있고 낭만도 있는 법이다, 알겠니?"

수병들이 하나둘씩 짝을 지어 김철 상사님 빈소를 찾아들고 있었다. 고풍스러운 사원의 법당처럼 바다 한가운데 향촉이 켜져 있고, 고개를 떨군 김철 상사가 그 앞에 합장하고 서 있었다.

나는 사관실 식사가 끝난 뒤 밤늦게 조문하였다. 빈 상청에 두 번 절하고, 상주 앞에 한 번 절할 때 휘청 내 안에서 물살이 쳤다. 닻을 내리고도 배는 홀로 살아서 숨 쉬는 동작을 계속하던 것이다. 밤늦게 조문을 마치고 내가 층계를 걸어 나올 때, 나는 또 사관실이 어떤 불빛에 싸여 있는 것을 보았다. 나는 습관적으로 달려가 보지만 그러나 곧 발걸음을 멈췄다. 언젠가처럼 나는 또 그 안에 계실 말 없는 함장님 모습을 떠올렸기 때문이다.

또 한 차례 휘청, 발아래 물살이 치고 있었다. 나도 따라 휘청 흔들렸지만, 그러나 이제 나는 너울을 겁내지 않는다. 물결은 물의 흔들림이 아니라, 물의 중심을 잡는 일이라는 걸 나는 나의 항해를 통해서 알고 있었기 때문이다. 물결이 치자 배는 너울거렸고, 배가 너울거리자 나도 따라 너울거릴 수밖에 없었는데, 그 너울거림이 스스로 멈출 것을 포기한 채 영원한 너울거림의 세계로 굳어져버렸을 때, 나는 너울거릴 줄 모르던 그동안의 내가 의아했다. 지구는 스스로 자기 몸을 굴리면서 태양의 주위를 맴돈다고 들었다. 그런 움직이는 지구를 타고 앉아서도 지금까지 나는 감히 어떻게 흔들거리지 않았을까. 그러고 보면 내 지금 물 위에서의 너울거림은 차라리 정직한 것인지도 모른다. 지구와 달이 함께하는 한 물결은 멈추지 않을 거라고 배웠는데, 곧은 나무의 뿌리처럼 내 몸에 뿌리를 내리고 싶은 나는 과연 언제까지 이런 흔들거림을 견뎌야만 하는지, 함장님은 말 없는 항진을 계속할 뿐이다.(2001)

그 섬에 그녀가 산다

도동항에 내렸을 때, 그녀는 내 이름이 적힌 피켓을 들고 바다를 향해 서 있었다. 인터넷으로 신청한 민박집 안내. 아, 이 집에서는 아줌마를 내보내는군, 생각하면서 나는 그 앞으로 갔다. 한눈에 바라다뵈는 도동항은 장면 그대로 솔 스무 곳짜리 한 장이었다. 좌우로 검푸른 바위기둥이 밑도 끝도 없이 우뚝, 절벽 사이의 계곡을 나는 김삿갓처럼 걸어 들어갔다. 전에도 바위가 이렇듯 가팔랐던가, 30년 전 그때를 떠올려보지만 기억은 없다. 여인은 내 이름이 적힌 피켓을 하늘 닿게 치켜들고 있었다. '김병수'. 나는 내 이름을 읽느라고 여인을 주목하지 못하였다. 언젠가 모스크바 공항에 내렸을 때도 비슷한 경험을 했었다. 마지막 공항 검색대를 빠져나가자 콧날이 우뚝한 사내 하나가 '수병김'을 들고 있었다. 저 친구 나를 거꾸로 들었군. 러시아니까, 러시아는 역시 거꾸로군. 낯선 나라에 가서 내 이름을 만나자 나는 거꾸로 물구나무를 서도 좋았다. 울릉도는 '수병김'이 아닌 것만도 얼마나 친근한가. 나는 그녀 앞으로 다가갔다. 그리고 내가 김병수임을 밝혔을 때 그녀는 웃어주었고, 나는 눈앞에서 어떤 반백의 할머니를 읽었다.

30년 전 여름날의 추억이 풍경처럼 다가왔다.

—선생님?

—왜?

—연애 이야기 좀 들려주세요.

—그런 거 없다.

—선생님이 연애나 할 줄 알간디요?

그러나 있다. 들려줄까, 말까?

—여름에 울릉도엘 갔었지.

—언제요?

—학생 때.

—놀러요?

—언어민속 조사차.

—여학생들이랑요?

—지도교수랑.

—에이, 재미없었겠다.

말해버릴까, 말까?

—지도교수가 더 재미없어 하더라.

—왜요?

—학생들이랑 같이 갔으니까.

—학생들이 어쨌게요?

—'선생님, 연애할 때 얘기 좀 들려주세요?' 그때 우리도 그랬거든.

—아, 재미없다.

—재미없지?

그러나 나는 지금 정년퇴직을 했고, 별 볼일도 없이 한가하고, 그렇게 그 섬을 나는 다시 찾아간다. 까닭은 모르지만, 그때 단 한 번의 추억이 나를 그곳으로 이끌었을 것이다. "몸조심 하세요. 당신도 이제 나이를 먹을 만큼은 먹었답니다." 혼자서 울릉도를 다녀오겠다고 말했을 때, 아내는 마치 물가에 내놓듯 나를 조심스럽게 다뤘다. "그까짓 나이는? 먹어봤자 아직 햇노인인걸." 햇병아리의 그 햇된 순수를 나는 애써 내세웠고, "햇노인이기는커녕, 당신은 영 풋노인이라니까." 아내는 풋냄새 풀풀 풍기는 나의 유치함을 경계하였다.

민박집 '동해'는 저동에 있다고 들었다.

—차 타고 갑니까?

주차장으로 가는 줄을 뻔히 알면서도 나는 여인에게 묻는다. 30년 전 그때는 차를 타지 않았었다. 초등학교 교실을 빌려 썼던 것 같은데, 이런 골목길을 여러 차례 걸어서 오르내렸던 기억이 난다.

—언제예.

당연히 그렇다는 말일 것이다. 차는 8인승 봉고차였다. 그녀가 운전대를 잡고, 나는 그 옆자리에 앉았다. 저동은, 굽이굽이 도동길을 타고 올라가다가 바른편으로 고개를 하나 더 넘어야 했다.

—츰에는 ‘태평양’이라고 붙일까 하다가 그만 ‘동해’가 낫지 싶어 그리 안 했심꺼.

그녀가 민박집 ‘동해’를 소개하고 있었다.

—좋군요. 어차피 동해 바다 한가운데 아닙니까?

—태평양이라케도 맞고 동해라케도 맞는 말이지마는, 그래도 동해라고 해야 더 내 끼 같고, 그래야 오시는 손님들도 내 집에 오는 기분이 들고, 그래 그리 해뿌릿심더.

—주인 되십니까?

나는 그렇게 물을 때 일부러 그녀를 쳐다봐주었다. 아주머니라고 부를까, 당신이라고 부를까, 호칭이 마땅치 않았기 때문이다.

—주인도 되고 시다바리도 되고 마, 혼자서 북 치고 장구 치고 다 합니다.

민박집 ‘동해’는 바다가 조금만 내다보이는 골목길 저쪽 끝에 자리 잡고 있었다.

그리고 이튿날 나는 섬 안에 갇힌 몸이 된다. 바람도 불지 않으면서, 태풍이 온다고 뱃길이 꽁꽁 묶인 것이다.

아침밥을 먹자고 부르는 소리에 잠을 깼다. 나는 두세 발짝이면 되는 여관집 마당을 후딱 건너 식당방으로 갔다.

─식사하시소 마.

가는 길에 아는 기척이 들려 들여다보니 어제 그 여인이 쪽마루에 앉아 종이에 풀칠을 하고 있었다. 식당 곁에 주방이 달리고, 주방 곁에 마루방이 붙어 있었는데, 여인은 그 방을 손질하는 모양이었다.

─한여름인데, 도배를 하시나 보군요?

나는 아침 인사 삼아 그녀를 알은체하였고,

─방을 하나 꾸며야 할 일이 생겼다 아입니꺼?

여인은 물어주어서 고맙다는 듯 잔뜩 자랑에 겨웠다.

─꽃무늬가 화려해요. 신방을 꾸미시려나?

─네, 결혼식도 올려줘야겠어요.

좁은 마당을 끼고 여러 개의 방들이 벌집처럼 쑤셔 박힌 집이었다. 식당 곁에 안방, 또 다른 곁에 주방, 주방 곁에 손님방, 그런 식으로 구조를 알 수 없는 공간들이 다닥다닥 붙어 있었는데, 내가 머문 방은 말하자면 이 집의 문간채였던 모양이다. 여인은 하던 일을 접어두고 나오더니 나를 식당방으로 안내하였다. 식탁은 6인용 테이블이 달랑 하나, 그나마 밥을 먹겠다고 나온 사람은 나 혼자뿐이다.

─손님이 통 없군요.

─죄 빠져나갔다 아입니꺼. 어제 도동에 내렸을 때, 그때가 그땐 기라예. 인산인해로 사람들 북적거리는 거 보셨지예? 태풍이 온다는 바람에 그만 서둘러 빠져나가느라고들 그런 기라예. 샘 오신다는 말씀

들고, 이 판에 새로 들어오시는 손님은 뭐꼬, 그리 생각 안 했십니꺼.

여인이 나를 샘이라고 부르는 걸 나는 나의 귀로 느꼈다. '샘'은 '선생님'의 약칭일 텐데, 내가 전직 교사라서 그렇게 불렀을 리는 만무하고, 그래도 손님인 나를 홀대하지 않고 점잖게 얼버무려 부른다고 부른 것이 아마 그렇게 되어 나왔을 것이다.

—태풍이라구요? 언제?

—망온인지, 망령인지가 몰려온다지를 않습니꺼. 아직은 저 아래 규슈 남쪽에 있다고는 하는데.

—바다가 저렇게나 잔잔한데도 태풍이라는 겁니까?

—어데예. 겉보기에는 저래도 속은 엉뚱합니더. 휩쓸리면 죽어예.

나는 창 너머로 넘실거리는 바다를 보았다. 바다는 내 눈높이에서 무수한 고기비늘 같은 햇살을 옛이야기처럼 반짝거리고 있었다.

—그럼 나도? 지금 당장 나가버릴까?

그 순간 나는, 내가 섬 안에 갇혔다는 생각을 한 것이다.

—어데예. 못 나갑니더. 들어온 배가 없는데 어찌 나갑니꺼?

—그럼 어떡허죠?

—그냥 계시소 마. 누구는 들어오고 싶어도 발이 묶여 못 들어오는 사람이 있는데, 어차피 쉬러 온 사람이 뭐가 걱정입니꺼? 그냥 마음 푹 놓고 며칠 쉬었다 가시소 마.

—그게 언제까지지요?

—바람만 자면 금방입니다. 우리 아도 시방 배가 묶여 못 들어온다

아입니꺼. 며칠 전부터 온다 온다 카더니, 이번엔 결국 망온 그놈한테 덜미를 잡히지 않았나 싶습니더.

　―배가 묶여 못 들어오다니, 누가요?

　―우리 아들 말 아닌교?

　나는, 내가 타고 온 어제 아침 아홉 시 배를 떠올렸다. 어제 그 배가 나갔다가 오늘 다시 들어와야 누가 들어오든지 나가든지를 할 텐데, 그 배가 발이 묶여 들어오지를 않으니 누가 나갈 수가 있겠느냐, 그 말일 것이다. 하물며 들어오고 싶어도 못 들어온다는 그 '우리 아'를 나는 더 이상 묻지 않았다.

　―괜찮심더. 이런 일은 섬에서는 늘 있는 일이라예. 내, 이 나이 먹도록 살았어도, 당신 태풍에 갇혔소, 하면 에이 덕분에 잘됐다 하지, 누구 하나 큰일 났다는 사람은 못 봤다 아입니꺼. 세상에 죽고 살 일은 없는 기라. 안 되면 죽을 것 같다가도 진짜 안 되고 나면 마음이 되레 편안해지는가 보더라. 샘도 시방 태풍에 갇힌 심정이 그렇지예? 내 마음이 시방 안 그런교? 어서 왔으면 좋겠다, 후딱 보고 싶다가도, 태풍 때문에 발이 묶였다 항께는 되레 마음이 편안해지는 기라예.

　조롱일까, 위롤까. 내시경을 보듯 남의 속을 꿰뚫어보는 그녀가 나는 밉지 않았다.

　―아, 이제부터 뭘 한다지?

　나는 두 팔을 뻗어 게으른 기지개를 켰고,

　―어차피 놀러왔잖아요. 노세요. 어머나! 나 좀 봐. 내가 왜 이러지?

그녀가 소스라쳐 놀라며 다문 입술을 토닥거린 것은 바로 그때였다.

—샘도 서울서 오셨나요? 이런 일 없었는데, 샘을 만나서 그런가? 내 입에서 자꾸 서울말이 나오네. 이게 몇 십 년 만이야?

이게 무슨 말일까 어리둥절했지만, 나는 곧 알아차리고 대답했다.

—서울이랄 것도 없지만, 어쨌든 서울서 오기는 왔답니다.

—나도 서울이랍니다. 지금은 옛날 일이 되어버렸지만. 내 안에 어떻게 지금까지 서울말이 살아 있었다지? 30년도 더 된 일인데. 그건 그렇고, 어쨌든 태풍 타박만 하지 말아요. 섬은 어차피 심심해요. 알고 오셨잖아요.

—하긴.

—맞죠? 그렇죠? 어차피 심심하려고 온 건데, 그냥 심심하세요.

바다는 어디서고 보였다. 저동 앞바다에 떠 있는 저 돌기둥이 촛대바위라고, 그녀가 방향을 잡아주었다. 대문 밖을 들고 날 때는 꼭 저 촛대바위한테 눈도장을 찍어야 한다고, 저동 사람들에게 그것은 마을을 지켜주는 수호신이고, 방향을 잡아주는 나침반이라고, 그녀는 촛대바위를 자랑하고 또 자랑했다. 가다가 길을 잃었어도 촛대바위에게 묻고, 날씨가 험상궂었어도 그 앞에 두 손 모으기를 좋아한다. 촛대 끝 드넓은 하늘을 작은 새 떼들이 흩날리고 있었다. 30년 전 그때는 뭘 봤더라. 이 지역 언어와 민속을 알아본답시고 줄지어 나리분지를 오르던 긴 행렬. 고막을 찢던 매미 소리. 향긋한 풀 냄새. 어디서고 물결은 출렁이고, 그리고 바다만큼이나 넓고 푸른 하늘.

—서면 태하가 좋기는 좋지.

지나가는 말처럼, 그녀의 가볍게 흘리는 태하 자랑을 나는 듣는다.

—태하? 서면?

나는 낯선 태하를 물어 마음속에 되뇌고, 그녀는 나를 서면 태하로 끌어당기는 말을 이어갔다.

—젊었을 때, 딱 한 번. 우리 그이랑 헤어지려고 갔다가 못 헤어지고 돌아온 곳이 태하거든. 못 살겠더라. 이 메마른 섬에서 어떻게 살아? 도망치자고, 아니면 나를 놓아주기라도 하라고 마구 졸랐지. 그때 어딘가를 막무가내 끌고 가더라. 헤어질 때 헤어지더라도 어디 가서 생각이나 좀 해보자는 거야. 그때는 길이 어디 있고, 차가 어디 있어? 도동 가서 나룻배 타고 노 저어 가는데, 곁에서 퉁퉁 울다가 보니, 하늘 아래 우리 둘뿐이더라. 그렇게 내린 곳이 태하야. 맨 산이고 물뿐이지 뭐. 그래도 바다는 바단데 그때는 왜 그랬는지 모르겠더라. 딴 세상 같더라니까. 신문지를 깔아놓은 것처럼 바다는 끝없이 펼쳐져서 나풀거리지, 졸린 듯 느린 숨을 내쉬는 물소 떼처럼 느릿느릿 물 위를 떠다니는 바위섬들 하며, 태곳적 고요가 거기 그대로 다 있는 거야. 좋더라. 주황색 하늘이 검은 바다의 물결 되어 흐를 때까지 앉아 있었다. 그때 그 바다는 와서 노는 갈매기조차 없더라. 같은 바다라도, 고기잡이 배가 떠다니고, 고기 잡는 어부가 어정거려야 갈매기 떼도 날든지 말든지를 하지, 아무것도 먹잘 것이 없는 텅 빈 바다는 갈

매기조차 날 필요가 없다는 거야. 물빛에 비친 바다 그늘이 고래등처럼 번들거렸다. 파도를 말아 올리는 바람처럼 그 순간 나는 내 가슴 한복판을 때리는 알지 못할 굉음을 들었다.

바위는 보았다. 바다 끝, 시선이 가 닿는 가장 먼 데에 씨앗처럼 작은 아주 까만 점 하나가 나타났다. 점은 세모가 되고, 네모가 되고, 돌멩이로 커지고, 물새처럼 파닥거리고, 그렇게 따스한 햇살을 온몸으로 받으며 천천히 내 앞으로 떠내려 왔다. 파도는 바위에 부딪쳐 깨어지고, 부서지는 물거품 속에 네모난 금빛 상자 하나가 떠올랐다. "문을 열라." 아기장수가 말했다. "누구냐?" "장차는 내가 이 섬을 경영할지니, 비가 오시면 나가 농사를 짓고, 물때가 되면 나가 고기를 잡고, 나와 더불어 온 바다가 평화를 누릴 것이다." 아가는 힘센 장사로 커갔고, 어깨 위에 백두산 천지 같은 연못이 파여 있었다. "어찌 된 일이냐?" "내 어깨 위에는 본래 날개가 돋아 있었다. 세상은 내 날개를 겁냈다. 이놈 장차 모반을 할 위인이 아닌가. 죽이자. 버리자. 결국 내 날갯죽지는 뽑혔고, 나는 물 위에 버려졌다. 흘러흘러 이 섬에 닿은 것은 내 운명이다. 나로 인하여 이 섬이 번창할 것을 나는 기대한다."

바다는 갑자기 잠잠해졌고, 나는 우리 그이를 보았다. 세상에 버림받지 않고 자란 사내가 어디 있을까.

—아! 태하에 가보고 싶구나.

나는 그녀 앞에서 탯줄 같은 바다를 떠올렸고.

—이참에 나도 태하나 한번 다녀올까? 샘, 나랑 같이 가실까?

샘물처럼 살가운 그녀의 목소리를 나는 들었다.

　오후에 저동 해안가로 산책을 나갔다. 조심해야지 각오를 하고 나 갔는데, 경계할 만한 태풍은 없었다. 사람을 죽이는 바람만 아니라면 태풍은 만나보고 싶었다. 사람을 섬 안에 가둘 지경이면 딴은 굉장한 바람일지도 모른다. 촛대바위를 목표로 하고 나섰는데, 길은 계속 뚫려 있었다. 뚫린 길을 따라 나는 바람을 맞으며 걸었다. 눈앞은 온통 바다였다. 바다는, 내가 아는 파도와 같은 굽이의 파도를 쉼 없이 몰고 와 내 앞에서 부딪쳐 깨어지곤 하였다. 30년 전 그때도 같은 파도였다고 기억한다. 등대를 휘돌아 나가면 곧 도동이겠거니 하고 갔더니, 지도와는 다른 모양이었다. 하긴 몇 만분의 일의 축소판일 테니까 이까짓 산모롱이 하나쯤 낄 틈도 없었을 것이다. 해무를 몰고 다니는 바닷바람이 불기는 불었지만 나를 가둔 태풍은 아니었다. 눈앞의 바다가 자욱하게 안개에 가려 있었다. 30년 전 그때는 이 길이 없었다. 그때도 오늘처럼 이런 길을 거닐면서 바다를 보면 더 멋있겠다는 생각을 하기는 했던 것 같다. 그래서인지 배를 타고 손수 물 밖으로 나갔던 기억이 난다. 섬에 와서 바다를 구경한 것이 아니라, 물 밖으로 나가 섬을 구경한 것이다. 그때도 해무는 끼었었다. 노래 부르자고 해서 함께 노래도 불렀었다. 그 순간 배가 심하게 요동을 쳤고, 놀라 노래 부르기를 멈췄고, 남녀가 부둥켜 뒤엉켰고, 내려! 그만! 내리라니까! 지도교수가 엄청 화를 냈고, 재미있게 해드릴라고 안 그랬심니꺼! 선장이 변명하던 기억도 난다.

그날 밤 나는 내 핸드폰이 꺼져 있는 것을 알았다. 밤늦게 아내와 통화하려고 열었더니, 그것은 어느새 싸늘한 시체로 식어 있었다.

—떠나올 때 빵빵하게 채웠는데 왜 이러지?

나는 그의 갑작스러운 죽음에 놀랐다.

—괜찮아요. 다시 충전하면 되죠 뭐.

여인은 충전기를 꺼내오는 등 친절을 베풀었다.

—있나요?

—있긴 있는데 맞으려나 모르겠네.

그녀가 꺼내온 충전기는 제 짝이 아니었다.

—어떡하지? 2박 3일이면 될 줄 알고 그냥 왔더니?

—여긴 섬이잖아요? 섬에서는 뭐든지 더뎌요. 그만큼 전력이 많이 소모된다는 거죠. 그래서 그래요. 안 되면 내 꺼 쓰세요. 급한 일인가요?

나는 그렇게 하지 않았다. 남의 전화를 빌려 써야 할 만큼 긴급하지도 않았거니와 빌려 쓰기도 싫었다. 그날 밤 나는, 전화조차 나를 섬 안에 가두는가 싶자 잠을 이룰 수가 없었다. 태풍은 뱃길을 막고, 배는 나를 섬 안에 가두더니, 이번에 전화는 또 아내와 나를 갈라놓았다. 늘 거기 지켜보던 아내가 이승과 저승처럼 딴 세상 사람이 되어 있었다. 나는 나의 게으름을 크게 뉘우쳤다. 내가 침묵하는 동안 아내는 여러 차례 통화를 시도했을 것이다. 처음엔 기대에 차서 걸었겠지. 그러나 두 번 세 번 네 번 다섯 번을 걸어도 반응이 없었을 때 기대는 불안으로 커졌겠지. 그리고 전화기가 완전히 죽어 있음을 알았을 때 불길한 예감조차 들었을 것이다. 그게 언제부터였을까. 나는 무사히 잘 지내는데, 왜 나 때문에 아내가 불편해야 하는가.

온다는 태풍은 아직 오지도 않았는데, 예정된 2박 3일이 후딱 지나갔다. 앞으로 3박 4일이 될지, 4박 5일이 될지, 아니면 내 평생이 될지, 그건 태풍이 알아서 할 일이다. 어차피 나는 아무 일 없을 것이고, 나를 걱정하는 아내만이 나는 걱정될 뿐이었다. 2박 3일이 끝나는 오늘 밤부터 아내의 불안도 새롭게 전개될 것이다. 도착했다는 안부전화도 없었고, 수차례 통화를 시도해봤지만 아무 반응도 없었고, 마지막 전해오는 멘트는 전원이 끊겼다는 안내뿐이고, 그리고 귀가할 날이 지났는데도 나는 끝내 돌아올 줄을 모른다? 내일 아침 날이 밝으면 나는 어쩌면 실종 신고가 되어 있을 것이다. 실종자. 소재 불명. 사라진…… 실재하지만, 그러나 보이지 않는 나는 투명인간이다.

불안을 떨치지 못한 채 그날 나는 여인을 따라 태하로 외출하였다.

─태풍 덕 좀 보자. 손님이 있는 날은 꼼짝도 못 한다니까.

여인은 아침부터 도시락을 챙긴다, 새 옷을 갈아입는다, 나를 부추

기느라고 들떠 지냈다.

—여기서 멉니까?

—멀지요. 끝에서 끝인데. 태하는 서면이야. 여기는 동쪽 끝이고. 그렇지만 차가 있으니까. 내 차로 갑시다.

—괜찮겠습니까?

—뭐가 어때요? 내 손님 내가 안내하는데. 난 이 집 가이드랍니다.

저동 사람들은 외출을 할 때는 누구나 저동재를 넘나든다. 여인은 차를 태워 나를 고개 너머로 데리고 나갔다. 주유소를 지나, 의료원을 거쳐, 언덕길을 올라가다 보면 소방서가 나오고, 소방서를 지나 울릉 터널을 빠져나간 삼거리에서 왼쪽으로 접어들면 도동항이다. 도동을 지나 사동으로 진입할 때쯤 여인은 어느덧 황홀한 섬 색시가 되어 있었다.

—울릉도는 처음이신가 보죠?

그녀가 물었고,

—30년쯤 전인가, 한 번. 기억도 안 나지만.

나는 대답했다.

—30년 전? 그때 내가 몇 살이었더라? 그때 이 섬은 사람 살 데가 못 되었지. 차가 있기를 하나? 길이 있기를 하나? 태어난 자리에서 밥 먹고, 태어난 자리에서 뛰어놀고, 한 발짝만 움직이려고 해도 배가 없으면 꼼짝을 못 하니, 이거야 원. 맨땅에 뿌리박고 사는 울릉도 후박나무나 뭐가 달라? 그야말로 울릉도 모감주나무지 뭐. 차라리 갈매

기라도 되면 훨훨 날아다니기나 하지. 이름 그대로 울릉도 명이나물이고 개망초라니까.

—서울서 오셨다구요?

할 말이 없으니까 나는 괜한 말을 붙여도 보고,

—옛날에. 30년도 넘었지, 아마?

그녀가 지나간 세월을 더듬거린다.

—이리로 시집을 오셨나요?

—아니죠. 남편이 오니까 그냥 따라왔지요.

—남편도 그럼, 서울?

—그렇답니다.

—서울을 놔두고 여기는 왜 왔죠?

—그러게 말이에요. 그 사람, 나를 만나지 말았어야 하는 건데.

여인의 꼴깍 말 삼키는 소리를 나는 듣는다.

사동 굽잇길을 빠져나간 차는 어느새 직선으로 뻗은 해안도로를 달리고 있었다. 30년 전 그때는 달려보지 못한 길이다. 바위산을 뚫어 터널을 만들고, 터널 입구에 서면 신호를 기다려야 한다. 빨간불이면 멈추고 파란불이면 달린다. 바다를 달린다 싶다가는 산허리를 굽이 돌고, 산허리를 돌아 나간다 싶으면 다시 바다가 트인다. 그녀의 이야기가 바다처럼 펼쳐지는 걸 나는 들었다.

—나랑 결혼하겠다고 우기자 그 집에서 아예 호적을 파내버렸더라. 서울 양반들은 독해요. 요새는 안 그럴걸. 그게 무슨 멍텅구리 짓들이

람. 불과 반세기 전 내 사는 동안에 벌어진 일이라니까. 우리 집이 별
볼일 없었던 모양이야. 아, 가보고 싶은 거. 종로의 피카디리, 단성사,
명동의 뒷골목 순두부집. 우리 집은 서울역 앞에 있었거든. 둘이서 걷
다 보면 어느새 경복궁 삼청동까지도 가는 거 있지. 우리 그이네가 그
때 안국동 네거리에서 한약방을 하고 있었거든. 아버지는 당신 아들
이 집안에 얌전히 들어앉아 감초나 썰고 저울질이나 하기를 바랐지
만, 우리 그이는 영화배우가 꿈이었다. 그때는 그 사람 만나면 영화
보고 걷고, 밥 먹고 영화 보고, 영화 보고 또 보고, 그게 전부였다니
까. 그때 놓아주었어야 하는 건데, 집에서 워낙 반대를 했거든. 그길
로 집을 뛰쳐나온 거야. 서울역에 가서 밤기차를 탔다. 날이 밝았어도
기차는 멈출 줄을 모르는 거 있지. 열 시간도 넘게 걸렸을걸. 부산역
광장에서 하룻밤을 자고, 다시 포항으로 가서 또 몇 날 며칠을 기다렸
던가. 배표를 구했다고 좋아하면서 데리고 가는데 그게 울릉도를 가
느라고 그랬던가 봐. 아, 어지러운 거. 눈을 뜰 수가 있어야지. 햇빛이
환한 대낮인데도, 눈 감고 가는 어두운 배가 어찌나 울렁거리던지, 배
속에 든 아이까지 쏟아지는 줄 알았다니까. 그때 5개월이 넘었었거
든. 아랫배가 제법 봉긋했었다. 그렇게 반 죽어서 내린 곳이 울릉도
야. 울릉도를 내가 뭘 알아. 울릉도라니까 그냥 울릉도인가 보다 하고
살았지. 그땐 이렇게 안 생겼었다. 맨 산이고 물뿐이었다. 길이 있기
를 하나, 차가 있기를 하나. 도동 골짜기라고, 배에서 내린 바로 그 동
네인데, 눈에 보이는 것들이 섬의 전부였다. 처음 보는 갈매기들이 초

가짐 자갈마당까지 올라와 놀더라. 그이는 곧 물 동냥을 시작했다. 오 징어잡이를 나간 거야. 워낙 착하고 힘이 장사니까. 인기 좋았지. 수 염 시커먼 선주들이 선금 들고 찾아와 같이 일하고 싶어했거든. 저동 고개라고, 도동 뒷산 해송 밭에다가 처음 천막을 쳤다. 언덕에서 내려 다보는 저동 앞바다. 그 밤바다처럼 아름다운 것이 이 세상에 또 있을 까. 바다에 어둠이 내리면 세상의 배라는 배는 모두 다 저동 앞바다로 모이는 거 있지. 집어등을 켜 어둠을 밝히고, 무장한 병사들처럼 바다 를 헤젓고 다니는 거야. 아 황홀했던 거, 종로나 명동 같은 서울은 댈 바가 아니었다. 그 불빛 속에서 어떻게 오징어를 건져 올린다는 것인 지, 새벽이면 한 구럭씩 잡은 고기를 부려놓는 우리 그이는 마술사였 다. 예서 나는 죽어도 좋았다니까.

서면 태하는 별 볼 것이 없었다. 가파르지 않은 경사가 유난히 평화 롭다고나 할까, 군데군데 바윗돌 박힌 풀밭이 한가롭고, 서향받이 언 덕이 알맞게 비스듬하고, 눈앞에 바다가 펼쳐져 있고, 햇살은 투명하 고, 물결은 반짝이고.
　—어머, 여기 마을이 있었는데, 집들이 다 어디 갔다지? 여러 채였 던 것 같은데?
　그녀는 잃어버린 기억을 찾아 풀밭을 사뿐거리고,
　—좋군요. 듣던 대로 좋습니다.
　나는 내 말이 거짓말이 아니기를 바라면서 함께 기뻐해주었다.

─학교도 있었는데. 분교라고 했던가. 운동장이 넓지는 않았어요. 벚나무가 서 있었고. 그넷줄이 매달려 있었답니다. 그날 그이랑 그네를 탔었는데. 그이가 나를 들어 불끈 그네 위에 앉히고, 밀어주고, 기억나요. 내가 그랬어요. 우리 영재 자랄 때까지만 여기서 살아요. 그러고는 나가요. 서울로 가요. 서울서 왔으니까, 서울로 가야지요. 서울 사람은 서울밖에 모른답니다.

─결국은 못 가셨군요?

─갈 뻔했었지요. 어차피 맨주먹으로 가는 서울, 마음만 먹으면 언제는 못 가요? 짐까지 다 꾸렸답니다. 그런데 그만. 덜컥 우리 그이가 먼저 가버리는군요. 태풍에 한번 휘말리니까, 꼼짝 못하겠더라. 눈앞에서 뻔히 바라보면서도 못 건져 올렸어요. 그러고는 끝이었어요. 영영 돌아오지 않았답니다.

─그렇군요.

나는 그냥 들어주는 수밖에 없었다.

─알 수 없는 일이에요. 남편 때문에 여기 살고, 우리 그이만 아니라면 당장이라도 나갈 줄 알았더니, 아니었어요. 없어진 줄 알았던 사람이 거기 그 자리에 그냥 있는 거예요. 죽어도 죽지 않았더라. 남편이 없으니까, 더 열심히 사는 거 있죠? 정신없이 일하고, 아이 키우고, 살다 보니 빠져나갈 틈이 없었답니다. 그러고 보면, 우리 남편은 내가 여기 살도록, 나를 여기까지만 데려다주러 온 사람이었던가 봐요. 그러니 어떡합니까? 살아야지요.

─어쨌든 살아내셨지 않습니까? 장하십니다.

─그 대신 우리 아이는 서울로 보냈답니다. 아이래야 달랑 하나뿐이지만, 그것조차 눌러앉힐 수는 없었어요. 아주 착하답니다. 음악을 공부한대요. 요새는 밤무대에 올라가 색소폰을 분다는데, 먹고살 만은 한가 봐요. 결혼도 시켜야 할 텐데. 처녀 집에서 반대를 한다네요. 색소폰을 부는 게, 그게 나쁜 짓인가. 맘에 안 들면 그냥 다른 일을 하게 하면 되지, 왜 결혼은 반대를 해? 딱해 죽겠다니까. 처녀가 아주 착해요.

둘이는 길도 없는 비탈을 함께 걸어 올라간다.

─저기 벗나무. 벗나무가 저쪽으로 달아나 있군요. 전에는 여기 있었던 것 같은데.

─그건 벗나무가 달아난 것이 아니라, 세월이 달아난 거예요. 시간이 달아난 만큼 기억도 멀어진 거랍니다.

우리는 벗나무 그루터기가 기다리고 서 있는 쪽으로 갔다. 가지는 노후해 그네를 매달 수 없을 만큼 무기력했고, 몸체는 비탈을 버티기 어려울 정도로 부식되어 있었다.

─그렇구나. 그렇게나 많은 시간이 흘렀구나. 그렇게나 오랜 시간을 내가 이 섬에서 버텼다니!

여인은 우두커니 서서 지는 해를 바라보았다. 얼마쯤 시간이 지났을까? 나는 돌아갈 것을 재촉하였다.

─낙조는 보고 가야지요. 태하에 가면 해 지는 것까지는 보고 오라

고 했는데.

—노을이 좋아지면 그게 나이 든 징후랍니다.

그녀는 노을을 보자거니, 나는 그냥 가자거니, 승강이를 벌였지만 우리는 결국 타오르는 낙조를 뒷등으로 느끼며 태하를 빠져나왔다. 쫓기듯 노을을 등지기는 했지만, 그래도 서면 태하의 낙조를 보기는 본 셈이다. 슬프도록 찬란했다고 생각한다.

차가 구암터널을 빠져나가기도 전에 날은 어두웠다. 사자바위를 삼킨 어둠은 어느덧 통구미를 삼키고, 가두봉을 삼키고, 사동을 삼키고, 도동을 삼키고, 그리고 검은 바다까지 삼켜버렸다. 저동까지는 다시 재를 하나 넘어야 한다. 차는 섬 고양이처럼 쌍불을 밝히고 도동터널 속으로 돌진하였다. 터널을 빠져나가자 소방서 건물이 보이고, 의료원을 지나고, 주유소를 스치고, 그러고는 저동고개다. 언덕길을 올라서자 갑자기 눈앞에 펼쳐지는 오징어잡이 불바다, 나는 나도 모르게 아! 탄성을 질렀다.

—불이다. 불바다다!

—그렇지요? 바다가 활활 불타고 있죠? 우리, 여기서 잠깐만 쉬었다 가요.

여인이 가던 길을 버리고 샛길로 차를 뺐다. 나는 바다 앞에 감탄했다.

—저건 바다가 아니네. 종로나 명동, 생각난다. 서울 한복판이야. 번쩍번쩍하잖아.

─이 길을 오를 때마다 나는 그냥 못 지나가요. 한 번은 꼭 내려서 바다를 바라보곤 한답니다. 눈앞에 바다가 기다리는데 어떻게 그냥 가요? 옛날에, 이 섬에 처음 닿았을 때, 살림이라고 겨우 천막을 치기 시작한 데가 여기거든요. 저기 저 소나무 숲 보이죠? 아마 그 자릴 겁니다. 그때 처음 본 밤바다가 어찌나 휘황찬란하던지, 맞아요, 서울 같았어요. 저 안에서 우리 그이가 오징어를 건지는 거예요. 밤새도록 밤바다를 휘젓고 다니다가 새벽이면 지친 몸으로 돌아와 어둠 속을 파고들던 우리 그이. 처녀 때 우리 아버지가 그랬거든요. 아버지는 퇴근해도 집으로 곧장 돌아오지 않았어요. 어디를 그렇게 헤젓고 다니시는지, 불빛 때문이었던가 봐요, 새벽이나 되어야 술에 젖어 돌아오시는 아버지는, 맞아요, 그때 우리 어머니처럼 내가 여기 와서 그랬다니까. 우리 그이는 밤새 건져 올린 오징어를 부둣가에 부려놓고, 그러면 나는 어둠 속을 헤치고 나가 그것들을 다듬고…….

─그래, 여기야. 여기였어.

생각난다. 30년 전 그때. 언어민속 조사차 왔다가 이 섬을 떠나기 전 마지막 날 밤이었다. 친구들과 함께 서울로 갖고 갈 선물을 사러 나갔다. 나는 나의 오드리 헵번에게 울릉도 오징어를 선사하고 싶었다. 무척이나 오징어를 좋아했었거든. 피카디리에서 창신동 그녀 집까지 그 머나먼 밤길을 그 여자는 잘강잘강 오징어를 씹으면서 걸었다. 오징어처럼 질긴 여자. "우리, 이제 어떡하지?" 그녀의 집, 불 켜

진 창문 앞에만 서면 그녀는 묻는다. "또 그 말 하려고?" 나는 안다. "그래, 또 만나줄 수는 있어. 그렇지만, 이게 바로 우리들의 사랑이라고는 믿지 마." 그녀가 그녀의 집 대문을 두드리는 동안 나는 그녀의 등 뒤에 서 있었고, 그러나 문이 열리면 나는 늘 혼자 내팽개쳐진 상태였다. 청량리 나의 자취방까지를 나는 다시 혼자서 걷는다. 씹어도 씹어도 자꾸만 씹고 싶은 오징어는 그것이 맛이 있어서만이 아니다. 오징어는 그냥 오래 씹도록만 되어 있다. 혓바늘이 서고 아래턱뼈가 뻐근하도록 씹어도 더 씹지 않으면 목구멍에서 쓴 내가 난다. 쓴 내가 싫어서 쓴 내를 지우려고 나는 언제까지나 오징어를 씹는다. 오징어를 씹듯 오징어처럼 질긴 나의 오드리 헵번을 오래오래 씹고 싶던 시절이었다.

울릉도의 밤길을 더듬거리며 오징어 파는 집을 찾아 나섰다. 동해 바다의 밤풍경은 불야성이었다. 날이 어두워지자 오징어잡이 배들이 진군해 들어오는 해병들처럼 일제히 밤바다로 몰려나온 것이다. 성난 산불처럼 타오르는 바다를 내려다보면서 우리는 언덕 꼭대기까지 올라갔다. 발에 이슬이 채였다. 바다 위의 불야성과는 달리 언덕 위의 집들은 불을 끈 채 잠들어 있었다. 여러 그루 소나무가 무리 지어 서 있는 언덕바지에서 불빛이 새어 나왔다. 공사장의 현장 사무소 같은 군용 천막이 한 채 움막처럼 도사리고 있는 것을 보았다. "오징어 좀 파십시오." 물어볼 것도 없이 우리는 안에다 대고 외쳤다. 거기서 한 여인을 만난다. "이곳 사람들은 오징어를 잇까라고 부른답니다." 여자는 상냥하고 친절했다. 나는 나의 오드리 헵번에게 바칠 오징어 한 축을 샀다. "나도 집이 서울이에요." 여자가 말했다. "서울 어디?" "북창동." "북창동?" 우리들 가운데 북창동을 모르는 사람이 있을까. 울릉도에서 북창동 여자를 만난 것은 뜻밖이었다. "처음부터 이리루 시집을 오셨나요?" "아니에요. 우리 그이도 서울이랍니다." "아아, 이리루 일자리를 찾아 오셨나 보군요?" "일자리는요? 서울서도 우리 그인 부자랍니다." 여자가 불빛 속에서 환하게 웃고 있었다. "울릉도가 좋아서 그냥?" "우리 그이 집에서 나를 너무 반대했거든요. 어쩔 수 없었어요. 집을 나오는 수밖에. 어설프죠? 하지만 서울 부럽잖아요. 열심히 사니까요." 세상에 이 여자를 그토록 자랑스럽게 만드는 힘은 무엇일까, 나는 턱도 없이 이 여자의 남편이라는 사람이 궁금했다. "어디 갔지요?" "보세요. 저기 있잖아요." 그때 그녀가 눈을 들어 가리킨 곳이 바로 저 오징어잡이 불바다였다. "와아! 찬란한 거. 저게 뭐죠?" "집어등 불빛이라니까요. 저 안에서 방금 우리 그이가 오징어를 건져 올리는 거예요." 30년 전 그때 그 자랑스럽던 여인, 그 어둠 속의 여자가 바로 이 여잔가?

여인은 하던 말을 계속하였다.

—우리 그이는 아직도 돌아오지 않았답니다. 그날도 그이는 밤바다로 나갔었지요. 새벽을 기다리는 동안 나는 잠이 들었고. 그 사이에 돌풍이 몰아쳤던가 봅니다. 몰랐지요. 바람은 늘 부니까, 그날도 그런

가 보다 했지요. 천막 지붕이 화들짝 날아가는 줄도 모르고 깜빡 죽어
서 잠만 잤더라니까. 뒤늦게야 어린것을 들쳐 업고 바다로 달려 나갔
습니다. 바람이 어찌나 거센지 바윗덩어리 같았어요. 내 몸조차 날아
가는 줄 알았답니다. 물속 같은 어둠을 헤치고 팽나무가 서 있는 언덕
까지는 갔지요. 그때는 저동 방파제가 없을 때였습니다. 마을 사람들
이 모두 나와 발을 동동거렸지만 그뿐이었어요. 칠흑 같은 어둠뿐이
었답니다. 남편은 끝내 돌아올 줄을 몰랐어요. 우리 그이는 원래 바람
앞에 겁먹지 않아요. 태풍 그까짓 거, 우리 그이 앞에서는 꼼짝도 못
한답니다. 지금도 그렇게 바람과 맞서 싸우고 있겠거니, 나는 믿고 있
답니다.

여인은 다시 나를 봉고차에 주워 담았다. 그리고 저동고개를 넘어
달리기를 시작하였다. 30년 전 그때 그 여자의 못다 한 사랑을 확인
이라도 하듯 나는 고개를 들어 여인을 보았다. 그때 그 여자가 바로
이 여인이던가? 그 아름답던 사랑이 바로 이 여인의 삶이었던가? 그
거야말로 내가 이 섬에서 발견한 아주 특별한 사랑이었는데, 그 사랑
이 이토록 가슴 아픈 이야기가 되고 말았다니, 나는 가슴이 아팠다.

　—바다를 살아내는 일이 참……

　—힘들어 뵈지요? 허지만 괜찮아요. 사람 사는 일이 다 그렇지요
뭐. 서울은 안 그럴까?

　—하긴……

나는 침묵하는 수밖에 없었다.

─민박집을 차린 지는 몇 해 안 됐어요. 우리 아이 서울로 보내고, 사는 일이 힘에 부치기도 하고, 이제는 물질을 나가는 일조차 지칩디다.

─그렇군요. 잘돼야 할 텐데.

─잘되나마나, 어차피 사는 일인걸요. 이 섬도 이제는 더 이상 오징어만 건져 먹고 살지는 않아요. 활짝 문을 열고 밖으로 나갈 거예요. 바다가 육지고 육지가 바다 된 세상 아닌가요. 서울이 울릉도고 울릉도가 서울이지요 뭐. 어딜 가서 사나 요즘 세상은 천지가 하루 거리인걸요. 바다에서는 쾌속정이 날고, 섬 안에서는 고속도로가 달리고, 산과 바다가 어울리고, 우리도 이제는 새끼줄로 눈터널을 만들어 이웃집을 왕래하던 그런 호랑이 담배 먹던 시절이 아니랍니다. 청정한 바다를 즐기러 오는 사람들이 얼마나 많은데요. 자연 속에 휴식을 취하러 오는 손님들도 많아요. 이런 데다 민박집을 차려놓고, 찾아오는 손님들과 어울리는 시간이 얼마나 행복한지 몰라요. 울릉도는 이제 더 이상 아픈 추억만 만들지 않는답니다. 즐거운 추억도 만들어요.

그다음 날 나는 겨우 태풍이 비껴 간 것을 알았다. 아침에 눈을 뜨고도 나는 그냥 게으른 잠자리를 차지하고 있었는데, 그때 안채 쪽에서 여인의 호들갑스러운 소리가 들렸다.

─오늘 배 들어온대요. 오후에 나갈 거예요.

나는 자리를 박차고 밖으로 나갔다. 여인의 반가운 소식은 엊그제 도배를 하던 그 방에서 들렸다.

—태풍이 끝난 겁니까?

—비껴 갔다나 봐요. 일본으로 갔겠지요, 뭐. 샘도 나가실 거죠?

나는 너무 기뻤으므로 농담하고 싶었다.

—내쫓기는 겁니까?

—아니죠. 태풍에 갇힌 사람은 샘이 아니라 나였답니다. 바람이 비껴 갔다니 얼마나 좋아요? 우리 아들이 온대요. 지금 오고 있대요. 서울서는 진즉에 왔었나 본데, 포항에서 그만 발이 묶였다지 뭐예요.

나는 도배하는 그 방에 새로 들 사람을 떠올렸다.

—좋으시겠습니다.

—방이 비좁아서, 짐이나 많지 않아야 할 텐데.

혼잣말처럼, 여인의 걱정하는 말을 들으면서 나는 내 방으로 건너왔다. 여인은 내 쪽을 향해 쉬지 않고 외쳐댔다.

—샘도 어서 가방을 챙기세요. 짐은 가볍죠? 양말이라도 빨아드릴 걸 그랬나? 집에 가서 마누라님한테 내놓지 뭐.

나는 그녀 혼자서 즐거워하도록 놓아둘 작정이었다.

—이따가, 도동까지는 내 차 타고 나가요. 나도 어차피 나갈 거니까.

—괜찮을까요?

나는 짧은 순간이나마 시차를 계산하였다. 아침 아홉 시에 포항을 출발하면 한 시나 임박해야 도동항에 내릴 텐데, 그 배가 다시 나가자면 남는 시간은 고작 한 시간 남짓할 것이다. 나는 그렇게 하기로 했다.

—아들 혼자 옵니까?

—아니죠. 색시랑 같이 온답니다.

나는 또 한 사람 그 방에 들 여자를 떠올리자 기분 좋았다.

—그건 더 잘된 일이군요.

—처음엔 서울서 못 살고 쫓겨 나오는 것 아닌가, 섭섭한 마음조차 없지 않았지만, 생각해보니까 그럴 것도 없더라. 우선 보고 싶으니까. 보면 반갑지 뭐. 오면 어미가 있고, 어릴 때 저 뛰어놀던 곳인데, 왜 안 오고 싶을까? 와서, 눌러살고 싶으면 살라지 뭐. 서울만 사람 사는 덴가. 와서도 색소폰은 불고 싶은가 봐. 제 나팔 소리로 천지간에 울릉도 하늘을 한바탕 와장창 울려주고 싶대나? 즈이 아빠가 젊어서 그랬다니까. 쏙 빼닮았지 뭐야. 아들이 하고 싶은 짓 어미가 도와주면 좋지 뭐, 그렇게 해주고 싶어요.

시간이 되자 우리는 도동항으로 나갔다. 길이 막혀 영영 들어오지 못 할 것 같던 배가 거짓말처럼 들어와 있었다. 꾸역꾸역 밀려나오는 사람들을 향해 그녀는 쉬지 않고 손을 흔들었고, 그중에 누군가 그녀를 향해 두 손을 번쩍 들어 올리는 사내가 있었다. 건장하고 잘생긴 사내 곁에 화사하게 웃음을 머금은 또 한 사람 아가씨도 나는 보았다. 나는 다가가 사내와 악수하고, 그가 던져주는 짐 꾸러미를 받아 내렸다. 대충 정리가 되었다고 판단했을 때 나는 여인 앞에 작별인사를 고했다.

─반가운 손님 데리고 먼저 들어가십시오. 시간이 되면 곧 나도 탈 겁니다.

그녀가 내 앞에 허리 굽혀 인사하였다.

─태풍한테 감사해야겠어요. 민박집 '동해'를 잊지 말아주세요.

나는 그렇게 오래전 울릉도의 한 여인을 훔쳐본 것이다. 태풍은 끝내 오지 않았다.(2012)

스핑크스도 모른다

　그들은 그런 식으로 각자 자기 할 일을 하면서 행복하게 살고 있었습니다.

　텔레비전 수상기는 저녁 시간대에 알맞도록 재미있고도 유익한 전파를 부지런히 송출합니다. 할아버지 석준 씨는 황사가 극심한 화면 속을 걱정스럽게 들여다보면서 손녀 아차를 떠올리고, 손녀 아차는 황사의 고향인 고비사막을 상상하며, 텔레비전은 보는 둥 마는 둥, 책을 읽거나 사과 쪽을 집어먹거나, 그런 일들을 동시에 하느라고 부스댑니다.

　뉴스를 시청하는 할아버지도, 사과 쪽을 날름거리는 손녀도, 그러나 지금 한집에 살고 있지는 않습니다. 할아버지는 지리산 골짜기에서, 손녀는 서울 상계동에서, 그들은 그렇게 각각 떨어져 살지만, 그러나 텔레비전이 지리산 골짜기도 찾아가고 서울 상계동도 찾아가서 늘 함께 놀아주니까, 텔레비전과 할아버지와 손녀 이 세 가족은 언제나 멀리 떨어져 산다는 생각을 하지 않습니다.

할아버지 석준 씨는 지금 지리산 골짜기에 있는 어느 조그만 산골 마을에 살고 있습니다.

그는 한때 잘나가던 동화작가였습니다. 그러나 지금은 아닙니다. 왜 그렇게 되었는지 이유는 확실하지 않습니다. 어느 날 정신을 차려보니 어린 독자들이 그의 곁을 떠나버렸습니다. 이제 그는 길바닥에 버려진 아이처럼 평범한 어른이 되고 말았습니다. 홧김에 지리산 골짜기 고향 마을로 내려온 지는 10년이 다 되어갑니다. 그런 식으로 어릴 때 뛰놀던 뜨락으로 내려앉기는 했지만, 그렇다고 독자들로부터 외면당한 슬픔조차 거둬들일 수는 없었습니다. 어린 독자들이 왜 나를 외면했을까, 그는 생각하고 또 생각해보았습니다. 그리고 또 새로운 창작을 위해 몇 편 정성을 쏟아보았지만 울렁이던 동심은 전 같지 않았습니다. 내 안의 동심이 그렇게 식어갔다면 참 애석한 일입니다. 딴은 독자들의 그것이 실종된 탓일지도 모를 일이지만, 이도 저도 아닌 둘 다라면 그건 더 큰일입니다. 어쨌든 철석같이 믿었던 독자들이 약속이라도 한 듯 하루아침에 떠나버렸다는 건 참 슬픈 일입니다.

그런가 하면 손녀딸 아차는 지금 서울 상계동에 살고 있습니다. 한울아파트 13층 꼭대기에 있는 칸막이 하나가 아차의 작은 궁전입니다. 이제 초등학교 4학년인 아차는 그 집에서 엄마와 함께 먹고 자고 학교에 다닙니다. 뿐만 아니라, 학교에서 돌아오면 텔레비전 앞에 앉아 책을 읽거나, 사과를 먹거나, 지리산 할아버지와 통화를 합니다.

이 두 사람에게 텔레비전은 떼려야 뗄 수 없는 아주 친한 친구입니다. 텔레비전 그는 날마다 눈만 뜨면 지리산 할아버지를 찾아갑니다. 할아버지도 아침부터 밤늦게까지 텔레비전과 놀기를 좋아합니다. 그리고 텔레비전은 서울의 아차한테도 갑니다. 아차는 할아버지처럼 하루 종일 놀아주지는 못합니다. 학교 갔다 와서 저녁 먹을 때까지 잠깐, 그리고 숙제를 하면서 건숭건숭 조금씩만 놀아줍니다. 그런가 하면 석준 씨는 지리산 골짜기에 앉아 아차네 연속극을 보기도 하고, 아차는 서울에서 할아버지가 즐겨 보는 아홉 시 뉴스를 보기도 합니다. 그들은 그런 식으로 멀리 떨어져 살지만 언제나 함께 지내는 즐거운 가족입니다.

지금은 마스크로 얼굴을 가린 사람들이 여럿 어깨를 웅크리고 할아버지네 화면 속을 걸어갑니다. 황사가 심하다고 합니다. 아차네 집에서도 같은 사람들이 여럿 화면 속을 걸어갑니다. 텔레비전과 석준 씨와 아차는 그렇게 각각 떨어져 살면서도 같은 화면을 마주 보고 사는 소중한 가족입니다. 석준 씨는 방금 자기 핸드폰을 열어 아차를 불러 봅니다.

—아차야, 황사가 극심하구나. 내일은 외출하지 말아야겠다.

—알았어요, 할아버지, 할아버지도 황사 조심하셔요.

아차는 그렇게 말할 때 다리를 덜덜 떨면서 책장을 넘기기도 하고,

사과 쪽을 찍어 나르기도 하고, 그런 일들을 동시에 하느라고, 할아버지 쪽은 쳐다보지도 않습니다. 석준 씨는 아차의 그 점이 늘 못마땅합니다.

—아차야, 넌 지금 책을 읽는 거니? 사과를 먹는 거니? 아니면 텔레비전을 보는 거니?

—셋 다요.

아차는 짧게 대답합니다.

—책도 읽고, 사과도 먹고, 텔레비전도 보고, 한꺼번에 그걸 다 한단 말이냐?

—네.

—그러고도 글자가 눈에 들어오니?

—네.

—귀에 들려?

—들려요.

—사과가 먹혀?

—할아버지도 참, 전 한 가지만은 아무것도 못해요. 우두커니 앉아서 어떻게 사과만 먹어요? 어차피 먹는 김에 책도 읽고 텔레비전도 보고 그래야지요. 어떻게 고개를 처박고 앉아서 책만 읽어요? 읽는 김에 사과도 먹고 텔레비전도 보고 그래야지요. 전 텔레비전은 진짜 그냥 못 봐요. 뭐든지 먹으면서 봐야 돼요.

석준 씨는 괜한 것을 간섭한 것 같아 후회됩니다. 요즘 아이들은 남한테 간섭 받는 것을 참 싫어합니다. 남을 간섭할 줄도 모릅니다. 그러는 할아버지는 왜 텔레비전만 보고 책은 안 보세요? 라고 물어올까 봐 겁이 났는데, 그렇지는 않습니다. 그 대신 요즘 아이들은 아는 것이 무척 많습니다. 남 간섭 받지 않고 저 혼자서 텔레비전도 보고 책도 읽고 하니까 그렇게 된 것 같습니다. 손녀인 아차만 보아도 이제 겨우 초등학교 4학년짜리가 역사면 역사, 철학이면 철학, 문학이면 문학, 어디 그뿐인가, 국내면 국내, 해외면 해외, 그 어느 것 하나 모르는 것이 없습니다. 그들에 비하면 석준 씨는 너무 모릅니다. 석준 씨는 요즘 아이들처럼 독서량이 많지도 않거니와, 읽은 것마저 기억도 못합니다. 그것이 석준 씨가 아는 자신의 약점입니다. 그런 천박한 지식을 가지고 요즘처럼 해박한 아이들을 흡수하고 싶어하다니 참 부끄러운 일입니다.

요즘 석준 씨한테 궁금한 것이 하나 생겼습니다. 그 궁금증은 어느 날 갑자기 찾아왔습니다. 그날도 아차는 텔레비전 앞에 앉아 책을 읽고 아작아작 사과를 씹고 그런 일들을 동시에 하느라고 바빴는데, 그 순간 석준 씨는 우리 아차가 할아버지 책도 읽었을까, 그런 생각이 들었습니다. 그것도 어쩌면 독자들이 그를 따돌린 사건과 무관하지 않을 것이기 때문입니다. 젊어서 한때 새로운 작품을 쓸 때마다 석준 씨는, 우리 아차도 자라면 이 책을 읽겠지? 하고 기대한 적이 있습니다. 지금 아차가 바로 그런 나이가 되었습니다. 읽었을까, 말았을까, 읽었다면 왜 말이 없지? 석준 씨는 일단 물어보고 싶었습니다. 그래서 너 할아버지 책은 읽었니? 라고 물으려는데, 왠지 자존심이 허락하지 않습니다. 그래서 생각 끝에 결국 이런 식으로 고쳐 묻기로 하였습니다.

—아차야, 너 지금 무슨 책을 읽고 있니?

대답은 금방 돌아왔습니다.

—신화요.

그것은 뜻밖의 대답이었습니다. 석준 씨는 아마 동시나 만화 같은 걸 기대했던 것 같습니다. 이번에 석준 씨는 아예 아차의 편이 되어서 아차의 곁으로 다가가는 말을 하지 않을 수 없었습니다.

—신화라니? 그리스? 아니면 로마?

—이건 이집트예요.

아차는 읽던 책을 번쩍 들어 보여주었습니다.

—재미있니?

석준 씨는 바보같이 이런 질문도 던졌습니다.

—왜요? 할아버지는 신화 안 좋아하세요?

—안 좋아하기는.

석준 씨는 더 이상 질문을 할 수가 없었습니다. 신화를 묻고 대답하기에는 석준 씨의 평소 실력이 너무 짧았기 때문입니다. 옛날에 학교에서 배운 게 신화였던가? 역사였던가? 갑자기 그런 생각이 들 정도였습니다.

—이집트 역사는 오시리스왕부터 시작되잖아요. 오시리스 이전은 신화의 시대거든요. 슈는 대기의 신이구요. 게브는 대지의 신이구요.

아툼과 슈와 게브에 이어 오시리스가 왕권을 이어받은 거죠. 오시리스 다음으로는 아내 이시스가 왕위를 물려받아요. 그러나 불행하게도 동생 테트가 음모를 꾸며 그를 살해하고 왕위를 빼앗아가잖아요. 이시스가 시체를 다시 찾아주고, 그것은 이누비스의 도움을 받아 부활하지요.

―우리 아차, 굉장하구나! 어떻게 그 많은 것들을 다 아니?

석준 씨가 생각해도 아차는 참 대단한 아이였습니다. 석준 씨는 자신의 동화가 아차 앞에 초라해지는 걸 느꼈습니다. 우선 정보의 양이 비할 바가 아닙니다. 아차는 신화가 주는 감동보다 그것을 알아가는 정보량에 더 만족하는 것 같습니다. 이러니 내가 아차라도 이집트 신화를 읽지 뭣 때문에 할아버지 동화를 읽겠는가. 석준 씨는 스스로 작아지는 느낌을 피할 수 없었습니다.

그날 밤, 석준 씨의 방으로 난데없이 종이비행기 한 대가 날아들었습니다.

저녁상을 물리고 난 뒤였습니다. 어둠이 짙었으므로 창문을 열어 봄꽃 향기를 조금만 빨아들이고, 그러고는 다시 텔레비전 앞으로 다가가던 바로 그때였습니다. 똑똑똑 창문을 두드리는 소리가 들렸습니다. 일어나 커튼을 젖히자 웬 종이비행기 한 대가 안으로 들어오고 싶어하였습니다. 석준 씨는 반갑다고 창문을 열어주었습니다. 종이비행기는 초광속으로 열린 틈새를 비집고 들어오더니, 머리 위의 천장을 서너

바퀴 빙빙 돌다가는 그만 쿵! 하고 바닥에 떨어졌습니다. 조난당한 병사를 보살피듯 석준 씨는 종이비행기를 주워 펼쳤습니다.

안녕하세요? 신화와 전설의 나라로 여러분을 초대하려고 합니다. 가는 곳은 '내 기억 속의 가장 오래된 현재' 랍니다. 학교에 가랴 피아노 학원에 다니랴 눈코 뜰 새 없이 바쁘겠지만, 틈틈이 시간을 내어 미지의 세계를 달려보는 것도 괜찮은 방법입니다. 우리가 할 일은 지금 여러분을 여러분의 일과 속에서 빼내오는 일입니다. 여러분은 지금부터 여러분이 아는 모든 것을 망각의 상태로 비워주십시오. 그리고 그 완전한 망각의 상태를 여러분이 들려주고 싶은 이야기로 적어 메꾸어보십시오. 한 가지 부탁이 있습니다. 다녀와서 쓸 이야기를 미리 떠올리지 마십시오. 읽을 책이나 일기장은 집에 두고 오십시오. 이상입니다. '내 기억 속의 가장 오래된 현재' 는 이 세상 어린이들에게는 가장 값지고도 소중한 동화가 될 것입니다.

누가 보낸 것일까. 내용을 보면 어린아이에게 보낸 편지 같은데, 이 친구 혹시 나를 어린아이로 착각한 거나 아닐까. 하긴 이 세상 동화작가들은 어차피 다 어린아이이니까. 석준 씨는 몹시 궁금해하다가도 어쨌든 굉장히 아름다운 글임에 틀림없어, 라고 감탄했습니다. 이번에는 설레고도 궁금한 마음으로 편지의 뒷면을 보았습니다.

학교 갔다 와서 우편함을 열어봤더니 이런 편지가 와 있었어요.
처음엔 우리 아빠가 보낸 줄 알았어요. 우리 아빠는 지금 라스팔
마스에서 참치잡이를 하고 계시거든요. 지난 여름방학이 끝날 무
렵 어느 날 아버지는 바다로 나갔답니다. 떠나기 전에 아버지는
나에게 컴퓨터를 한 대 사주셨습니다. 그리고 모니터 화면을 어루
만지면서 말씀하셨습니다. "세나야, 이게 아빠의 얼굴이란다. 우
리 서로 이걸 보면서 대화하자꾸나. 내가 메일을 보내면 너는 꼭
답장을 보내야 한다." "그럼요. 내가 메일을 보내면 아빠도 꼭 답
장을 보내야 돼요. 아빠, 이게 뭔지 아시죠? 이거는 제 마음이에
요." 나는 웅웅거리는 컴퓨터 본체를 어루만지며 아빠와 손가락을
걸었습니다. 그리고 아빠는 필리핀 앞바다에서 첫 번째 메일을 보
내왔습니다. 지금 라스팔마스를 향해 가는 중인데, 세나가 너무도
보고 싶어서 몇 글자 쓰는 거라고 했습니다. 약속했던 라스팔마스
에서의 편지는 그러고 나서도 두 주일이 더 지나서야 도착했답니
다. 나는 두 번째 메일에도 답장을 보냈습니다. 그리고 며칠을 신
기한 생각에서 헤어나지 못하였습니다. 배를 타는 것도 아니고,
비행기를 타는 것도 아니고, 그렇다고 집배원 아저씨가 다녀간 것
도 아닌데, 내가 내 공부방에서 쓰는 편지가 라스팔마스 바다 한
가운데에 떠 있는 아버지한테까지 전달이 되다니, 믿기지 않았습
니다. 전자메일 덕분에 내가 아빠 곁에 머물 수 있게 된 것이 좋았
고, 나의 생각이 아득한 라스팔마스까지 뻗어갈 수 있다고 생각하

자, 그날 밤 잠들 수가 없었습니다. 그래서 자꾸만 편지를 쓰고는
한답니다. 처음엔 아빠한테만 썼지만 차츰 아빠 아닌 사람한테도
씁니다. 모르는 친구들과 대화한다는 건 참 신나는 일이거든요.
그렇지만 이 세상엔 아직도 전자메일을 쓰지 않는 사람들도 많잖
아요. 이 편지는 그런 사람들을 위해 쓰는 거랍니다. 요즈음 아빠
의 메일은 잠시 끊겼습니다. 컴퓨터에 문제가 생겼다면서 아빠는
그 대신 전화를 걸어왔습니다. 나는 우리 반 부반장이니까, 반장
이나 선생님, 아니면 친구들과도 메일을 주고받습니다. 그렇지만
그것은 몹시 사무적인 일이고, 또 늘 만나는 사람들끼리 하는 대
화니까 재미도 없거니와 내 세계가 몹시 좁아진 것 같아서 화가
났는데, 오늘 낯선 메일을 받고 보니 참 기뻤습니다. 오늘처럼 낯
선 편지를 받아보기는 처음이랍니다. 어디서 누가 보냈는지를 모
르니까 더 궁금하고 신기하지만, 아무것도 모르니까 더 멀리서 온
것 같은 생각이 들 뿐입니다. 설령 그것이 우리 옆집에서 온 것이
라도 나는 그것이 지구의 반대편에서 왔을 거라고 생각합니다. 내
가 학교를 다니면서 피아노 학원도 다닐 거라고 생각하는 걸 보면
전 세계 어린이들은 아마 사는 것이 비슷한가 봅니다. 그만큼 내
가 먼 데 친구들한테까지도 아주 가깝도록 알려졌다는 것이 나는
즐겁기만 합니다. 더구나 그쪽에서 나에게 망각의 이야기를 주문
하였고, 망각의 이야기를 쓰기 위해서는 그 전에 머릿속에 들어
있는 것들을 모두 털어버릴 것을 주문하였으므로 나는 마음이 급

해졌습니다. 무슨 생각부터 비워버릴까, 다급한 생각에 나는 할아
버지 댁에 가는 것도 잊어버리고 생각에 골몰했지만 아무 생각도
떠오르지 않았습니다. 생각을 하면 할수록 아무 생각도 떠오르지
를 않고 머릿속이 텅 비는 것을 알았습니다.

편지글은 여기서 갑자기 중단되었습니다. 아직 할 이야기가 더 남
은 것 같았는데 아마 시간이 바빠서 다음으로 미루었는지도 모릅니
다. 석준 씨는 그것을 그만 휴지통에 던져버릴까 생각했는데, 그 아래
뭔가가 다시 작은 글씨로 쓰여 있는 것이 보였습니다.

이 종이를 버리지 마시고 아까처럼 다시 접어주세요.

석준 씨는 아까 접혀진 금을 따라 다시 종이를 접기 시작했습니다.
펼쳐진 종이는 다시 근사한 종이비행기로 접혔습니다. 신기해서 들
여다보니 비행기의 몸통에 이런 내용의 글이 적혀 있습니다.

어서 타십시오. 이 비행기는 곧 신화의 세계로 떠납니다.

석준 씨는 성큼 올라탔습니다. 그 순간 상체가 붕 떠오르고 고막이
멍멍하더니 비행기는 곧 창밖을 날기 시작했습니다.
그러고는 깜빡 잠이 들었던가 봅니다.

눈두덩을 찔러대는 강렬한 햇살을 견디지 못하고 눈을 떴을 때 석준 씨는 둥실둥실 하늘에 떠 있는 자신을 발견하였습니다. 벌써 신화의 나라란 말인가? 석준 씨는 부신 눈을 비비며 창밖을 보았지만, 날개의 끝 뾰족한 부분에서 쏘아대는 금속성의 역광이 너무 강렬하여 눈을 뜰 수가 없었습니다. 석준 씨는 윈도셰이드를 닫아버렸습니다. 그리고 눈을 감았습니다. 눈두덩에 검은 태양의 흑점 같은 것이 잔영처럼 일렁이는 걸 석준 씨는 느꼈습니다.

—그거 보세요, 할아버지. 당장 눈이 멀었잖아요.

아차의 잔소리는 이런 데까지 따라다녔습니다.

—아니야. 너무 눈이 부시니깐 그렇지.

석준 씨는 눈꺼풀을 비비면서 말했습니다.

—아니에요. 눈에 불덩어리가 들어갔는데 망막이 그걸 다 소화해내지 못한 거예요. 태양은 함부로 쳐다보면 안 돼요. 태양은 우러러보는 것이 아니라 그냥 존재하는 거래요. 옛날에 희랍의 어떤 아저씨는 자기 눈을 자기가 찔러서 스스로 하늘 보기를 포기했다지 않아요. 그 사람, 가정파괴범이었대요. 국가사회 교란자였대요. 그런 눈으로 어떻게 하늘을 봐요. 겁 없이 하늘을 봤다가 망막 안으로 불덩어리가 들어간 거예요. 그 사람, 자기 손으로 자기 눈을 찌른 거 아니에요.

—애야, 그건 할아버지도 어쩔 수 없는 일이었잖니? 너 같은 어린이들에게 기쁨을 선사하는 건 이 세상 동화작가들의 꿈이란다. 참으로 즐겁고도 아름다운 세상을 꾸며주고 싶었다.

─네에? 할아버지는 지금 무슨 말씀을 하고 계신 거예요? 할아버지가 뭘 어쨌길래요?

─아니면 됐구나. 그래, 너도 텔레비전 그만 보고 어서 잠이나 자거라.

할아버지는 자기 동화가 읽히지 않는 것에 대해 심한 열등감을 갖고 있었던가 봅니다. 아차가 외디푸스 이야기를 하는데, 자기는 그것이 자기 이야기를 하는 거라고 들렸으니, 그거야말로 부끄러운 일이 아닐 수 없습니다.

석준 씨는 잠자코 앉아 기내를 둘러보았습니다. 주변에 시인이랑 선생님이랑 그가 아는 얼굴들이 여럿 눈에 띄었습니다. 그들은 각자 무거운 고개를 떠받치고 앉아 잠을 청하거나 어떤 생각에 잠겨 있습니다. 커다란 전광판이 눈앞에 어른거렸습니다. 목적지 : 카이로. 현지 시간 : 14:28. 시속 : 942km. 고도 : 35,000feet. 도착 예정시간 : 21:15. 석준 씨는 그것들을 눈으로 바라볼 뿐 읽지는 않았습니다.

석준 씨는 다시 윈도셰이드를 밀어 올립니다. 아까 강렬하게 눈두덩을 찔러오던 역광은 사라지고, 그 자리에 사금파리의 섬광 같은 것이 반짝입니다. 그러자 눈 아래 깔린 굼실굼실한 바다도 그것이 물결이 아니라는 걸 알았습니다. 물결처럼 굼실거리는 구름일 뿐이었습니다. 그러고 보니 석준 씨는 바다 위를 나는 새가 아니라, 바다 위의 구름 밖을 떠다니는 한 점 동화작가였습니다.

─아차야, 구름 밖의 세상은 처음이구나. 너도 와서 같이 볼걸 그랬

어.

  석준 씨는 다시 아차를 불러내고 싶었습니다. 아름답고 신기한 것만 보면 석준 씨는 어김없이 아차를 떠올렸습니다.

  ─할아버지, 또 나한테 아름답다는 말을 하고 싶어서 그러시는 거죠?

  ─아니다. 좋은 것일수록 함께 보면 좋지. 네가 기뻐하는 모습을 보면 나도 기쁘잖니.

  ─됐어요. 봤어요.

  ─봤다고? 언제?

  ─텔레비전 보면 구름 위에 비행기 떠가는 거 보이잖아요?

  ─텔레비전 그건 그림이지. 네가 네 눈으로 직접 봐야지.

  ─요새는 비디오가 더 잘 나와요.

  아차는 참 당당합니다. 서운하지만 석준 씨는 자랑하는 일을 포기하지 않을 수 없었습니다. 아차가 침묵의 순간을 메워가기 시작했습니다.

  ─발아래 구름을 물결로 착각한 것은 전에 할아버지가 바다를 본 적이 있기 때문이에요. 발아래 구름을 구름이라고 깨닫지 못한 까닭은 전에 할아버지가 구름 위의 세상을 본 적이 없기 때문이란 말이에요. 이 세상에 본래부터 아름다운 것은 없어요. 뭐가 뭔지 모를 때 사람들은 전에 본 것들을 떠올리는 버릇이 있단 말이에요. 구름 위의 세상이 아름다워 보이는 건 지상에 이미 그런 세상이 있었기 때문이라

니까요. 아름다움이 뭔지, 전에 본 적이 없다면 그것이 어떻게 아름다운지를 알겠어요?

기체가 심하게 흔들거렸습니다. 기체가 흔들거리는 만큼씩 햇살도 구름밭에 마술을 펼치기 시작했습니다. 이번에 펼친 마술은 썰물이 빠져나간 갯벌입니다. 끝없이 펼쳐진 개펄은 잔디밭처럼 평온하며, 개펄 위의 하늘은 지는 해에 물들어 휘황합니다. 뭉게뭉게 주황색 노을은 곧 자운영 물빛으로 바래고, 굼실굼실, 보송보송, 시시각각으로 짙어가는 구름벌판은 어느새 밤으로 가는 잿빛 카펫입니다. 마지막 노을진 강가를 종잇장 같은 초승달이 요동칩니다. 갑자기 웬 종이비행기인가 하고 내다보았을 때 그것은 바람 때문이 아니라, 비행기의 저공 낙하 때문이었음을 알았습니다. 이윽고 철커덕 하는 소리가 발 아래서 났고, 석준 씨의 종이비행기는 급강하를 시작했습니다. 구름 위의 성진이 양소유로 태어나듯, 석준 씨는 그렇게 카이로의 불빛 속으로 진입했습니다.

—뭐 하니?

카이로 공항에 내리자 석준 씨는 맨 먼저 아차와 통화했습니다.

—있잖아요? 우리 학교 운동장에 개나리가 피었어요. 지금 지리산이세요?

—아니다. 신화의 나라를 간다고 갔더니 카이로라는구나.

—카이로라니? 이집트의 수도 카이로란 말이에요?

—그렇다는구나. 너도 카이로를 아니?

—그럼요. 스핑크스의 나라. 근데 할아버지? 카이로는 왜 가신 거예요?

—글쎄다. 그냥 와보고 싶었다면 대답이 되겠니? 와서 보니, 오길 잘했다는 생각이 드는구나. 너도 같이 올걸 그랬어.

—됐어요. 할아버지나 많이 보고 오세요. 피라미드는 꼭 보셔요. 그 앞에 스핑크스도 있을 거예요.

—그렇구나, 아직은 못 봤다마는 가서 봐야지.

—그러니까, 집에서 텔레비전 보셨으면 됐지. 뭘하러 거기까지 가기는 가셨어요? 요새는 사진이 더 멋있어요. 자세한 건 책 사서 보면 되고요.

아차의 책망은 그칠 줄을 몰랐습니다. 그래도 기분은 나쁘지 않습니다. 아차는 뭐든지 잘 아니까, 아차의 그것이 석준 씨는 대견스러울 뿐입니다.

석준 씨는 멀리 삼각의 피라미드를 보면서 호텔로 안내되었습니다. 호텔방에 들어가 커튼을 젖혔을 때도 창밖에는 삼각의 피라미드가 장식처럼 걸려 있는 것이 보였습니다. 석준 씨는 어느새 커튼을 여미는 일도, 쿵쿵쿵 복도에서 나는 소음을 듣는 일도, 먼 옛날 피라미드 시대에 태어난 사람처럼 익숙했습니다. 그는 이미 4천 년 전 피라미드 마을의 주민이 되어 침대 위에 몸을 눕히고, 텔레비전을 켰습니다. 지금은 일기예보 시간입니다. 얼굴색이 거무죽죽하고 턱밑 수염이 지저분한 사내가 그의 두터운 입술을 거칠고도 빠르게 놀려댔습니다. 섭씨 25도 안팎의 숫자들이 화면 가득한 것을 보면서 내일 낮에는 덥겠다고 생각했습니다. 그래도 아침저녁으로는 쌀쌀하다니까 옷은 두텁게 입고 나가야지, 그런 생각도 곁들였습니다. 지금 비스듬한 자세로 텔레비전을 보고 있는 석준 씨는 어제 지리산에서 텔레비전을 보던 바로 그 석준 씨입니다. 그러나 그는 지금 4천 살쯤 나이를 먹었고, 그의 고향은 멤피스일지도 모릅니다. 기억이 잘 나지 않습니다.

날이 밝았습니다. 해는 뜨겁도록 대지를 달구기 시작했지만 눈이 부셔 쳐다볼 수가 없었습니다. 4천 년 전 석준 씨가 태어나기 훨씬 전부터 저 하늘 저 자리에 있었다는 바로 그 태양입니다. 신전 앞을 지나 네거리 모퉁이를 돌아서는데 웬 허름한 사내가 길을 막고 섰습니다.

—한 푼 줍쇼.

사내는 석준 씨 앞에 손바닥을 모아 내밀었습니다.

—웬 손바닥이냐?

석준 씨가 물었습니다.

—무덤마을에서 왔습니다.

사내가 대답했습니다.

—무덤마을이라니? 공동묘지란 말이냐?

—그런 셈이다.

—그런 셈이라니? 집이 어디인데?

—무덤 속이다.

―무덤 속이라면, 너 귀신이냐?

―귀신 아니다. 사람이다.

―시체냐?

―아니다. 산 사람이다.

―산 사람이 왜 무덤 속에서 나왔단 말이냐?

몰랐었는데, 이런 이야기였습니다. 무덤마을은 카이로 시내 한복판에 있는 빈민촌이라고 합니다. 이 나라는 죽은 시체의 집을 산 사람의 집처럼 짓는 풍습이 있다고 합니다. 가난하면 오두막처럼 작게, 부자는 보통 사는 집처럼 크게, 더 큰 부자는 신전처럼 어마어마하게 무덤을 세운다고 합니다. 산 사람이나 죽은 사람이나 죽고 사는 것이 하나이기 때문입니다. 살아남은 가족들은 무덤 안에서 파티도 열고 행사도 벌입니다. 그런가 하면 오래된 무덤은 몰래 가난한 사람들이 들어가 살기도 합니다. 그들은 죽은 시체의 집 안에서 거기가 자기 집인 것처럼 먹고 자고 생활합니다. 그런 집들이 하나씩 둘씩 불어나더니 이제는 온 동네가 무덤마을로 커졌다고 합니다. 무덤 속이니까, 전기는 없습니다. 수도도 없습니다. 그냥 먹고 자고 시체처럼 숨 쉬는 암흑일 뿐입니다.

―가보자!

석준 씨는 낯선 손바닥 안에 동전 세 닢을 떨어뜨렸습니다. 사내는 고맙다고 인사하며 그래 가보자고 안내했습니다.

―아랫다리가 후들거려 더는 못 가겠다. 나가자.

석준 씨는 입구에서부터 무서운 생각이 들어 갈 수가 없었습니다.

—무섭기는? 주검과 함께하는 일인데 뭐가 무섭단 말이냐?

—그래도 여긴 귀신들이 사는 곳 아니냐? 산 사람들이 사는 곳으로 가자꾸나.

—죽음은 죽은 사람의 몫인 것 같지만 산 사람의 몫이기도 하다. 너도 죽으면 어차피 저렇게 될 것 아니냐? 죽기 전에 미리 와봤다고 생각해라.

그래도 석준 씨는 무서운 생각을 떨칠 수가 없었습니다. 아무래도 그는 피라미드 마을 사람은 못 되는가 봅니다.

피라미드를 보러 기자로 떠난 것은 그러고도 일주일이 지난 뒤였습니다.

바로 코앞에 보이는 피라미드를 일주일이 지나도록 가보지 않고 뒤늦게 찾아간 것은 그 안에 다른 데를 보느라고 그랬습니다.

사막 한복판에서 강물을 건넜습니다. 강줄기의 상류에 자리 잡은 고대 도시 아스완에서 석준 씨는 람세스 2세 부부를 만났습니다. 짙고 푸른 러셀 호수가 모래 위에 엎질러진 물처럼 펼쳐져 있었습니다. 람세스 신전은 원래 이 수몰지구 안에 있었던가 본데 훗날 아스완 댐을 건설하면서 이 자리로 옮겨왔다고 합니다. 아스완 댐은 이집트인들의 자랑입니다. 아스완 댐을 빼놓고는 이집트 후예들이 만든 거라고는 아무것도 없거든요. 이집트는 맨 조상들이 살다 간 흔적뿐이랍니다. 배를 타고 강줄기를 따라 내려가면서 5천 년 전 시간 속을 산책하는 겁니다. 크루즈를 어떻게 하는지 말해볼까요? 아스완에서 볼 것을 다 보고 나면 날이 저물지요. 그러면 배에 오릅니다. 배 안에서 저녁을 먹고 몸을 씻고 잠자리에 들고 그렇게 잠이 들면 배는 밤을 타서 강줄기를 따라 내려간답니다. 그러면 날이 밝고, 다음 신전을 구경하고, 다시 배에 오르고, 그러기를 닷새 동안이나 반복하면서 우리는 카이로에 도착합니다. 강기슭을 따라 갈퀴나무 손아귀 같은 코코넛 숲이 무성하게 우거져 있었습니다. 코코넛 수풀 너머는 곧바로 사막입니다. 강물을 끼고 좌우로 5킬로미터까지만 사람이 사는 이집트랍니다. 그만큼만 나일강 물줄기가 미쳐서 비옥하고요, 더 이상 물줄기가 닿지 않는 사막은 사람이 살 수 없을 정도로 척박하답니다. 그중에서도 강물의 동쪽 언덕으로만 고대 도시가 집결되어 있고요, 그나마 강 건너 서안은 죽어서나 가는 곳인가 봅니다. 고대 이집트 국왕들의 무덤은 온통 서안에 다 있습니다. 가는 곳마다 맨 신전뿐이랍니다. 호텔에서 받은 메모지를 봤더니 이 호텔의 로고가 찍혀 있었습니다. 네모 반듯한 직사각형과 직사각형 안에 들어 있는 삼각형과 삼각형의 바닥을 흐르는 굽이굽이와, 그것은 설명을 듣지 않고도 얼른 알 수 있었습니다. 직사각형은 신전이고, 삼각형은 피라미드이고, 바닥의 굽이굽이는 나일강의 물결을 상징하는 것이었습니다. 그렇습니다. 이집트는 신전과 나일강과 피라미드의 나라입니다.

　문득 고개 들어보니, 창밖의 강 언덕엔 철 지난 갈대숲이 무성하게 뒤엉켜 있었습니다. 그 너머로 우람한 코코넛 줄기가 띄엄띄엄 서 있고, 그 사이사이로 사막의 낮은 구릉이 언뜻언뜻 스쳐 지나갔습니다. 강물에 밀린 사구가 섬처럼 떠 있고, 푸른 하늘 아래 철새가 날고, 물가에 홀로 노 젓는 어부가 한가로웠습니다.

그날 피라미드를 보러 가는 버스 안에서는 일행 중의 시인 한 사람이 석준 씨 곁에 함께 앉아주었습니다. 시인들은 시로 말하지 않을 때 보통 무슨 생각을 하며 살까 궁금했었는데 마침 잘된 일이었습니다. 이집트에는 피라미드가 약 90기쯤 있다고 들었습니다. 그중에서도 유난히 크고 기품이 있는 것이 바로 기자에 있는 쿠푸 왕가의 피라미드랍니다. 차창 밖으로 세 기의 피라미드들이 책에서 보던 것과 같은 모습으로 펼쳐졌습니다. 설명을 듣고 알았지만 그들은 각각 쿠푸왕과 카푸라왕과 맨카우라왕과 그렇게 삼대에 걸친 왕가의 피라미드라고 합니다. 그것들을 한 카메라에 담을 수 없을 만큼 가까이 다가갔을 때 석준 씨는 한마디 찬사를 터뜨렸습니다.

—과연 예술이군요.

그러나 그것은 시인도 들으라고 한 말은 아니었습니다. 그만 자신도 모르는 사이에 터져 나온 찬사였습니다. 시인이 힐끗 석준 씨를 돌아보며 말했습니다.

—무덤이라고 하지 않습니까? 왕의 무덤.

시인은 쏘아붙이는 말투였습니다.

―무덤이 저토록 정교하게 아름다울 필요가 있을까요?

두 사람은 각각 쿠푸왕을 쳐다보느라고 서로 마주 볼 새가 없었습니다.

―정교하지 않으면 무너지니까요. 사막에서는 그냥 날아가버립니다.

―결국 견고하다는 말이군요. 그것이 정교하다는 것과 무슨 상관이 있지요?

―절대적이지요. 균형이 잡혔다는 건 안정감이 있다는 뜻이니까요.

시인이 너무 명쾌해 보여서 그런지 석준 씨는 조금 심술이 났습니다. 석준 씨는 아까 차창 밖으로 본 길가의 남루한 집들을 떠올렸습니다. 그것들은 하나같이 짓다 만 건물처럼 헐고 조잡했습니다.

―사는 집도 저렇게 정교할까요?

―그렇지는 않습니다. 대체로 허술합니다.

시인은 뭐든지 다 안다는 식이었습니다.

―무너져도 괜찮다는 말인가요?

―괜찮다는 말이 아니라, 사는 동안엔 절대로 무너지지 않으니까요. 인생은 짧지 않습니까.

―하긴 맞는 말인 것도 같군요.

―뭐가요?

―결국 죽음은 영원하니까, 무덤도 견고해야 된다, 그런 말씀 아니었습니까.

─그런 뜻이 아니라, 삶도 인생이고 죽음도 인생이고, 인생은 어차피 하나로 이어져 영원으로 뻗어가는데, 그 가운데 태반이 죽음이라 이거지요.

─네?

석준 씨는 처음으로 시인 쪽을 돌아보았습니다. 이 사람이 바로 그 사람이구나! 하는 생각이 퍼뜩 떠올랐기 때문입니다. 그렇습니다. 이 시인이 바로 일주일 전 무덤마을에서 만난 그 거지였습니다. 거지의 말처럼, 가난한 사람은 오두막처럼 작게, 부자는 보통 사는 집처럼 크게, 더 큰 부자는 신전처럼 어마어마하게, 그리고 왕은 왕이니까 피라미드를 세운 것뿐입니다. 석준 씨는 어느덧 무덤마을 주민이 되어 있었습니다. 그렇다면 나는 지금 이 마을에 살아서 사는 주민일까, 죽어서 사는 주민일까, 석준 씨는 이미 죽어 있는지도 모른다는 생각이 퍼뜩 들었습니다. 그렇습니다. 이집트에 올 때 나는 이미 죽었는지도 몰라, 오기 전에 이미 죽어서 왔는지도 몰라, 그러자 석준 씨는 어서 이 피라미드 마을을 떠나고 싶었습니다.

시인과 석준 씨는 기자의 언덕을 걸어 올라가는 동안 이유 없이 침묵했습니다. 쿠푸 왕가의 피라미드는 모두 높은 언덕 위에 자리 잡고 있지만, 기자의 언덕이 워낙 광활하기 때문에 높아 보이지를 않는다고 합니다. 그중에서도 카푸라왕의 피라미드가 유난히 커 보이는 까닭은 그것이 더 높은 곳에 앉아 있기 때문이라고 합니다. 쿠푸왕의 피라미드를 향해 걸어가고 있을 때 시인이 뭔가를 말하고 싶어했습니다.

　―작가님은……

시인은 석준 씨를 작가님이라고 불렀습니다.

　―네?

　―작가님은, 작가님의 어린 시절이 옛날이라고 생각합니까? 현재라고 생각합니까?

시인은 역시 다르군, 생각지도 않은 문제를 묻는걸, 하고 석준 씨는 당황했습니다.

　―글쎄요. 현재는 아닌 것 같은데, 그렇다고 옛날은 더구나 아닌 것 같군요.

석준 씨는 오랜만에 생각에 젖었습니다. 그러나 시인은 곧 화제를 바꿨습니다.

　―어쨌든 어렸을 때 일입니다. 누나가 수수께끼를 던지는 겁니다. "사람은 사람인데, 귀가 둘이고, 코는 하나고, 입도 하나고, 그런데 눈이 하나뿐인 사람, 그게 누군지 맞혀봐라?" 나는 알 수가 없었습니다. 이 세상에 눈이 하나뿐인 사람이 어디 있을까? 나는 생각하고 또 생각해봤지만 그때마다 일각수나 코뿔소, 왕눈이 도깨비 같은 무서운 짐승만 떠오를 뿐 사람의 얼굴은 떠오르지를 않았습니다. 수수께끼는 원래 문제를 낸 사람만 답을 알지 그 밖의 사람은 아무도 모릅니다. 누나도 그렇게 생각했던지 곧 정답을 말해버렸습니다.

　―을기 아버지야.

　―을기 아버지? 을기 아버지가 눈이 하나뿐이라고?

—그래. 그 아저씨 애꾸눈이잖아. 한쪽 눈이 곯았잖아.

누나가 깔깔깔 웃어댔습니다.

이웃집에 을기라는 친구가 살았습니다. 어머니가 죽고 없어서 아버지와 단둘이만 산다고 들었습니다. 을기 아버지는 얼굴이 무섭게 생겼습니다. 얼굴색이 거무죽죽하고, 수염이 덥수룩하여 턱이 지저분하고, 머리숱이 칙칙해서 우리끼리는 그를 아프리카 토인이라고 불렀습니다. 거기다가 애꾸눈이었습니다. 나는 딱 한 번 그의 애꾸눈을 본 적이 있습니다. 마당에서 갖고 놀던 고무공을 뻥 하고 찼더니 하필이면 을기네 채마밭에 나가떨어진 겁니다. 할 수 없이 나는 그 집에 가서 채마밭을 뒤져야 했습니다. 한바탕 오이넝쿨 숲을 뒤적거리고 있는데 그때 웬 곰 한 마리가 와서 내 엎드린 모습을 들여다보는 겁니다. 을기 아버지였습니다. 놀라 집으로 달려왔습니다. 그리고 마당 한가운데 서서 숨을 헐떡거리고 있는데, 그때 탱탱 곯아터진 우렁이 껍질 같은 것이 뜨거운 물을 끼얹듯이 내 시선을 덮쳐왔습니다. 그게 뭘까 하고 정신을 차려보니 을기 아버지의 애꾸눈이었습니다. 나는 곰처럼 생긴 그 아프리카 토인이 무서워서가 아니라 을기 아버지의 애꾸눈이 무서워서 도망쳐 나왔던가 봅니다. 그런 을기 아버지가 수수께끼 문제라니, 나는 누나가 나를 속인 것 같아 몹시 화가 났습니다.

—누나야, 그게 무슨 수수께끼냐?

나는 다그쳐 따졌습니다.

—너도 봤잖아. 을기 아버지는 눈이 하나 곯았잖아?

─그러니까 그게 무슨 수수께끼냐고?

─왜 아니야? 수수께끼는 그냥 재미있으라고 하는 건데.

─그래도 그건 누나가 지어낸 거잖아? 나 골탕 먹이려고 누나가 장난친 거란 말이야. 그러니까 수수께끼가 아니지.

─너도 지어봐라. 너도 나처럼 지어내면 될 거 아냐?

누나는 그것이 수수께끼라는 둥 나는 아니라는 둥 얼마나 싸웠는지 모릅니다.

그렇게 시인이 한바탕 애꾸눈이 이야기에 도취되어 있을 때였습니다. 석준 씨는, 이 사람 내 앞에 왜 이런 이야기를 하지? 하고 궁금해지기 시작했습니다. 그래서 물었습니다.

─시인님, 방금 하신 애꾸눈이 이야기는 재미가 없군요. 왜 지금 그 이야기가 필요한 거죠?

─아, 그렇군요……. 시인은 금방 사죄했습니다. ……그럼, 다시 하겠습니다. 그날 누나가 그러는데, 을기 아버지는요, 엄마의 바늘에 찔린 거라는군요. 엄마가 바느질을 하는 곁에서 아장아장 놀다가 그만 실바늘에 꿰여 실명을 했다지 뭡니까.

─안됐군요. 알겠습니다. 그건 그렇더라도 하필이면 그 이야기가 왜 지금 필요한 건지, 그거 나한테 하는 말이었습니까?

─그렇군요. 내가 왜 그랬더라?…… 시인은 잠시 생각에 잠겼습니다. ……꼭 작가님 앞이어서 그랬던 건 아니구요, 아 생각난다. 스핑크스를 만나러 간다니까 그랬던 것 같습니다. 책에서 스핑크스를 본

다든가 스핑크스와 관련된 일이 생기면 나는 늘 수수께끼의 덫을 떠올리는 버릇이 있답니다.

—아, 그래서 을기 아버지를 떠올렸다?

—아마 그래서 그러지 않았나, 내가 나를 돌이켜보는 것이지요.

—알겠습니다. 일이 그래서 그런 거라면 이해가 좀 되기는 합니다마는, 그래도 이건 좀 터무니없군요.

—그건 또 뭐죠?

—누구는 수수께끼의 덫에 걸려서 자기 눈을 자기 손으로 찔렀다지만, 그렇다고 엄마 손에 찔린 아이의 눈조차 수수께끼의 덫에 걸렸다고 친다면 그건 뭐지요?

—찌른 눈과, 찔린 눈과, 이를테면 그런 차이를 두고 하는 말인가요?

—그렇지요? 다르겠죠?

—엄청난 차이지요. 자기가 자기를 찌르는 일인데, 남한테 찔린 것 같겠습니까?

쿠푸왕의 피라미드 속을 내시경처럼 훑어보고 나오는 길이었습니다. 이제는 세 무덤을 한 카메라에 담을 수 있을 만큼 먼 지점으로 가보겠다며 지친 몸을 이끌고 가는데, 그쯤 어디선가 낯익은 스핑크스 님을 맞닥뜨렸습니다. 잠깐! 스핑크스 님은 당장 시비라도 걸듯, 석준 씨 가는 길을 가로막고 앉아 있었습니다. 아니다. 서 있는 건지, 앉아 있는 건지, 어쨌든 함부로 건드렸다가는 당장 시비라도 벌일 듯 자신의 통통한 몸체를 기다랗게 엎드려뻗치고는, 상체를 들어 아주 고깔 사납게 지켜보던 것입니다. 언젠가 지나가는 사람을 붙들고 어려운 수수께끼를 내어 골탕을 먹였던 바로 그 스핑크스였습니다. 지금은 저렇게 멀뚱멀뚱 앉아 계시지만, 언제 또 지나가는 사람을 붙들고 시비를 걸지 모릅니다. 석준 씨는 혹시 자기한테 그런 일이 생기기라도 하면 어떡허나, 겁이 덜컥 났습니다. 그렇다면? 스핑크스 님이 시비를 걸기 전에 내가 먼저 말을 걸까? 석준 씨는 다급한 생각에 스핑크스 님 앞으로 나아갔습니다.

─스핑크스 님, 우리 아차가 내 동화를 읽지 않습니다.

그리고 석준 씨는 소스라쳐 놀랐습니다. 이건 내가 호소를 하고 있지 않은가, 내 입에서 왜 갑자기 이런 말이 튀어나오지? 스핑크스 님은 알아들었는지, 못 알아들었는지, 멀뚱멀뚱 쳐다보기만 할 뿐 말이 없습니다. 석준 씨는 당장 고쳐 물었습니다.

─스핑크스 님, 독자들이 왜 내 책을 안 읽는 거죠?

이번에도 스핑크스 님은 그저 먼 하늘만 쳐다볼 뿐 묵묵부답입니다. 아쉽지만, 석준 씨는 그만 발걸음을 돌려야 했습니다. 바로 그때입니다. 돌아서는 귓가에 스핑크스 님의 목소리가 들려왔습니다.

─네 눈을 찔러라.

─네?…… 석준 씨는 깜짝 놀라 뒤돌아보며 물었습니다. ……제가요? 제 눈을요?

—넌 아직도 누구한텐가 네 눈을 찔렸다고만 믿는가 본데, 그건 아픔이 아니다, 알겠니? 네 눈은, 네 손으로, 네가 찔러야지.

—그건 너무 아파요.

—아파야지.

—네?

아직도 놀라움을 이기지 못하여 다시 물어보고 싶었지만, 스핑크스님은 마냥 함구 중인 채였습니다.

석준 씨는 그길로 귀국해버렸습니다. 집에 도착하자 그는 아차부터 찾았습니다.

—아차야! 잘 있었니?

—야, 할아버지다. 거기 이집트세요?

—아니다. 지리산이란다.

아차는 그때 텔레비전 앞에 앉아 다리를 덜덜 떨며, 책을 읽고, 사과를 먹고, 전화를 받고, 그런 일들을 동시에 하느라고 바빴습니다.

—이집트 어땠어요?

—응, 이집트는 구경거리가 참 일목요연하게 펼쳐져 있더구나. 전체 면적의 95프로가 사막이고, 나머지 5프로 안에 겨우 사람이 사는데, 그나마 그 5프로마저도 남북으로 한가운데를 나일강이 관통하고 있어서……

—알았다. 할아버지 또 그 이야기 하시려고 그러는구나.

─그 이야기라니?

─이집트 여행은 나일강을 따라 상류에서부터 하류로 크루즈를 하는 것이 좋다. 강기슭은 비옥한 코코넛 숲이 우거져 있고, 나일강이라고 어디나 다 사람이 사는 건 아니다. 나일강의 동안은 비옥하여 산 사람이 살지만, 서안은 척박하여 죽은 사람이나 가서 묻히는 곳이다. 신전의 나라 이집트. 아부심벨, 람세스 2세, 3세, 룩소르, 에드푸, 투탕카멘, 카르나크, 오벨리스크. 그렇게 나일강을 따라 기원전 시간을 내려가다 보면 멤피스, 사카라 이집트 최초의 피라미드, 기자의 피라미드. 할아버지 지금 그런 이야기가 하고 싶어서 그러시는 거죠?

─야, 우리 아차 굉장하구나! 네가 어떻게 그 많은 걸 다 아니?

─알아요.

─가봤니?

─텔레비전에서 봤어요. 책에도 있잖아요? 하긴, 요새는 비디오가 더 잘 나오긴 하지만. 그러니까 할아버지, 거긴 뭣하러 가셨어요?

석준 씨는 잠시 할 말을 잃고 서 있었습니다.

─글쎄다. 왜 갔더라?

뭔가 알 것 같았지만 그러나 대답하기 싫었습니다. 석준 씨는 그렇게 또 잠시 서 있어 보지만, 수화기 저쪽에서는 더 이상 아무 말도 들리지 않았습니다.(2010)

오감도를 조감하다

1

텅 빈 무대가 저녁 어스름처럼 펼쳐져 있습니다. 놀이터와 연립주택과 블록 담장들이 어울려 하나의 풍경을 이루는 나지막한 골목길입니다. 성숙한 소녀 하나가 무대 왼쪽에서 오른쪽으로 광장을 가로질러 갑니다. 에이야, 어디 가니? 어디선가 그런 소리가 들립니다. 소녀의 이름이 아마 에이인가 봅니다. 터질 듯 부푼 꽃망울이라면 그녀에게 딱 어울리는 표현이겠습니다. 나비처럼 팔랑팔랑, 한 발짝에 두 스텝씩, 경쾌하게 걷는 모습이, 소녀는 왠지 철없습니다. 소녀의 철없음에 비해 골목길은 가슴에 칼을 품은 무당처럼 음험합니다. 무대를 압도하는 멘트도 그러합니다.

'제일의 아이가 무섭다고 그리오.'

무덤 속에서 「오감도」를 읽으면 아마 이런 소리가 되어 나올지도 모릅니다.

'제이의 아이가……'

'제삼의 아이가……'

고장 난 기계음처럼 메아리는 이중 삼중으로 웅얼거림을 반복합니다. 설마 십삼까지 다는 안 가겠지, 관객들은 불길한 예감에 휩싸입니다.

골목길 저쪽 끝에서도 때마침 성숙한 소년이 하나 걸어 나옵니다. 삐이야, 어디 가니? 이번에도 또 어디선가 그런 소리가 들리는 걸 보면 소년의 이름은 삐이인 것이 분명합니다. 독일 병정처럼 팔다리를 쭉쭉 내뻗는 걸음걸이는 직선 아니면 직각입니다. 에이와 삐이는 각각 무관하게 걸어가고, 무관하게 엇갈리기를 반복하는데, 각자 맞은편 벽면에 가로막힐 때는 이런 기계음도 들립니다.

'길은 막다른 골목이 적당하오.'

방금 두 사람, 무대 한가운데서 마주치는 일이 생겼습니다. '제칠의 아이' 쯤에서였습니다. 그러자 그들은 「오감도」 한 소절씩을 번갈아 외우면서 즐거워라 맴돌기 시작합니다.

'십삼 인의 아이는 무서운 아이와 무서워하는 아이와 그렇게뿐이 모였소.'

'그중에 십일 인의 아이도?'

'응, 십이 인의 아이도.'

'십삼 인의 아이도?'

‘응, 아이들은 전부 다.’

‘몽땅?’

‘응, 싸그리.’

두 사람, 팔걸이를 하고 좋아라 껑충껑충 뛰놀다가 그만 길바닥에 쓰러집니다. 쓰러진 채 에이가 말합니다.

—꿈속에서 너 만났어. 멋있더라.

—나?

에이와 삐이는 반쯤 상체를 일으켜 두 팔로 어깨를 괴고, 마주 앉아 하늘을 쳐다봅니다.

—고마워. 꿈 깨면 말해주고 싶었어. 정말이야.

—뭐가? 무슨 말이 하고 싶었는데?

—고맙다는 말. 방금 말했잖아. 고맙다고.

—내가 뭘 어쨌길래? 꿈은 그냥 꿈일 뿐이야. 신경 쓰지 마.

에이가 먼저 자리를 털고 일어섭니다. 그리고 삐이의 주위를 맴돌면서 말합니다.

—꿈속에서 나는 늘 절름발이인 거 있지? 한쪽 발목이 없는 거야. 이쪽이다.

에이는 자신의 왼쪽 바지 자락을 삐이 앞에 걷어 보입니다.

—거기 있네.

삐이도 에이의 발목을 바라보며 말합니다.

—그럼. 꿈이라니까. 꿈속에서만 이 발목이 몽둥이처럼 뭉툭한 거

야. 어젯밤 꿈에서도 그 뭉툭한 것이 내 바짓가랑이 속에서 덜렁거리는 거 있지, 무서워 죽는 줄 알았어.

그녀는 잠시 생각에 잠깁니다. 그리고 다시 생각난 듯이 말합니다.

─맞다. 말이다. 말. 동물원에 가면 있잖아. 과천 갔을 때 봤어. 말은 원래 뒷다리가 세 개나 되잖아? 말은 왜 쓸데없이 그딴 걸 달고 다니는지 모르겠더라. 그래. 꿈속에서만이야. 내 다리가 바로 그 다리였다. 발목도 없이 뭉툭한 것이, 그게 자꾸만 걷고 싶어하는 거 있지. 이렇게야, 이렇게.

에이는 그것이 실제로 꿈인 것처럼 뒤뚱뒤뚱 걷고 싶어합니다. 그리고 그는 곧 삐이 앞으로 고꾸라집니다. 그러자 삐이가 재빨리 에이의 상체를 받아 안습니다.

─고마워. 어젯밤에도 그랬어. 네가 나를 받아준 거야.

에이가 겨우 삐이의 보호에서 벗어납니다. 삐이가 보호를 풀어주면서 말합니다.

─그럴 땐 '고마워'가 아니라, '괜찮아'가 좋지.

─그래, 괜찮아. 삐이 너도 꿈속에서는 절름발이더라. 넌 오른쪽 다리가 없었어. 네가 그때 그러더라. '괜찮아. 우린 어차피 절름발이들이니까. 넌 다행히 오른쪽 다리를 갖고 있구나. 난 왼쪽 다리를 갖고 있는데.' 그러면서 어깨동무를 하자고 했어. 우린 아무 문제 없이 걸어 다닌 거야. 네가 왼발을 내밀면 나는 오른발을 내밀고, 네가 오른발을 내디디면 나는 왼발을 내딛고. 박자가 어찌나 잘 맞는지, 우린

서로가 한몸이 된 것 같았어. 처음부터 그렇게 한몸으로 태어난 사람 같았다니까. 우리, 한번 해보지 않을래?

—그래 해보자.

에이와 삐이는 자리에서 일어섭니다. 둘이서 어깨를 걸고, 에이는 왼발을 구부려 허공에 띄우고, 삐이는 오른발을 꺾어 자신의 발목을 감추고, 그리고 마주 보며 웃습니다.

—자, 내가 먼저 할게. 아니다, 네가 먼저 할래? 네가 왼발이고 내가 오른발이다. 자, 왼발, 오른발, 왼발, 오른발…….

에이는 쉽게 중심을 잡을 수가 없습니다. 삐이가 그것을 붙들어주고 싶어하지만 두 사람 결국 넘어집니다. 잠시 어두운 장면이 연출됩니다. 이윽고 덜그럭, 덜그럭 발걸음 소리와 함께 검은 사내의 그림자가 나타납니다.

—아저씨다. 도망쳐. 내가 말했잖아. 그 아저씨야.

에이가 허겁지겁 무대 뒤로 사라집니다.

—괜찮아. 이웃집 아저씨야.

삐이 또한 에이를 따라 퇴장합니다.

2

사람들이 거리를 활보하는 대낮입니다. 길은 도로 위에 걸린 육교

쯤이 좋습니다. 육교 위의 하늘은 짙푸르고, 육교 아래서는 밀린 자동차들이 도로를 질주한다고 보면 됩니다. 발목에 전자발찌를 찬 사내가 무대 한가운데를 가로질러 가는데, 그것은 지금 육교를 건너는 일에 해당됩니다. 전자발찌는 실제보다 크고 화려합니다. 그가 발걸음을 옮길 때마다 그것은 눈부시게 반짝거리지만 어디까지나 상징적인 장치일 뿐, 사내는 전혀 창피한 줄을 모릅니다. 왜냐하면 그것은 상징적인 만큼 남들이 알 까닭이 없기 때문입니다. 제 몸에 전자발찌를 차고도 모른 척하는 그는 그래서 몇 배나 더 음험해 보입니다. 「오감도」의 '무섭다'는 여기서도 메아리처럼 울려 퍼집니다.

'골목길은 무서운 아이와 무서워하는 아이와 그렇게뿐이 모였소.'

그때 북청색 쫄바지 차림의 여인이 맞은편에서 걸어옵니다. 전자발찌의 사내와 쫄바지 여인, 그들은 무대 한가운데서 부딪칠 뻔하지만 그냥 지나칩니다.

—아니? 저 아줌마? 계모? 아닌가?

사내가 여인을 돌아보며 고개를 갸우뚱합니다. 여인도 가던 길을 멎고 낌새를 엿듣습니다. 사내는 한 번 더 시비조로 말합니다.

—왜? 기분 나빠?

—아니야, 기분 좋아. 누구는 뭐, 의부 아닌가.

여인은 그냥 가던 길을 가려고 합니다. 사내가 객석을 향해 빈정거리는 말을 합니다.

—저 여자, 내 딸 알파를 죽이고 싶어했거든.

250

　―흥, 사돈 남 말 하시네. 남의 새끼 몰래 끌고 다니면서 제 자식인
듯 어르고 뺨 때린 놈이 누군데? 누구는 입이 없어서 말을 못하는 줄
아는가 베. 당신 몰라서 그렇지, 요즘 발목에 금발찌 차고 다니는 사
내놈들이 얼마나 많은지 알아? 누구는 텔레비전도 안 보시나? 누구
더라? 누구같이 생긴 아주 멀끔한 사내놈들이 말이야, 미처 자라지도
않은 초딩짜리들을 끌고 다니면서 말이야, 홀라당 벗기고 할퀴고 말
이야, 생지랄들을 한다는데 말이야, 그놈들이 전부 그런 놈들이래요.
　여인은 할 말을 하다 말고 치를 떱니다.
　―아이구, 놀래라. 누가 들으면 내가 그런 사람인 줄 알겠네. 당신,
죽고 싶어? 오래 살고 싶거든 당신, 입조심하라고.
　사내가 여인을 향해 정색을 하고 덤빕니다.
　―아이고 무세라. 요새는, 금발찌 안 찼어도 안 찼단 말조차 못하겠
네. 가는 곳마다 지뢰밭이고 살얼음판이니, 이거야 원.
　―너는 그럼? 그런다고 그 어린것을 죽이고 싶냐? 밉다고 사람을
죽이기로 들면 이 세상 살아남을 사람 씨도 없게?
　―그렇잖고? 살면서 남의 자식을 거두다 보면 밉기도 하고, 죽이고
도 싶고 그런 거지, 어떻게 내 자식처럼 늘 예쁘기만 하냐. 세상에나!
알파 그 어린것이 배 속에 남의 새끼를 실었더라니까. 아직 시집도 안
간 어린것이, 그게 할 짓인가? 할 짓이냐고? 애비 망신, 에미 망신,
집안 망신, 나라 망신, 아유 창피해. 도대체가 얼굴을 들고 다닐 수가
있어야지. 그러니 안 죽이고 싶어?

─새끼 좋아하시네. 새끼는? 누구 딸 베타가 안 낳고, 알파 혼자 낳았던가?

─보았잖아? 알파 이불 속에서 나온 핏덩어리! 내가 말했잖아? 그거 알파 피붙이라고!

─봤지. 내 딸 알파는 쥐 새끼를 낳고, 누구 딸 베타는 사람 새끼를 낳고! 사람이 사람 새끼를 낳아야 잘못이지, 쥐 새끼를 낳아도 잘못인가?

─사람이, 사람 새끼면 사람 새끼고 쥐 새끼면 쥐 새끼지, 어떻게 사람 새끼가 쥐 새끼고 쥐 새끼가 사람 새끼냐?

─왜? 헛갈리는가 베? 어린것들 자는 이불 속에 쥐 새끼를 잡아 넣은 사람이 누군데? 포태도 안 된 애기가 낙태를 하나! 당신이 그런 여자야.

사내가 화난 듯이 퇴장해버립니다.

─누구는? 쥐 새끼 안 넣고 사람 새끼만 넣어서, 그래서? 곁에 두고 미워하느니보다는 차라리 죽여 없애버리는 게 속 편하다 그 말인가? 왜? 전자발찌 하나 더 차고 싶어? 내가 채워줄까? 말 나온 김에 그만 경찰서로 끌고 가서 팍! 고발해버릴까 보다.

여인도 퇴장합니다. 무대 위에 어둠이 내리고, 아마 장면이 바뀌려나 봅니다.

3

　세 번째 장면이 희부옇게 밝아옵니다. 컴퓨터가 놓인 책상과 의자는 경찰서 상황실 보호감찰대에 해당됩니다. 상황실 너머 무대 안쪽은 도시의 어둑한 골목길 그대로입니다. 골목길을 따라 이따금씩 발목에 전자발찌를 찬 사내의 그림자가 비치고는 합니다. 그림자는 혼자이지만, 그것은 어디까지나 상징적인 숫자일 뿐, 실제로 모니터 안에 저장된 전자발찌들은 여러 명일 수 있습니다. 상황실 모니터는 현재 살아 움직이고 있으며, 형사들은 그 앞에서 범인들의 동태를 살피는 중입니다. 뒷모습으로만 앉아 있던 세 사람 형사 가운데 하나가 객석을 향해 일어서는 것이 보입니다. 그는 무대 맨 앞까지 걸어 나옵니다. 그러자 눈이 부시도록 강렬한 조명이 그의 머리 위로 쏟아집니다. 불빛 아래 굴곡진 얼굴로 그는 펼쳐 든 종이를 읽습니다.

　—시중에 흘러 다니는 소문을 들었습니다. 우리나라 삼천리강산에 송충이가 없어졌다는군요. 고비사막에서 날아온 황사 때문이랍니다. 송충이는 일단 황사를 마셨다 하면 내장이 녹아 문드러져버린다는군요. 그래서 그런가? 요즘 송충이들이 실제로 다 멸종되고 없는 것 같기도 합니다. 참으로 희망적인 소식이 아닐 수 없습니다. 요즘 항간에서는 나약한 어린 생명들을 탐내는 못된 인간 송충이들이 얼마나 극성을 부리는지 모르는데, 저는 이 못된 송충이들로부터 어린 생명들을 보호하는 일을 맡은 감호감시원입니다. 이 땅의 어린이들이 아

무쪼록 안전하고도 건강하기만을 저는 바랄 뿐입니다. 그런데 이 일을 어찌하면 좋습니까. 현실은 내 간절한 소망에도 불구하고, 이놈의 송충이들만 살아서 어린 생명들을 괴롭히고 있으니 여러분! 저 못된 송충이들 앞에 누구 황사가 되어줄 사람이 없겠습니까.

멘트 「오감도」와 함께 에이와 삐이가 등장합니다. 에이가 형사 쪽을 가리키며 묻습니다.

—저 아저씨, 방금 무슨 말을 한 거니?

—송충이를 잡겠다잖아.

삐이가 짧게 대답합니다.

—소나무가 어딨어서? 송충이는 솔잎을 갉아 먹고 사는 벌레 아닌가?

—우리가 다 소나무야. 너도 소나무고 나도 소나무고. 조심해! 자칫 방심했다가는 언제 다칠지 모르거든.

에이는 뭔가 알 것도 같은가 봅니다. 고개를 갸우뚱하더니 이내 묻습니다.

—어떻게?

—여린 잎새들을 말이야. 아직은 그냥 새싹일 뿐이지. 그 어린 새싹들을 그만 밑동부터 싹둑 파먹어버리는 거 있지? 한번 먹히면 끝장이다. 그냥 없어져버리거든.

—어떻게?

—그냥. 없는 거라니까.

─다시 돋아나면?

─또 갉아 먹지.

─또다시 돋아나면?

─또다시 갉아 먹고.

─또면?

─또지.

─또또면?

─또또지.

─또또또면?

─또또또냐고? 그건 아니다. 새싹은 언제나 지난해 어린 싹이 자라서 다시 싹을 틔우거든. 갉아 먹힐 대로 갉아 먹힌 가지는 새로운 생명을 피워올리지 못한다. 새싹이 자라서 새싹을 낳고, 그 새싹이 자라서 다시 또 새로운 새싹을 낳고, 나무는 그런 거야. 생명이란 그런 거라고. 다시는 새싹을 피워내지 못하는 나무, 너 이 세상에 그런 나무가 있다는 걸 상상이라도 해본 적 있니? 먹히다, 먹히다 지쳐 더 이상은 새싹을 피울 수가 없는 소나무를, 그런 나무는 있을 수 없는 거야. 죽어버리거든. 아니다. 처음부터 없는 거라니까.

─그러면? 그렇다면 나는?

에이가 그 순간 어떤 시름에 잠기는 것 같습니다. 에이의 얼굴에 복사꽃처럼 그늘이 지는 걸 삐이는 봅니다.

─너 지금, 송충이뿐인 세상이 걱정돼서 그러는 거지? 송충이들끼

리 어울려 송충이처럼 꿈틀거리고, 송충이처럼 잠자고, 송충이처럼 학교 가고, 송충이처럼 공부하고, 노래하고, 춤추고, 사랑하고, 미워하고…….

—그만해. 무서워. 이 세상이 송충이로 가득 찬 세상이 되다니, 송충이뿐인 세상에서 우리가 살아야 하다니, 어떡하지?

—그건 아니야. 소나무가 없는데 어떻게 송충이가 살겠니? 솔잎을 먹지 못하면 송충이도 굶어 죽을 거고. 그러면 이 세상은 소나무도, 송충이도 없는 깜깜한 암흑세상이 되고 말걸. 그게 멸망이라는 거야. 생명력이 고갈된 세상. 더 이상은 새로운 탄생이 불가능한 세상, 그게 바로 종말이란 말이다.

잠자코 듣고만 있던 에이가, 그 순간 퍼뜩 웃긴다는 생각이 드는가 봅니다. 무슨 말인가를 하려다가 참더니 때 아닌 웃음보를 터뜨리고 맙니다. 첨에는 손바닥으로 입을 가리고 호호호 웃습니다. 그러더니 곧 깔깔깔 뱃살을 거머쥐고 웃습니다. 말리지 않으면 데굴데굴 바닥을 구를지도 모릅니다.

—왜 그래? 에이야, 왜 그래?

—웃겨서.

—뭐가?

—그까짓 송충이, 죽여버리면 될 거 아니야? 사람은 사람을 죽이면 안 된다더니 왜? 송충이도 안 되는 거야? 송충이가 사람인가?

때를 맞추어 수상한 사내의 그림자가 무대 안쪽 골목길을 어슬렁거리며 지나갑니다. 삐이가 그림자 쪽을 가리키며 말합니다.

　—아, 마침 송충이 한 마리가 지나가는구나. 또 한 마리. 어? 오늘은 떼를 지어 지나가네. 거 봐라. 얼마나 힘겨워 보이니? 발목에 무거운 쇠방울을 질질질 끌고 말이야. 봐라. 저기 저 모니터 있지? 저 안에 다 체크되는 거야. 어디 가서 무슨 못된 짓을 하는지, 저 안에 다 비치거든.

　—무서워.

　—괜찮아. 오늘은 내가 있잖아? 너는 내가 지켜줄게. 우린 서로 사랑하는 사이잖니? 사랑해, 에이야.

　삐이가 에이를 포근히 감싸고 싶어합니다. 그 순간, 에이가 심하게 반발하며 삐이의 뺨을 갈기는 일이 벌어집니다.

　—나쁜 자식. 너도 어른이 다 됐구나. 어른이 되면 남자들은 그러는 거니? 너도 지금 내 앞에서 어른이고 싶은 거야? 몰랐어. 실망이야. 네가 벌써 이렇게 커버리다니.

　삐이는 그 뜻을 알 듯 모를 듯 애가 탑니다.

　—왜 그러니? 갑자기 너, 왜 그래? 그럼. 나도 이제 어른이라면 어른일 수 있어. 알 것 다 안다고. 그리고 네가 좋아졌어. 네가 좋단 말이야. 충분히 좋아졌단 말이다. 지금 나의 이 마음이 너를 향한 사랑이란 것도 알아. 사랑한다고 말해주고 싶었어. 그래서 말한 거야. 방금 말했잖아. 사랑한다고. 사랑해.

　삐이가 다시 에이를 감싸고 싶어합니다. 에이도 조금은 마음이 가라앉는지 삐이의 곁으로 다가갑니다.

—그래. 그랬어. 나도 그랬어. 네가 좋았던 거야. 그래서 네가 내 가까이 다가와주기를 바랐던 거야. 아니다. 내가 다가가고 싶었어. 다가갔어. 사랑한다고 말하고 싶었어. 그런데, 그런데 그만, 일이 이렇게 되어버리고 말았잖니? 네가 어느새 어른이 돼버렸단 말이다. 남자는 싫어. 무서워. 그래서 네가 무서워. 어른이 된 네가 무서워 죽겠단 말이다.

삐이는 이제 겨우 뭔가를 알 것 같습니다. 그는 어렴풋이 지난 일을 떠올리며 에이의 곁으로 다가갑니다.

—그래, 알 것 같아. 그랬구나. 너랑 나랑, 우리 초등학교 때 그래, 그런 일이 있었지. 그날, 학교가 끝나고, 후문 밖에서였다. 너랑 나랑 함께 집으로 가던 길이었어. 아니다. 네가 먼저 학원엘 가야 된다며 저만큼 앞서 걸어갔고, 그때 나는 소변이 마려웠거든. 화장실에 잠깐 들렀다 나오니까 너는 벌써 후문 밖을 빠져나갔던 거야. 달려가서 너를 따라잡으려고 했었지. 뛰어간 거야. 그런데 보이지 않았어. 그때 어디 갔었니, 너?

—묻지 마. 그만. 말 안 할 거야. 말하기 싫단 말이야.

에이가 달려들어 삐이의 가슴팍을 난타합니다.

—그래, 아무 말도 안 할게. 몰랐잖아. 아무것도 모르잖아.

에이는 격한 감정을 달래느라고, 삐이는 뜻밖에 당황해서, 둘 사이에 잠시 침묵이 흐릅니다. 그리고 에이가 먼저 화를 달랩니다. 혼잣말을 하듯 에이는 어떤 기억 속을 더듬어갑니다.

—제발. 제발, 그만 좀 해줘. 잊고 싶어. 썩은 어금니처럼, 뽑아버릴 수만 있다면 아주 뽑아내버리고 싶어. 그래, 그랬어. 그날 후문 앞에서 널 기다리고 서 있었던 거야. 너는 아직 오지 않았고, 그런데, 발아래, 내 바로 코앞에 웬 지갑이 하나 떨어져 있는 거야.

삐이가 다가가며 묻습니다.

—지갑이? 누가?

—몰라. 그때 그랬어. 주인을 찾아주고 싶었어. 두리번두리번거리는데 어떤 아저씨가 다가오는 거야. 네가 왜 내 지갑을 갖고 있냐? 그 아저씨가 그러더라. 줬어. 그게 다야.

—그럼. 남의 건데.

—그때 네가 강당 층계를 내려오더라. 천천히 걷다 보면 만나겠지, 그러면서 걸어간 거야. 떡볶이집 모퉁이를 돌아나갈 때였어. 그런데 아까 그 아저씨가 또 거기 서 있는 거야.

—떡볶이 사주겠대?

—몰래 뒤따라왔던가 봐. 야, 만 원짜리가 없어졌구나, 지갑 속에 있었는데, 이러는 거야. 그리고 또 뭐랬는지 알아? 너 잠깐 이리 좀 와볼래? 그러면서 통닭집 골목 안으로 끌고 가고 싶어하는 거야.

—왜?

—만 원짜리를 내놓으라는 거야.

—어떡해? 말하지? 절대로 안 가져갔다고 말하지 그랬어?

　—소용없어. 말을 하면 할수록 자꾸만 더 세게 윽박지르는 거 있지.
너, 정말이야? 내가 뒤져볼까? 몰래 네 몸속에 감춰두고 그러는 거
아니지? 벗겨볼까? 그래도 아니야? 가자! 그러면서 아저씨는 나를
다시 학교 안으로 끌고 들어가는 거야. 무서워 죽는 줄 알았어.

　—다행이구나. 그래도 통닭집보다는 학교가 낫지.

　—낫기는? 속옷까지 뒤져서 나오면 너, 그때는 알지? 교장실로 가
는 거다. 퇴학시켜버릴 거야. 까딱 잘못하면 감옥까지 가는 수가 있
어. 그래도 괜찮아? 자신 있어? 나는 부들부들 떨기만 할 뿐 아무 말
도 할 수가 없었어.

　—큰일 날 뻔했구나.

　—그렇지만 교장실로 끌고 가지는 않았어. 가서 보니 화장실이더
라. 학교 안에 그런 데가 있는지 몰랐어. 아마 선생님들만 따로 쓰는
데였던가 봐. 그 속에 처박힌 거야. 강제로. 아, 그리고 말이다. 밖에
서 누가 들으면 자기가 마치 우리 선생님이기라도 한 것처럼 마구 잔
소리를 퍼붓는 거 있지. 에이 다 큰 계집애가 바지에다 똥을 싸면 어
떡하냐? 배탈 났냐? 오다가 너 불량식품 사먹었구나. 내려라. 바지를
내려. 내가 내려주련? 손 치워. 팍 내리라니까.

　—아, 그랬었구나. 몰랐어. 그런데? 그래서?

에이가 울먹이는 소리로 말합니다.

　—그러고는 생각이 안 나. 정신을 잃었던가 봐. 칼이었다. 면도칼로
내 몸 어딘가를 북 찢고 들어오는 거 있지? 아니다. 송곳이었다. 갑자

기 내 아랫배 어딘가를 예리하게 자극하는 거 있지? 아파 죽는 줄 알았어. 아니다. 그래도 칼이 맞는 것 같았어. 부엌칼이 아니라 그냥 면도날이었던 것 같아. 부엌칼이라면 내가 죽는다는 생각을 했을 텐데 그런 생각은 없었어. 사람은, 면도칼로는 안 죽는다. 면도칼은 피를 적실 뿐 죽이지는 않거든. 무서워서 그냥 엉엉 울어버린 거야.

장면이 어두워집니다. 촛불이 꺼지듯 무대 위에 어둠이 내렸지만, 막은 아직 내리지 않습니다. 적개심에 찬 삐이가 어둠 속을 활보하는 모습이 보입니다. 메아리 멘트로 울려 퍼지는 「오감도」는 아직 그대로입니다. 삐이는 온몸을 부르르 떨거나 두 주먹을 불끈 쥐어도 봅니다.

—시든 꽃처럼 사랑을 훼손한 자들이여! 이제는 사랑의 제단 앞에 엎드려 네 무릎을 꿇어라. 젖은 태양처럼 사랑을 짓밟은 자들이여! 푸른 달빛 서슬에 빛나도록 너의 목을 베어라. 선지피 철철철 흐르는 사악한 심장은, 타클라마칸 사막의 모래바람을 삼켜라. 황사를 휩쓸고 간 모래바람은, 야비한 송충이의 내장을 녹여라. 누가 어린 솔잎들의 잎새 사랑을 갉아 먹는가? 눈 먼 목석의 이마에는 뜨거운 사랑의 입맞춤을, 비린 살모사의 빈 가슴엔 프로메테우스의 불길을 댕겨라. 사랑을 혐오하는 사랑의 피해자에게는 사랑의 불씨를, 생명을 잃어버린 생명의 희생자에게는 생명의 힘을 일깨워라.

막이 내립니다.

5

격정의 무대 위에 고요가 새벽안개처럼 서려 있습니다. 방문이 꽁꽁 닫힌 집 안의 마당에서, 쫄바지를 입은 여인이 마당 구석구석을 두리번거리며 허둥대는 모습이 보입니다.

—알파 자니? 베타는? 자는 모양이구나. 응, 어서 자거라. 더 자. 그래, 잘했구나. 오늘도 의부가 만화방엘 가자고 하던? 가지 마라. 게임방도 안 돼. 그 음침한 굴속 같은 데를, 어린것들은 왜 데리고 가고 싶어하는지 몰라. 소문이 파다하더라니까. 의부는 애비 아닌가. 세상에나! 애비라는 이름을 달고 어떻게 그런 짓을? 안에 계시우? 그러면 그렇지, 이 야심한 시각에 어디를 그렇게 쏘다닐까? 불안해서 견딜 수가 없구나. 어떡하지? 저 순하디 순한 어린것들을.

대문 밖에서 덜그럭덜그럭 쇠고랑을 끄는 소리가 나더니, 이윽고 전자발찌의 사내가 어슬렁거리며 나타납니다. 사내는 여인과 맞닥뜨리는 순간 피해 달아나고 싶어하지만 여인 때문에 달아나지 못합니다.

—어디 가우? 왔거들랑 냉큼 들어오지 않고, 왜 밖으로만 나돌고 싶어하는 거유? 아유, 비린내! 당신, 웬 냄새가 이렇게 독하지? 똥 밟았나? 생선 비린내도 아니고, 이건 송장 썩은 냄새보다도 더하네.

사내, 가던 걸음을 멎고 여인을 빈정거립니다.

—개코 맞네. 무슨 놈의 여편네가 그렇게 똥 냄새를 잘 맡아? 오다가 물개똥을 밟았거든. 쇠똥인지 개똥인지 알게 뭐야. 미끄러져 넘어

지지 않은 것만도 다행이지.

여인이 흠칫 놀라는 표정을 짓습니다. 그리고 무슨 생각이 들었던 지 곧 어린아이를 달래듯 부드러운 목소리로 말합니다.

—큰일 날 뻔했구려. 여보, 이리 와요. 이쪽으로 오세요.

—냄새날 텐데.

사내는 발 아래 전자발찌를 의식하고 쭈뼛쭈뼛 가까이 가기를 꺼려 합니다.

—여보, 그러지 말아요, 당신, 변했어요, 변해도 아주 엉망으로 나 빠졌어요. 보기만 해도 섬뜩섬뜩한 뱀이 되었다구요.

—그럼. 나, 뱀이지. 뱀 맞다. 차라리 뱀이라도 되었으면, 남의 눈치 는 안 보고 살아도 될 것 아닌가.

—그렇지 않아요, 여보. 뱀이라도 당신은 그냥 뱀이 아니에요. 구렁 이에요. 구렁이 하고도 능구렁이예요. 구렁이처럼 슬기로운 영물이 어디 있나? 징그럽도록 지혜롭지요. 위엄과 자비를 두루 겸비한 만물 의 영장이랍니다. 영장은 함부로 거동하지 않아요. 늘 보이지 않는 곳 에 계시면서도 눈앞에 계신 듯 당당하답니다. 내 머리 위의 천장 속에 서만, 지붕 위에서만, 늘 보이지 않게 살아 계시는 당신은 우리 집 업 이에요. 귀신이에요.

—아, 또 그놈의 뱀 타령, 지겹지도 않은가. 그까짓 뱀이면 어떻고 구렁이면 어떻단 말인가? 구렁이가 그렇게 좋거든 당신 구렁이 해라. 나 뱀 할게.

─안 돼요, 여보. 당신은 그냥 구렁이이십니다. 어질고도 어지신 능구렁이이십니다. 바깥세상이 궁금할 때만 당신은 이따금씩, 탱자나무 얼키설키한 가시덤불 속에 당신의 그 축축하신 몸뚱어리를 감추시고, 그야말로 황금빛 늠름한 모습으로만 길게 늘어져 계십니다. 그러면 사람들은, 영장이 거동하시었구나, 큰 어른께서 왕림하시었다, 손 모아 당신을 축수하고, 그러면 또 마을에서는, 저 어른을 향해 함부로 침을 뱉거나, 손가락질하지 말라. 정화수 떠놓고, 머리카락 연기 태워 하늘로 빌어 모십니다. 부디 계시던 자리를 보존하시어 어린 생명들을 보살펴주십시오. 엎드려 절하다 보면 당신은 어느새 모습을 감추시고, 그렇게 보이지 않는 업이 되어 계십니다. 탱자나무 가시덤불 속 처음 계시던 자리는 여운처럼 마른 허물만 거기 당신인 듯 길게 걸쳐 계십니다.

─그래, 이번에는 그럼 허물로 하기로 하자. 황금빛 비늘 돋친 능구렁이가 아니라, 능구렁이가 벗어놓고 달아난 껍질이면 어떠냐? 그래, 내가 구렁이 허물이다. 빈껍데기뿐이란 말이다. 그러니 어쩌란 말이냐? 이 나를 어찌하면 좋단 말이냐?

─그렇지 않아요, 여보. 허물은 당신이 살아서 거듭나신 또 하나의 물증이십니다. 말 없는 말씀이십니다. 우리에게 당신은 그런 분이십니다. 부디 당신의 당신 됨을 포기하지 말아주세요. 당신은 언제나 내 위대한 구렁이십니다. 당신의 기다란 몸체가 내 안으로 들어오실 때 그것은 아름다운 성性입니다. 황홀입니다. 해탈입니다. 당신이 내 안

에 한 점 씨앗으로 머물러 계실 때 그것은 생명입니다. 잉태입니다. 신성입니다. 그리고 마침내, 당신이 어린 당신으로 내 몸 밖을 빠져나 갈 때 그것은 위대한 탄생입니다. 환희입니다. 근원입니다. 여보, 제 발 부탁이에요. 당신은 본디 자비심 가득한 황금빛 구렁이였어요. 논 두렁이나 밭두렁을 기어 다니는 살모사처럼 함부로 내려앉지는 말아 요. 잠시 허물을 벗으러 내려왔거니, 그렇게만 명심하세요. 하물며 여 보, 사랑 없는 욕망은 추악해요. 함부로 어린 생명을 탐내지 말아요. 위험해요. 칼이에요. 흉기란 말이에요. 사랑 없는 욕망은 죽음일 뿐이 에요.

띵동! 띵동! 띵동! 문밖에서 누군가 초인종을 눌러오는 소리가 들 립니다. 그리고 문간에서는 누구냐고 물어볼 새도 없이 황급하게 경 찰복 차림이 들이닥칩니다. 경찰은 낯익은 에이를 앞세우고 옵니다. 에이는 이번에는 초딩짜리 어린 모습입니다.

—맞아요. 저 아저씨였어요.

에이는 전자발찌 사내를 발견하는 순간 그를 경찰에게 일러바칩니 다. 사내는 주뼛거리며 달아나고 싶어하지만 달아나지는 못합니다.

—어? 당신, 전자발찌?

그렇게 묻는 사람은 경찰입니다. 경찰은 누군가를 보면 보는 즉시 업무와 관련된 어떤 예감 같은 걸 느끼는가 봅니다. 그는 따져 묻기를 시작하고, 사내는 고개를 주억거릴 뿐 어느덧 기가 죽어 있습니다. 쭐

바지 여인이 뭇 시선을 헤치고 앞으로 나선 것은 그때부터입니다.

—또야? 이 아이를? 당신이? 맙소사! 어느새! 그런 일을! 어쩐지 똥 냄새가 심하다 했더니! 어쩌면 그럴 수가 있다지? 여보, 어떡하면 좋아? 이럴 때 내가 당신을 위해 할 수 있는 일이 뭐지? 말해보시오. 응?

사내가 뜻밖에 의기양양해진 것도 또한 그때부터입니다. 사내는 당연히 고분고분할 줄 알았는데 철부지처럼 기가 살아난 건 뜻밖입니다. 그는 당장 자신의 바지 자락을 자랑하듯 걷어 올리고는 기고만장입니다.

—자, 보시오. 이게 이래 봬도 전자발찌라는 물건이오. 내가 왜 내 몸에 이딴 걸 달고 다녀야 하는지, 여보, 경찰 아저씨! 당신들이지? 사람 몸에 족쇄를 채우면 욕망이 줄어든다고? 그래서? 내가 내 몸에 이딴 걸 찼으니 저 아이가 안전할 거라고? 실험을 할 테면 개돼지한테나 가서 할 것이지 왜 사람은 괴롭히고 야단이오?

이때 에이가 자리를 박차고 나온 것은 뜻밖입니다. 에이는 울고불고 생떼를 부리며 사내한테 매달립니다.

—무서워요, 아저씨. 살려주세요. 아저씨가 그랬다는 말, 다시는 안 할게요. 안 그랬어요. 아저씨가 안 그랬어요.

그러자 이번에는 전자발찌 쪽이 호의적이 되어 에이를 감싸주는 일이 벌어집니다.

—너였구나. 안 그러기는? 그랬었지. 조금 아까, 내가 그랬잖니. 그

266

게 바로 너였구나! 얘야, 이름이 뭐니? 참으로 귀엽고도 사랑스러운 아이로구나. 탐스러운 꽃처럼 예쁘게도 생겼다. 예쁜 꽃을 보면 나는 왜 가슴에 달고 싶은 욕심이 치밀까? 아까도 그랬거든. 너를 보는 순간, 가슴에 달고 싶었던 거야. 꽃은, 이마에도 붙이고, 머리에도 꽂고, 꽃반지처럼 내 다섯 손가락 모두, 아니다, 열 손가락 다, 발가락 끝에서부터 머리끝까지 온통 꽃동산이 되고 싶었다니까.

 ─미쳤구나. 여보, 당신 미쳤어요. 내가 누구지요? 보이나요? 나, 보여요? 지금 당신 눈앞에 서 있는 내가 누군지, 내가 누구지요?

 이번에는 쫄바지 여인의 직감이 사내를 가만두지 않습니다. 그녀가 내린 진단은 여지없이 저 '사람 미치광이'입니다.

 ─내가 왜 당신을 모르니? 당신은 내 사랑스런 당신이잖니? 그렇지만 여보, 이 아이는 누구지? 지금 내 눈앞에 피어 있는 이 꽃은 뭐지?

 ─맙소사! 여보세요, 경찰 아저씨? 우선 이 아이부터 먼저 안전한 곳으로 대피를 시킵시다. 보시다시피 장애예요. 우리 저이 장애가 저 정도랍니다. 어떡합니까? 우선 격리를 시켜서라도, 저이의 욕망을 막아야겠어요.

 ─아, 법도 윤리도 겁내지 않는 욕망이라니, 얼마나 무서운가.

 경찰이 에이를 앞세우고 퇴장합니다. 무대 위에는 이제 쫄바지 여인과 전자발찌 사내와, 그렇게 무서운 사람과 무서워하는 사람뿐이 남았습니다. 사내가, 다들 떠난 무대를 한 바퀴 휘 둘러봅니다. 그리고 에이가 없어진 것을 알아차립니다. 그는 잠시 멍하니 서 있더니 쫄바지 앞으로 다가갑니다.

─그렇지? 내가 미쳤었지? 그렇지만 사실이었다. 아! 타오르는 욕망이야말로 불덩이처럼 아름다운 것을. 욕망을 버리고도 그렇게 아름다울 수 있을까? 여보, 이제는 포기해야 할까 보다. 이제는 나도, 내 욕망의 제단 앞에 무릎을 꿇고, 여보! 내가 나를 포기할 수 있을까?

─여보! 당신이? 당신을? 포기하겠다고?

─그렇게라도 하고 싶다는 뜻이오.

─어떻게?

─물리적으로 나를 거세할 수만 있다면…….

─거세라니? 당신이? 당신을?

우당탕탕! 난데없이 태권도 이단 옆차기가 사내 쪽으로 날아든 것은 바로 그 순간입니다. 분노한 소년 삐이가 전자발찌 사내를 향해 자기 몸을 날린 것입니다.

─비겁하구나! 육체의 장애로 욕망의 장애를 극복하려 들다니. 에이야! 어디 있니? 나의 분노는 지금 너를 위한 몸부림이지, 저따위 더러운 욕망을 저주하려 함이 아니다. 에이야! 들리니? 우리 스스로 망가지지는 말자! 저 헛된 욕망 때문에 네가 왜 희생자가 되어야 하니? 너도, 너의 영혼도, 너와 나의 사랑까지도, 이런 식으로 상처 받은 영혼일 수는 없지 않은가. 무시하고 우리의 사랑을 지키자꾸나! 저주하며 사랑하자꾸나!

무대, 어두워집니다.

6

골목길은 아직 어둑한 채 그대로입니다. 텅 빈 무대 위로 해설자가 걸어 나오는 것이 보입니다. 무대 한가운데 그가 마이크를 움켜쥐고 서자 아침 햇살 같은 조명이 환하게 그의 머리 위로 쏟아집니다. 얼굴은 조명을 받아 굴곡져 보이지만, 그러나 분장을 하지 않은 민얼굴입니다.

—여러분 '조감도' 잘 보셨습니까? 어떻습니까?

그는 해맑은 목소리로 또박또박 인사합니다.

—연극, 벌써 끝난 거야?

관객들이 의아한 표정으로 해설자를 주목합니다. 그러자 그는 미리 예상했다는 듯 수줍고도 애교 섞인 목소리로 관객들을 달랩니다.

—아닙니다. 연극은 아직 끝나지 않았습니다. 잘 아시다시피 '조감도' 란 말은 이 세상에 없습니다. 원래는 '오감도' 가 맞는 말이지요. 이번에 까마귀 오鳥 자의 그 네모 속에 우리가 점 하나를 더 찍어서 새 조鳥 자를 만든 겁니다. 오감도의 세상을 풍자적으로 비유해보겠다는 의도지요. 어떻습니까? 괜찮지요? '오감도'를 '조감도'라고 하니까 좀 실감이 납니까?

관객들이 해설자를 손가락질하며 웅성거리기 시작한 것은 그때부터입니다.

—저 친구, 뭔가 착각하고 있는 거 아냐?

—그렇죠? 원래는 '조감도'란 말이 있었고, '오감도'란 말이 없었지요? 저 사람, 거꾸로 알고 있는 거 아닙니까?

—그럼요. 당연히 '조감도'가 먼저지요. '조감도'가 먼저인지, '오감도'가 먼저인지도 모르는 사람이 연극을 한다고 하고 있으니, 이거야 원.

무대 위에 불이 켜지고 객석에 앉은 사람들이 자리를 털고 일어섭니다. 곁에 있던 사람 중의 하나가 아무나 붙들고 묻습니다.

—지금 뭔가가 잘못되기라도 한 겁니까? 그게 뭐지요? 이번 연극에 무슨 문제가 생긴 겁니까?

—그게 아니라, 세상을 풍자하겠다고 한 비유가 결국 비유를 거부하는 말이 되고 말았으니, 그게 웃긴다 그 말이지요.

곁에 있던 또 한 사람이 다시 두 사람 대화 사이를 파고듭니다.

—그래서 그런 게 아니라, 이번 문제는 비유가 더 실감이 나느냐, 비유의 거부가 더 실감이 나느냐. 그래서 생긴 문제라니까요.

그렇게 관객들이 정답을 찾고 있는 판인데, 공연은 아직 거기가 끝이 아니었던가 봅니다. 무대 좌우에서 에이와 삐이들이 달려 나와 손에 손을 맞잡고 관객들을 향해 인사하는 모습이 보입니다. 웅성거리던 관객들 가운데 몇몇은 다시 자리에 앉아 박수를 치기도 합니다. 사내와 여인이 같은 모습으로 걸어 나와 안녕히 가시라고 인사합니다. 관객들은 다시 두 사람을 향해 남은 박수를 털어놓습니다.

끝으로, 방금 성폭행을 당한 어린 소녀가 무대 정면으로 걸어 나와 인사를 합니다. 그러나 그때는 이미 몇 안 되는 관객들마저 자리를 떠난 뒤입니다. 그렇게 고개 숙인 머리 위로 무겁게 막이 내릴 때 소녀는 겨우 허리를 펴고 텅 빈 바다처럼 허허로운 객석을 바라봅니다.(2011)

쉽게 씌어진 시

생각해 보면 어린 때 동무들
하나, 둘, 죄다 잃어 버리고

나는 무얼 바라
나는 다만, 홀로 침전하는 것일까?

인생은 살기 어렵다는데

시가 이렇게 쉽게 씌어지는 것은
부끄러운 일이다.

—윤동주, 「쉽게 씌어진 시」에서

    그날 이탁 형이 내 방에 전화를 걸어왔을 때도 창밖에서는 가랑비가 뿌렸다. 나는 베란다를 적시는 빗소리를 들으며 전화를 받았다.

    —나, 이탁인데, 방금 오사카 간사이 공항이란 데에 내렸거든?

    그러니 날더러 어떡허란 말이겠는가. 이탁은 그런 사람이다. 일본, 하고도 나라, 거기서도 더 시골로 들어간 천리. 거기가 어디라고, 그런 식으로 불쑥 찾아왔다가 혹시 내가 외출이라도 하고 없으면 어쩌려고. 그렇지만 그의 예상은 늘 꿈결처럼 맞아떨어졌고, 그래서 우리의 충동적인 만남은 기쁨이 배가될 수밖에 없는, 시인 이탁은 그런 식으로 참 느닷없고도 빈틈없는 사람이다.

    반가운 마음에, 그리고 그것이 전화니까, 나는 가능한 한 쉽고 정확하게, 우리가 만날 수 있는 길을 설명하기에 바쁘다.

—지금 이 형이 내린 곳은 말하자면 인천공항이란 말이오. 그러니까 서울역이면 서울역, 시청 앞이면 시청 앞까지는 일단 이 형이 알아서 들어와야지. 무조건 리무진 버스를 타시오. 오사카 우에혼마치까지. 내리거든 한 발짝도 옮기지 말고 거기 그대로 서 계시오. 내, 지금 나갈 테니까. 여기? 여기는 서울로 치자면 수원이나 안양 같은 변두리요. 지금부터 우리 두 사람이 각각 서울역을 향해 출발하면 거의 같은 시각에 도착할 수 있을 거요. 우에혼마치. 거기 꼼짝 말고 서 있어야 돼, 알았지?

통화를 끝냈을 때도 비는 내렸고, 빗소리에 섞여 까마귀가 짖어대고 있었다. 처음 일본에 가겠다고 말했을 때, 누군가 일본 까마귀에 대해 들려준 말이 있었다. 4월이었는데, 교토는 추적추적 비가 내리고 으슬으슬 춥더라. 마을 근처에 절이 많고, 절 바로 옆에 커다란 공동묘지가 있는데, 거기서는 또 유난히 까마귀가 울더라는 것이다. 마을과 공동묘지와 까마귀와 비, 그것들을 한 줄로 꿰면서 나는 내가 가는 일본이 바로 그런 곳이라고 우리 아이들 앞에서 겁준 적이 있었다. 아이들은 무시무시한 옛날이야기 한 토막을 떠올리며, 무서운 이야기 속을 걸어 들어가는 작중인물처럼 나를 쳐다보았다. 그리고 얼마쯤 지났을까. 어느 날 나는 까마귀 소리에 놀라 잠을 깼다. 어느새 일본에 와 있었던 것이다. 지난해 이맘때였으니까, 벌써 1년 전 추억이다. 까마귀와 비와 공동묘지의 고장, 일본은 진짜 그런 곳이었다.

일본의 나라현 천리시 천리대학 기숙사 9호관 201호. 그곳에서 나는 지난 한 해 동안 혼자 기숙하면서 천리대학 학생들에게 한국어와 한국문학을 소개하고, 또 한편으로는 한일 고대사가 겹친 이곳 아스카 지방을 취재하면서 그것들을 소설로 엮고 있었다.

그리고 방금 이 형한테서 전화가 걸려온 것은 그렇게 예정된 한 해가 다 가고, 이제는 귀국할 때가 임박해서 주위가 스산하기만 하던 바로 그즈음 어느 날이었다. 반가운 손님을 떠올리자, 나는 면도를 하면서도 콧노래가 나왔다.

오사카, 우에혼마치, 리무진 버스 내리는 곳, 그 숨 막히게 복잡한 소음 속을 내가 헤치고 들어갔을 때, 이탁 형은 정말이지 내가 지시한 곳으로부터 단 한 발짝도 옮겨 딛지 않은 채 거기 동상처럼 서 있었다.

—여기 맞아?

그는 작지만, 그의 목소리는 언제나 질 좋은 악기처럼 잘 울린다.

—오면 온다고 말을 하고 와야지, 도대체 어찌된 일이요?

—보면 몰라? 연락하고 자시고 할 새가 어디 있어?

우리는 반갑다고 악수하였다.

이집트며, 터키며, 이스라엘서껀, 스무 날이 넘는 지중해 여행을 마치고, 지금 막 서울로 돌아가는 길이라고 한다. 바람난 아이들처럼 그는 닳고 닳은 청바지 차림에 얄팍한 봄 점퍼를 걸쳤고, 거기 걸맞게 이마 깊숙이 양키스 모자까지 눌러 썼다. 발아래 의자 옆으로는 자기 몸피보다 더 커 뵈는 여행용 가방이 두 개 세 개나. 지중해 쪽빛 물 내음이 아직 가시지 않은 탓일까, 그날따라 이 형은 그 언어와 행색이

나이에 걸맞지 않게 펄펄해 보인다.

─그냥 서울로 돌아갈까 했더니, 생각해보니까 여기 조 아무개가 있더라구. 그러니, 어떻게 그냥 지나칠 수가 있냐?

그게 불쑥 나를 찾아온 이유라고 한다. 빈말이나마, 이런 우정 앞에 누군들 한잔 술을 안 사고 배겨낼 장사가 있을까. 사되 고맙도록. 마시되 즐겁도록. 그래서 밤새도록이라도 사고 싶고, 이틀 사흘이라도 붙잡아두고 싶게 만들 줄 아는, 이탁은 그런 살가운 데도 있는 사람이다.

자, 어떡헌다? 이 느닷없고 펄펄하고 당돌하고 호기심 많은 손님을 위하여 이제부터는 내가 호스트가 되어주어야 할 텐데. 그리고 뭔가 유익하고도 신나는 추억들을 몽땅 심어주어야 할 텐데, 그러기 위해서는 우선 당장 눈앞의 짐 보따리들이 골칫거리였다. 바퀴를 이용하여 끌지 않고서는 들어올릴 수도 끌어안을 수도 없이 무거운 여행용 트렁크가 두 개에다가 또 멜빵 가방이 하나. 그것들은 너무 커서 정거장 대합실이면 어디고 비치되어 있는 짐 보관소 상자 안에도 들어가지를 않고. 그러니 이제부터는 우리가 이놈들을 끌고 다니는 수밖에. 아니다, 이놈들의 노예가 되어 질질 끌려 다니는 수밖에.

짐 보따리에 끌려 나오면서도 나는 이 형을 생각하자 피식 웃음이 나왔다. 꿀벌이 너무 많은 꿀을 따 모았듯이, 개미가 너무 큰 먹이를 물고 가듯이, 그러나 그것이 너무 큰 줄도 무거운 줄도 모른 채 영치기 영차 크면 클수록 많으면 많을수록 힘이 더 솟는다는 그는 문학에

관한 한 어쨌든 천재적 욕심꾸러기였다. 서울에서 지중해가 어디라고, 또 지중해에서 일본 오사카가 어디라고, 감히 이 무거운 짐 보따리들을 끌고, 지칠 줄을 모른 채 꿀벌처럼 개미처럼 가난한 시심들을 따 모으고 다닌단 말인가.

─우리, 교토로 가지!

일본에서의 첫날 밤을 우리는 교토에서 보내기로 하였다.

─교토?

내가 교토라는 말을 처음 꺼냈을 때 그는 당장 내 앞에 교토를 되물어 왔다. 전화를 받고 나오면서 내가 마음속에 교토를 점찍어 두고 왔던 것처럼, 그도 나를 찾을 때는 이미 교토를 점찍어 두었는지 모른다.

─기억나? 양일순이라고…… 거기가 바로 교토야.

─만났어?

─만나기는? 남의 애인을 내가 왜 만나?

─남의 애인?

이탁이 잠시 할 말을 아끼고 있었다. 그의 넋은 벌써 양일순에게 가 있을 것이다. 아까 전화를 받았을 때 그가 이탁인 것을 알자, 나는 당장 그와 함께 교토로 가고 싶었다. 교토로 가자, 가서 양일순을 만나자, 수화기를 놓는 순간 나는 이미 결정해버렸다. 만나고 싶지만 혼자서는 선뜻 찾아 나서기 쑥스러운 여자, 그동안 까맣게 잊은 줄 알았다가도 일본이라는 이름만 들으면 불쑥불쑥 되살아나서 나를 당혹스럽

게 하는 사람, 언제까지나 만나지 않아도 그만이지만 그러나 기회만
있다면 언젠가 한 번쯤은 꼭 눈으로 확인해보고 싶은 여자, 양일순이
나에게 그런 여자인 것처럼 이탁에게도 양일순은 그런 여자일 것이다.
　대학교 때 그녀는 우리 반에서 딱 한 사람 유일하게 재일교포 여학
생이었다. 재일교포라면, 그 사람은 일본 사람일까? 한국 사람일까?
그 당시 재일교포는 우리에게 그 정도로 낯선 이름이었다. 키가 보통
보다 한 치는 낮고, 단발머리였고, 살집이 통통했던 것으로 기억한다.
지금 생각하면 짜리몽땅이었던 모양인데, 그러나 그때 그녀는 재일
교포였으니까, 그까짓 짜리몽땅쯤 아무 문제될 것도 없었다. 재일교
포는 돈이 많다더라, 일제는 볼펜도 고급이라더라, 그녀와 결혼하면
일본도 갈 수 있다더라, 양일순의 스커트 자락에서는 언제나 그런 뜬
소문이 나풀거렸다. 어디 그뿐이던가. 살결이 유난히도 희고, 혀 짧은
아이처럼 우리말이 서툴던 여자, 그러나 성격이 워낙 활달해서 남녀
를 가릴 것이 없이 함부로 끼어들기를 좋아하던 적극적인 여자, 그 시
절 우리 과에 어쨌든 그런 여자가 있었다.
　―오늘, 양일순 씨를 만나면 물어볼까?
　긴테쓰 우에혼마치 역을 빠져나갈 때였다. 이탁이 내 앞에 불쑥
양일순 씨를 들이대며 뭔가를 따져보자는 것이다. 나는 황당해서 물
었다.
　―뭘? 아직도 결혼 않고 기다렸을까 봐?
　―양일순 씨 당신, 당신이 그때 진짜 좋아한 사람이 누구였소? 나,

이탁이었소? 아니면, 조 아무개였소?

　―그거야 물어보나 마나 이 형이지.

　―아니야. 나는 물론 그 여자를 좋아했었지. 그렇지만 그쪽은 내가 아니었을걸.

　―내가 할 말을 이 형이 하는군. 양일순은 내가 좋아했었다네. 그 여자는 물론 이 형을 좋아했었고.

　―하긴, 짐 보따리를 싸들고 처갓집 동네로 이사를 올 정도면 그 말도 맞는 것 같기는 하군.

　―사돈 남 말 하시는군. 지중해가 어디라고, 그 먼 길을 한걸음에 달려온 사람이 누군데?

　―그러니, 물어보자는 것 아닌가?

　―그래. 물어보자고.

4학년 졸업반 때였다. 후반기가 되자, 친구들은 벌써 신문사 기자도 되고, 방송국 연출자도 되고, 중고등학교 교사도 되고, 그렇게들 뭔가가 되어서 뿔뿔이 흩어져 나가는데, 나는 문학공부를 한답시고 이탁과 어울려 아무것도 거두지 못한 채 아직 학교 주변을 맴돌고 있었다. 이탁은 시인을 자처하고, 나는 작가를 선호하였다. 우리, 양일순을 데리고 일본어 공부나 시작할까? 누가 먼저 이런 제안을 했었는지는 지금도 알 수가 없다. 어쨌든 의기투합해서 양일순을 초빙하기로 한 건 사실이었다. 그녀는 우리의 거룩한 제안을 거절하지 않았다. 월, 수, 금, 일주일에 세 차례씩 우리는 꼬박꼬박 만났다. 생각처럼 공부를 열심히 하지는 않았다. 재일교포를 만나고 재일교포와 대화하는 것이 신기해서 우리는 그저 만나고 또 만나는 일을 반복할 뿐이었다. 그때 양일순은 자기가 교토에 살았고, 집 근처에 금각사가 있다는 말을 자주 했었다. 이탁도 같이 들었었다. 미시마 유키오의 『금각사』가 유난히도 빛나게 읽히던 시절이었다. 그녀보다도, 그녀가 말하는 금각이 빛나서 우리는 그녀가 더 좋아졌는지 모른다. 금각사 말고 은각사도 있어요, 긴카쿠지와 킨카쿠지를 발음해주느라고 그녀가 그녀의 보라색 입술을 일그러뜨릴 때마다 우리는 금각처럼 빛나는 그녀의 환상 속으로 빠져들곤 했었다. 이탁도 아마 그랬을 것이다. 그러던 어느 날이었다. 그날 이탁이 보이지 않았다. 연락도 없이 결석을 한 것이다. 양일순과 나, 그렇게 단둘이 된 선생과 학생은 마냥 좋아라고 교실 밖으로 나갔다. 시내로 들어가 영화를 보았다. 배가 고팠으므로 순두부찌개도 먹었다. 날이 어두웠으므로 커피도 마셨다. 그리고 늦도록 이야기하다 보니 그녀는 어느덧 내 자취방까지 와 있었다. 우리는 어느새 두 마리 성숙한 나방이었다. 그날 밤 그녀가 말했었다. '서울서 살고 싶어요. 그럴 수 있는 남자와 결혼했으면 좋겠어요. 그렇게 될 수 있도록 조 형이 도와주세요.' 나는 그녀 앞에 아무 말도 할 수 없었다. 비겁하게도 왜 그 순간 나는 아무 말도 못하고 그녀 앞에 목석처럼 굳어져야만 했는지, 나는 나를 방어하는 일 말고는 아무 짓도 할 수가 없었다. 우리는 한동안 서먹한 날들을 보내야만 했다. 그녀가 한 발짝 내 앞으로 다가서는데 내가 왜 한 발짝 뒤로 물러서야 했는지, 그 한 발짝 거리를 좁힐 수 없는 이유가 무엇인지 나는 알 수가 없었다. 이탁이 내 앞에 어떤 알지 못할 화두 하나를 던진 것은 양일순과 내가 그런 일이 있고 난 며칠 뒤였다. '아-, 양일순이 저걸 어쩐다지?' 절망처럼, 탄식처럼 고뇌하던 그는 마침내 짐승과도 같은 야성을 쏟아내고 있었다. '어휴-, 양일순이 저거, 일본 사람만 아니라면 그만 팍⋯⋯.' 이탁은 그저 그뿐이었다. 그날 밤 내가 양일순 앞에서 그랬듯이, 그도 그녀 앞에서 어떤 뛰어넘을 수 없는 높은 벽을 실감했던 모양이다. 그런 일이 있고 나서 우리들 일본어 교실은 곧 문을 닫았다. 그리고 그해 졸업식이 끝났을 때 학교는 물론 서울 시내 어디서도 양일순의 모습은 찾아볼 수 없었다. 멀리 교토로 영영 떠나버린 것이다.

  —우리, 전철을 타지.

교토로 떠나기 전, 그 무거운 짐 보따리들에게 끌려 다닐 생각을 하자, 나는 벌써 겁부터 났다.

  —전철? 그까짓 땅강아지를 타고 다니면서 뭘 구경하겠어? 일본이 어떻게 생겼는지도 볼 겸, 택시로 달려버릴까?

  참, 이탁 식이다. 여기서 교토가 얼마나 먼지도 모르고, 일본의 교통비가 얼마나 비싼지도 모른 채 서울 식으로, 서울에서 살던 버릇처럼, 자기 방식만을 고집한다.

  —일본 전철도 타보라구, 그것도 관광이니까.

  우리는 그 무거운 짐 보따리를 메고 끌고 긴테쓰 우에혼마치 역을 빠져나가 츠루하시 역에서 다시 JR 환상선을 갈아타고, 오사카 역에 내리고, 거기서 다시 교토행 전철을 갈아탄다. 그러나, 오사카에서 교토까지, 그 오르고 내리고 갈아타기를 수없이 반복하면서도 그는 지친다 쉬어 가자는 말 한마디 하는 법 없이 창밖으로 이어지는 낯선 풍경들을 잘도 지켜본다.

—이따가, 밤에는 술이나 먹고…….

그러니 볼 것이 있으면 지금 많이 보아두자는 말이다. 나이답지 않게, 체구답지 않게 말똥말똥한 것이 오히려 미안했던지, 그는 한마디 덧붙인다.

—야, 여행하면서 잠만 자는 사람들 웃기더라. 가서 뭘 볼 게 있다고 차 안에서는 잠만 자지? 갈 때는 잠자느라고 못 보고, 가서는 술 마시느라고 못 보고, 그게 무슨 여행이냐?

이 지칠 줄 모르는 나그네, 철없는 방랑자. 설핏 곁눈질을 해보니 흡사 재수생처럼 가출 소년처럼 꾸미기는 그렇게 젊게 꾸몄어도, 귀밑머리는 어느새 희끗희끗, 그나마 그것도 20여 일 전 서울을 처음 빠져나올 때 염색이라도 하고 나왔을 것이 뻔하다.

—몸무게는 몇 킬로나 되우?

심심하니까 나는 이 형이나 갖고 놀까.

—뭘, 킬로그램씩이나. 그냥 깃털이지 뭐.

—키는?

—등소평?

하긴, 처음부터 육체미라든가, 패션으로만 사람을 이야기할 것은 아니었다. 그냥 깃털 같은 사람이라도 그 깃털이 황금깃털이고, 그냥 낮은 키라도 그 인물이 등소평인 사람, 시인 이탁은 바로 그런 인물이다.

열차가 한창 교토를 향해 달리고 있었다.

—그나저나 이 형도 대단하군.

나는 할 말 없으니까, 이런 말도 던져본다.

—이번엔 또 뭘 시비하려고?

—서울에서 교토가 한 시간 거리인데, 하필이면 왜 지중해까지 가서 양일순이 보고 싶었다지?

—그건 조 아무개 때문이었다니까. 정말이야. 조 형이 보고 싶었어. 양일순이 죽었는지, 살았는지, 내가 알게 뭐야? 아, 그러고 보니 생각난다. 그때 말야. 양일순이 서울에 살겠다고, 살려달라고 애원하던 날 말야, 내가 어쩌면 그럴 수가 있었다지? 나도 놀랐어. 내가 나한테 실망했다니까. 우린 서로 사랑할 수도 있었잖아? 그런데 그만 재일교포라는 이유 하나만으로 그럴 수 있니? 그게 그렇게도 넘을 수 없는 벽이었을까? 나는 내가 밉더라.

—그건, 양일순도 서툰 데가 있었지. 너무 현실적이었거든. 사랑을 사랑으로 호소하지 못하고 현실적으로 접근해 올 때 솔직히 나도 부담스러웠다.

—정말 그랬을까? 그때 양일순의 현실은 절박했었거든. 그게 그 여

자의 진실이었다. 그 진실을 이해 못한 우리가 바보였는지 몰라. 재일
교포가 일본 사람인지, 한국 사람인지도 몰랐던 바보들, 그러니 사랑
이 뭔지는 알았겠어? 세월이 훨씬 흐른 뒤에야 나는 내가 바보라는
걸 알았다. 나는 내가 그 여자를 거부해도 그만이고, 사랑해도 그만이
고, 그렇게만 생각했었는데, 그때 그 여자는 나 이탁이냐, 너 조 아무
개냐가 문제가 아니었다. 이탁도 좋고 조 아무개도 좋으니까 서울에
서 살 수 있게만 해다오. 세상에는 그런 사랑도 있다는 걸 나는 훨씬
훗날에야 알았다. 조 아무개가 양일순을 이해 못하는 부분은 그 여자
의 사랑이 아니라, 현실이었다. 그렇지만 이제 나는 이해할 것 같다.
그래서 그 여자가 보고 싶었는지도 모른다. 나는 지금 그 여자가 보고
싶다. 보고 싶단 말이다.

이탁이 오기 전에 양일순이 교토에 살고 있다는 소식을 접한 것은
그나마 다행이었다. 한 달 전쯤 천리대학을 방문한 리쓰메이칸 대학
의 나카무라 교수로부터 우연히 양일순의 소식을 들었는데, 그녀는
지금 리쓰메이칸 대학 정문 앞에서 학생들을 상대로 약간의 커피와
음료를 팔면서 살고 있다고 한다. 나카무라 교수는 내가 서울에서 왔
다니까, 내 나이와 출신 학교 등을 따지다가 언뜻 짚이는 데가 있었던
지, 그 시절 서울로 유학을 갔다가 돌아온 양일순이라는 여인을 아느
냐고 물었다. 그러면서 언젠가 그 여자를 만나면 내가 여기 와 있다는
소식을 전해주겠다고 말했다. 불행하게도 나카무라 교수는 그때 그
여자의 주소나 전화번호 같은 걸 전혀 기억하고 있지 못하였다. 그래

도 마음만 먹으면 나는 언제든지 그 여자를 만날 수 있을 거라고 생각
했었는데, 오늘은 다만 그 여자를 만나야 할 날이 생각보다 빨리 왔을
뿐이다. 오늘 양일순을 만나기 위해서 나는 나카무라 교수에게 낯선
전화를 걸어야 한다.

교토에 도착했을 때, 그러나 우리는 지금 당장 양일순을 찾아 나서
지는 않았다. 여장을 풀자, 이탁이 먼저 자유로운 시간을 원했기 때문
이다.

—조 형 만나면 마시려고…… 아까 비행기 안에서 하나 샀지.

이탁이 가방 속에서 꺼내 든 것은 병 모양이 멍청하게 생긴 올드파
한 병. 그는 마치 이 술 한잔을 밀수해 오기 위해 그 먼 길을 다녀온
사람처럼 술잔 앞에 자못 엄숙하다. 교토의 도심에서도 까마귀는 울
었다. 내가 데려온 것인지, 제가 따라온 것인지, 천리에서나 교토에서
나 그 까마귀가 그 까마귀 같다. 둘이는 까마귀 소리를 안주 삼아 종
이컵을 부딪쳤다.

교토에서의 첫날 밤은 그렇게 올드파에게 감사하며 잠들었다. 너무
곤히 잠들었으므로 우리는 꿈조차 꿀 수 없었다.

금각사로 산책을 나선 것은 이튿날 점심때가 겨워서였다. 게으른
아침을 침대 위에서 보내고 공복의 허기가 더 이상 견디기 어려워졌
을 때 우리는 거리로 나섰는데, 그다지 멀지 않은 데에 금각사는 있었
다. 양일순이 자랑하던 금각이다. 나는 양일순을 떠올렸지만 입 밖에

내어 말하지 않았다. 이탁도 아마 그랬을 것이다. 우리는 까마귀 소리를 등대 삼아 금각을 찾아갔다. 금빛 단아한 금각이 거꾸로 물구나무 선 풍경처럼 아름다웠다.

―어때? 볼 만하지?

나는 짐짓 이탁을 흔들어보지만, 이탁은 무표정이다.

―뭐가?

―욕망과 환상이 현실세계에서 맞아떨어지면 이런 모습이 되는 걸까?

우리는 천천히 경호지鏡湖池 주변의 이끼 긴 자갈길을 걸었다.

―금각이 그렇다는 거야? 미시마 유키오가 그렇다는 거야?

―어쨌든.

나는 오만하고도 가장된 이탁의 침묵을 곁눈질한다. 말 없는 그는 금각의 푸른 하늘을 쳐다볼 뿐이다. 느낌이 전혀 없다고? 거짓말. 엉큼하기 짝이 없는 시인, 거짓말쟁이 같으니라고. 시시해서 별로다 싶은 것들은 무슨 큰일이나 난 것처럼 요란하게 재재바르다가도, 정작 소중해서 훗날 시가 될 성싶은 것들은 마치 아무것도 아닌 것처럼 잔뜩 아끼고 감추고 시치미 떼고…… 왜? 천기가 누설되기라도 할까봐?

우리는 천천히 걸어서 흰뱀의 무덤이 있다는 연못 쪽으로 올라간다. 그때였다. 푸른 하늘에 갑자기 무슨 일이 생긴 것일까. 까마귀 떼가 몰려들고 있었다. 처음에는 한두 마리가 가볍게 날고 있는 줄 알았더니, 나중에는 열 마리가 스무 마리가 되고, 스무 마리가 다시 백 마리가 되고, 백 마리가 이백 마리가 되고, 까마귀 떼는 마침내 숫자를 헤아릴 수 없을 만큼 큰 구름 덩어리가 되었다. 세상의 까마귀란 까마귀는 모두 다 금각의 하늘로 몰려들었다. 천둥소리를 머금은 먹구름처럼 금각의 하늘에 까마귀 떼가 우짖고 있었다. 부서지는 파도 소리보다 더 큰 소리로 쇄아- 철썩, 쇄아- 철썩, 저공하는 비행의 몸짓으로 그들은 단숨에 금각을 삼켜버렸다. 우리는 더 이상 그 자리에 서 있을 수가 없었다. 소낙비를 피하는 들짐승처럼 우리는 어디론가 힘껏 뛰었다. 숨이 턱까지 차고 이마에 땀이 흥건했다. 얼마를 그렇게 달렸을까, 정신을 차리고 보니 우리는 겨우 살아남은 물떼새처럼 어느 작은 움막집에 웅크리고 앉아 있는 것을 알았다. 커피도 팔고 음료도 파는 좁다란 카페였다.

─여기가 어디지?

이탁이 겁먹은 얼굴로 사방을 두리번거리며 물었다.

─어디긴 어디예요? 리쓰메이칸 대학 앞이지요.

주인 여자가 알아듣고 이탁을 불러들인다.

─리쓰메이칸? 우리가 어떻게 여기까지 왔지?

이탁이 뭔가 짚이는 데가 있나 보다.

─왜요? 금각사에서 길 건너면 여긴걸요. 금각에서 나오시는 길이라지요?

변해도 저렇게 변할 수가 있을까? 여인의 얼굴에서 양일순의 모습을 찾을 수는 없었다. 우리는 마주 앉아 캔맥주를 한 컵씩 들이켠다. 날이 어두워지고 있었다. 이탁이 먼저 양일순을 묻기 시작하였다.

—사람을 찾습니다. 리쓰메이칸 대학 정문 앞. 약간의 커피와 음료를 파는 여자…….

그리고 내가 서울에서의 양일순을 덧붙였다.

—재일동포였답니다.

여인이 입가에 잔잔한 미소를 머금은 채 고개를 가로젓고 있었다.

—이 동네 그런 사람이 어디 한둘이어야지요. 나도 그 가운데 하나랍니다.

여인이 나긋나긋 자기 소개서를 써나가기 시작했다.

—전 양일순이 아니랍니다. 서울 가서 결혼식까지 올렸구요. 재일동포 여자를 좋아한다고 말했거든요. 딸아이까지 하나 얻었구요. 그래도 소용없어요. 떠날 때가 되니까 떠나더라구요…….

—거기까지 갈 건 뭐 있어? 그냥 여기서 취하지.

나는 양일순이 만나는 걸 포기하자고 제안하였다.

—일루 불러낼까?

이탁이 일어서고 싶어하지 않았고, 나는 다행스럽게도 양일순의 연락번호가 없음을 말해주었다. 거리에 어둠이 내리는 풍경을 우리는 눈으로 읽었다.

—첫사랑은 언제나 유효해요. 더 찾아보세요. 만날 수 있을 거예요.

우리는 맥없이 리쓰메이칸 대학 정문 앞을 떠났다.

술은 다시 까마귀 우는 교토의 밤거리로 이어지고, 그것은 마침내 호텔방으로까지 번진다.

─오늘 밤, 우리 합방을 할까?

우선, 간밤에 먹다 남은 올드파를 일단 비우고, 그다음 냉장고 안에 들어 있는 호텔 맥주를 다 마시고, 아니 포도주도 있네!

─야, 우리 이제 그만 자자.

먼저 지쳐 쓰러지고 싶은 사람은 이쪽인데, 저쪽에서는 마냥 힘이 솟구치는 모양이다. 아, 이 독종. 20일이 넘도록 밤이면 밤마다 마른 안주에 고추장 단지만 파먹고도 도대체 이럴 수가 있을까.

─야, 조 아무개야. 일어나, 잠 깨라고. 오늘이 내 20일 여행이 끝나는 날 마지막 밤인데, 너 정말 이럴 수 있어?

이탁은 자꾸만 기념비적인 밤을 만들고 싶어하고, 나는 응, 응 건성 대답을 하면서 잠 속으로 빠져 들어간다.

─야, 조 아무개야? 손창섭이 왜 일본으로 건너왔는지 알아? 일본에 와 있는 동안 너 그런 것 생각해본 적 있어? 조사해봤어? 만나봤나구?

고래고래 이탁의 고함 소리를 들으며 나는 어렴풋이나마 간밤에 있었던 일을 떠올린다. 반가움에 겨워, 자랑에 겨워, 간밤 술자리에서는 아무래도 내 목소리가 높았던 모양이다. 그동안 일본에 와서 보고 느낀 것들. 나라며 아스카며, 일본의 고대사와 한국의 고대사가 얽힌 부분들. 그런 것들을 기어코 소설로 쓰겠다고, 큰소리 뻥뻥 또 철없는 목소리를 돋구었던 모양이다. 제기랄, 누구는 보면 볼수록, 느낌이 크면 클수록, 시심이 발동하면 발동할수록, 더욱더 입을 굳게 다물어 조신하곤 하는데, 난 이게 뭐야? 이까짓 한잔 술에, 서푼짜리 우정 앞에 그 엄청난 소설을 털어놓고 말다니, 천기를 누설하고 말다니.

—야, 조 아무개! 일본에 와서 네가 역사소설을 쓰겠다고? 역사가 뭔데? 넌 아직도 젊지 않아?

그렇다. 이탁은 지금 내 늙음을 비웃고 있는 거다. 자신의 젊음을 뽐내고 싶은 거다. 내 가난한 소설을 책망하고, 간밤의 내 헤픈 입놀림을 야유하고, 소설은 소설로만 보여주어야지 왜 입으로 먼저 쓰고 마느냐고, 바로 그 경고장을 지금 내리고 있는 것이다.

이제 겨우 잠이 들려고 하는데, 그는 또 한바탕 요란하게 나를 흔들어 깨운다.

—야, 조 아무개, 이 비겁한 놈아! 너, 왜 당당하게 양일순이를 못 만나는 거야? 어제부터 날 만나게 해주겠다고 약속해놓고서는 너, 지금까지 미적미적 못 만나고 있었잖아? 재일교포면 어때? 사랑하지만 재일교포라서 어쩔 수 없었다고? 뭐? 벌써 30년이 다 되어가는 옛이야기를 왜 지금 들춰내 얼굴 붉히게 하느냐고? 그래. 그건 그때 우리가 젊어서 철없던 탓이라고 치자. 그렇다면, 지금은 어쩔래? 너, 지금 양일순이 네 앞에 나타나서, 나 서울 가서 살고 싶어요, 서울로 데려가 주세요, 애원하면 어쩔 테냔 말이다. 양일순이 그 여자 아직도 미혼이라는 거 너 알고 있었지? 그 여자, 서울 가서 살고 싶다는 그 말,

아직도 유효하단 말이다. 너, 그게 무서워서 그 여자 못 만났던 거 아
냐? 그렇지?

　아, 드디어 올 것이 왔구나. 나는 자리를 박차고 일어서고 싶었지만
그럴 수 없었다. 그는 그것이 나한테 하는 말이라고 하지만 자기 자신
에게 퍼붓는 저주일 수도 있고, 또 한편으로는 자기 자신에게 하는 말
이라고 하지만 나한테 퍼붓는 저주일 수도 있기 때문이다. 그걸 알기
때문에 나는 그날 밤 언제까지고 잠들 수 없었다. 창밖에서는 비가 내
리고, 밤을 짖어대는 까마귀 소리가 한창이었다…….(2002)

시모다 후미요의 연애방정식

1

시모다 후미요가 어떤 사람인지를 알기까지는 그러고 나서도 30년이 더 걸렸다.

규슈대학 도서관을 의지하고 후쿠오카에 가서 그해 겨울방학을 보내고 있을 때였다. 전에 교토에서도 나는 그런 식으로 겨울 한철을 보낸 적이 있는데, 그러고 3년 만이었다. 3년 전 교토는 아스카飛鳥 지역을 중심으로 한 고대사 관련 자료를 구하기 위해서 갔었다. 그때 아스카를 좀 더 샅샅이 알기 위해서는 장차 규슈도 가고, 대마도도 가고 해야겠구나, 생각했었는데 규슈는 그래서 간 셈이다. 규슈란 데는 막상 가서 보니 한일 고대사 관련 자료뿐만이 아니라 다른 호기심거리들도 참 많았는데, 예컨대 일본의 '자이니치 자파니즈' 같은 근대사 관련 사항들은 전에 교토에서는 미처 들어보지 못한 문제였다. 오늘은 그 '자이니치 자파니즈'에 대해 잠깐 이야기하려고 하는데, 이 이야기와 관련된 사람들 특히 시모다 후미요한테는 혹시 결례나 안 될지 모르겠다.

3년 전 교토에 있을 때 시모다 후미요라는 여자를 알고 지낸 적이 있었다.

뭐랄까. 나는 그것을 나의 순수 연애감정이라고 믿고 싶었지만 그 여자는 그렇지 않았던 것 같기도 하고, 또 입장을 바꾸어서 생각해보면, 그 여자는 그때 나름대로 연애를 한다고 한 게 그 모양이던가 본데 내 쪽에서 오히려 건성건성하지나 않았던가, 어쨌든 그런 만남을 꽤 여러 차례 반복하던 여자였다. 그 시모다 후미요가 어느 날 갑자기 나에게 전화를 걸어온 것이다. 그것도 3년이나 지난 어느 날, 서울도 아닌 후쿠오카까지 느닷없이 걸어왔는데, 오늘은 실로 그 이야기를 하려는 것이다.

"후쿠오카에 갈 기회가 생겼답니다."

시모다는 마치 어제 만나고 오늘 다시 통화하는 사람처럼 아무 일 없이 다가오고 있었다.

"거기 교톱니까?"

나는 교토에서의 그녀를 떠올리며 반가운 인사를 챙겼다.

"내가 관여하는 학회가 하나 있는데 거기가 마침 후쿠오카라는군요. 지난해에도 요청이 왔었지만 형편상 거절을 했거든요. 작년에 진 빚도 갚을 겸, 올해는 자유로운 몸이 되었으니 가겠다고 대답했답니다.”

며칠 전 규슈대학 한국학연구센터에서 그 비슷한 게시문을 본 적이 있는데 아마 그 자리인가 보구나 하고 나는 생각했다. 한국과 일본의 학자들이 공동으로 개최한다는 그것은 언뜻 보기에 민중생활사 비슷한 연구단체 같았는데, 나는 일본어도 자유롭지 못하거니와, 거기 따로 만날 사람이 있는 것도 아니어서 그냥 흘려버리고 말았었다. 이건 학회에 참석을 하러 오겠다는 거야, 나를 만나러 오겠다는 거야. 나는 반신반의하면서도 반가운 건 사실이었다. 그러자 내가 규슈에 와 있는지를 어떻게 알았는지 궁금했고, 그 순간 아 김무조 선배가 있었지, 하는 생각도 함께 떠올렸다. 그러자 이번에는 시모다가 방금 자신의 입으로 ‘자유로운 몸’ 운운하던 것이 또 맘에 걸렸다. 언제던가 시모다가 혼자가 되고 나서, 김무조 선배가 처음 전화를 걸어왔을 때 ‘그 친구가 자네한테 자유를 주고 갔어’라고 말한 적이 있었다. 그러자 그때 그 자유와 이번에 시모다가 말한 자유가 겹치면서 엉뚱하게 나를 자극한 것이다.

“내일이라고 했습니까? 가겠습니다. 인문관 3층이라고 했지요?”

나는 나도 모르는 사이에 시간과 장소를 입력시키고 있었다.

“그러시겠어요? 그럼, 그러세요. 내일은 우리 남편도 같이 가주겠답니다.”

“엉?”

남편이라니 이 여자, 혼자라고 하지 않았던가.

"우리 그이도 규슈는 처음이거든요."

"네?"

그녀는 그런 식으로 자신의 재혼 사실을 털어놓고 있었는데, 나는 그것이 더욱 놀랍던 것이다. 3년 전 교토에서도 시모다는 그랬다. '우리 남편은 워낙 바쁘답니다.' 그녀는 나를 만날 때면 늘 그런 식으로 자기 남편을 피켓처럼 추켜올리는 버릇이 있었다. 하긴, 전에 사별했다는 소문과 함께 연락을 뚝 끊고 지낸 것도 그녀답기는 했다. 남편이 곁에 있을 때만 그녀는 나를 만나고, 남편이 곁에 없을 때는 만나지 않고, 시모다에게 남편이란 어쩌면 연애를 환기시키는 든든한 활력소인지도 모른다. 어쨌든 그녀가 전화를 걸어왔다. 그동안 혼자인 줄 알았던 그녀가 3년이 지난 오늘 갑자기 전화를 걸어올 줄이야, 더구나 자기 남편을 하늘 높이 피켓처럼 치켜들고 말이다.

2

시모다 부부를 내가 처음 만난 것은 교토대학 동문 앞 사거리 어느 자그마한 카페에서였다. 3년 전 그날 김무조 선배가 그들을 소개해주었다.

"에비하라 유타카라고……" 김 선배는 시모다의 남편을 그렇게 불렀다. "……내 친구야. 한국 사람인 나를 이 친구만큼 이해하고 도와주는 일본인도 드물다. 일본에 사는 동안 이 친구한테 너무 많은 신세를 지고 있다. 이쪽은 시모다 후미요 상. 부인이셔. 할아버지가 한때 한국 땅에서 사셨다는군. 패전 당시 건너온 모양이야."

나는 그때 김 선배가 재일교포를 그렇게 설명하는 거라고 알아들었다. 에비하라는 시모다의 행복을 받쳐주기에 충분할 만큼 듬직해 보였고, 그를 수발하는 시모다의 눈길이며 손길 또한 말할 나위 없이 따뜻했다. 에비하라는 그때 3년간의 체류 일정으로 홋카이도 파견 근무를 나가 있는 시점이고, 그날은 주말부부로서 잠시 시모다를 만나고 가는 길이었다. 하코다테에 있는 어느 유명한 전자회사에서 근무한다는 그는 장차 본사로 돌아와서도 직접 경영에 참여해야 할 만큼 유능한 인재라고 했다.

"우리 남편은 워낙 바쁘답니다."

그날 시모다가 한 말 가운데 나는 유일하게 그 말 한마디를 기억한다.

하필이면 왜 그 한마디가 내 귀에 꽂혔는지는 모른다. 남편에 대한 은근한 자랑 같기도 하고, 아니면 자신의 외로움에 기대어 누군가를 부르는 말 같기도 하고, 그때 어쨌든 그랬다. 시모다는 대학에서 영문학을 전공한다고 들었다. 졸업하자 곧바로 대학원에 진학하였고, 석사 과정을 마치면 곧바로 미국 유학을 가겠다고 벼르던 그즈음 에비하라를 만났다고 한다. 그녀에게 결혼은 평범한 행복 그 이상도 이하도 아니었다. 결코 불행하지는 않았지만 그렇다고 행복하지도 않은 나날이 계속되었다. 그 와중에 에비하라의 홋카이도 근무가 시작된 것이다. 에비하라는 물론 홋카이도에 가서 함께 생활할 것을 희망하였다. 그러나 시모다는 학업을 계속하고 싶었으므로 따라갈 수 없었다. 시모다와 나와 김 선배의 관계는 어쨌든 그렇게 시작된 것이다. 김무조 선배는 전공이 인류학을 공부하는 재일동포였다. 영문학도인 일본인 여자가 인류학을 공부하는 재일동포와 용케도 어울려 다니는구나, 생각하면서도 그때마다 나는 옵저버 자격이지만 자연스럽게 둘 사이를 파고든 것이다.

9호관 201호. 시모다 후미요네 아파트까지 가는 길은 쥐똥나무 꽃길이었다. 간호전문학교 울타리가 끝나는 데쯤, 쥐똥꽃은 거기 조금 밖에 피어 있지 않았지만, 그래도 안으로 들어서기만 하면 골목길 어디서고 쥐똥꽃 냄새가 자욱했으므로, 그 길은 그냥 쥐똥나무 꽃길이었다. 쥐똥꽃은 그러나 자신의 향기만큼 아름답지는 않다. 자잘한 조팝나무 알갱이 같은 것들이 눈 덮인 장미넝쿨처럼 무겁고도 뭉툭하게 엉겨 있을 뿐, 그것은 나팔꽃이나 다른 화려한 장미꽃처럼 꽃송이를 자랑하지는 못한다. 그 쥐똥꽃 향기에 취해 그날 시모다와 키스해 버린 기억을 나는 잊지 못한다.

"서울서도 쥐똥꽃은 많이 보지요?"

한국 땅이라고 말할 자리에 시모다는 꼭 서울이란 말을 쓰고는 했다. 내가 서울에서 온 사람이라는 생각 때문에 아마 그랬을 것이다.

아니면 서울에 한 번쯤 가보고 싶다는 말을 그녀는 그렇게 했는지도 모른다.

"아닙니다. 아마 처음일걸요."

쥐똥꽃은 나는 처음이었다. 전에 수유리 집 근처 초등학교 울타리에서 '쥐똥나무' 이름표가 달린 잡목들을 본 적은 있었다. 그러나 그때도 꽃은 피어 있지 않았다. 나는 시모다의 고향이 홋카이도란 사실을 떠올리며 그녀에게 물었다.

"홋카이도엔 많습니까?"

"많기는요. 교토에 와서 처음인걸요. 내가 왜 하필이면 쥐똥꽃을 떠올렸는지조차 모르겠어요. 홋카이도 집에 살 때 할아버지는 늘 쥐똥나무를 심고 싶어하셨어요. 어릴 때 살던 집 울타리가 아마 쥐똥나무였대나 봐요."

"홋카이도처럼 추운 데서도 쥐똥꽃이 피나요?"

"아니에요. 서울 살 때 말이지요. 그게 그 꽃인지는 나도 잘 모르겠어요. 아까 저쪽에서 걸어오는데 갑자기 웬 낯선 냄새가 내 콧속을 숨막히듯 쑤시고 들어오는 거 있지요. 그 순간 아, 쥐똥꽃 냄새! 하는 생각이 퍼뜩 들었어요. 정명인 씨 때문이었을 거예요, 아마."

그게 왜 나 때문이었을까? 나는 궁금했지만 기분 나쁘지 않았다.

"할아버지 때문이었겠지요, 뭐."

"우리 할아버지는 돌아가신 지 오래예요. 서울 살 때는 내내 전라도란 데서 살았답니다. 전라도는 많이 남쪽이라면서요? 쥐똥나무는 추운 데서는 잘 못 사나 보죠? 결국 홋카이도 집에는 못 갖다 심었어요."

그날 쥐똥꽃이 시모다를 그토록 들뜨게 만들었을 것이다. 나는 쥐똥나무에게 감사하고 또 감사하면서 시모다를 껴안아버렸다. 그리고 약속했었다. 그래, 내년 쥐똥꽃 피는 3월이면 다시 만나자. 1년에 한 번씩이라도, 한 해에 단 한 번만이라도, 쥐똥꽃 피는 3월이면 그때는 우리 잊지 말고 기다렸다가, 알았지?

나는 그렇게 나의 비밀을 교토에 묻어둔 채 서울로 돌아왔다.

그리고 쥐똥꽃이 피면 다시 만나자던 그 첫 번째 쥐똥꽃이 피기도 전에 시모다는 에비하라와 사별했다는 말을 들었다. 첫눈이 내리고, 이제 해가 바뀌기만 하면 곧 첫 번째 쥐똥꽃은 필 참이었다. 나는 시모다에게 달려갈 날을 벼르고 있었다. 그리고 그 어느 날 김무조 선배의 갑작스러운 전화가 걸려온다.

"그 친구가 자네한테 자유를 주고 갔어."

'그 친구'란 헤어진 에비하라를 말한다. 시모다의 남편이 나에게 자유를 주고 가다니, 나는 추궁하고 싶었지만 말없이 들어주었다.

"거기, 교톱니까?"

나는 바보같이 엉뚱한 인사를 챙기고 있었다.

"물론이지. 니시구치야."

니시구치라면 금각사 근처 시모다가 사는 동네이기도 하다. 그 니시구치를 김 선배는 힘주어 발음하는 것이었다.

"그게 언제였죠?"

"모르지. 시모다는 줄곧 교토에서만 지냈으니까, 언젠가 만났더니 혼자라는 거야. 아마 갑작스러운 사고였나 봐."

시모다를 향한 나의 감정은 엉망이 되어버렸다. 나는 시모다에게 전화를 걸고 싶다는 생각과, 걸고 싶지만 걸 수 없다는 생각이 반반인 채 교토 방문을 포기하였다. 전화조차 걸지 않았다. 첫 번째 쥐똥꽃은 저 혼자 피었다가 졌을 것이다. 쥐똥꽃을 그리며 그녀에게 몇 번 전화를 걸까 말까 망설이던 기억을 나는 갖고 있다. 통화하려고 수화기를 집어 들기만 하면 시모다는 감히 범접하기 어려운 미망未亡이라는 이름으로 나를 제압하고는 하였다. 미망이라는 이름의 어떤 부재가 그녀와의 통화를 방해했을 것이다. 미망이라는 이름의 위력은 생각보다 컸고, 범접하기 어려울 만큼 신성했다. 두 번째 쥐똥꽃도 저 혼자 피었다가 졌을 것이다. 그때는 눈에 어리는 시모다의 실루엣도 조금은 퇴색했었고, 전화를 걸까 말까 망설이던 기억조차 희미해져 갔다. 올해도 아, 시모다를 만나지 못한 채 쥐똥꽃은 졌겠구나. 쥐똥꽃이 다 지고 말았을 무렵 혼자서 그런 생각을 떠올리던 기억은 난다. 그리고 세 번째, 정말이지 쥐똥나무 꽃으로만 세월의 나이테를 세기로 한다면야 바로 그 세 번째 나이테마저 아주 선명한 동그라미를 그려갈 무렵 그해 겨울방학을 나는 후쿠오카에서 보냈던 것이다.

$$3$$

그날, 규슈대학 인문관 3층 소강당을 찾아가는 나의 발걸음은 생각보다 터덜거렸다. 시모다만 아니라면 그 자리는 사실 가나 마나 한 자리였지만, 그래서 가지 말까 맘먹고 나면 그때마다 시모다가 눈에 밟혀 견딜 수 없었으므로, 어쨌든 나는 알맞게 시간이 끝나갈 때를 기다려 인문관 3층 회의장으로 갔다. 학회는 전체 발표를 끝내고 방금 종합토론을 준비하는 때인 모양이었다. 마지막 티타임들을 즐기고, 웅성웅성 회의장 안으로 들어가고 있었는데, 시모다는 그때 눈에 띄지 않았다. 나는 그냥 안으로 들어가 빈자리를 찾아 앉기로 하고 그 줄을 따라 들어갔다. 이름을 대면 알 것도 같은 한국인 교수들이 여러 명 눈에 띄었다. 창 쪽으로 내가 자리를 정하고 앉았을 때 전북대학교 장 교수라는 이가 먼저 나를 알아보고 내 곁으로 와주었다. 우리는 반갑다고 악수하였는데, 그때 강단 위에 뭔가 눈길을 끄는 장면이 있어서 보니 알 수 없는 일이 벌어지고 있었다.

"저게 뭐죠?"

나는 장 교수에게 물었다.

"글쎄요. 지금은 종합토론을 할 시간인데, 뭐지?"

기다란 책걸상이 가설무대처럼 단상 위에 가로놓여 있었고, 거기 좀 늙수그레한 할머니 두 분과 할아버지 두 분이 할아버지, 할머니, 할머니, 할아버지, 순으로 예절 바르게 앉아 있었다. 차림새나 분위기들이 방금 토론을 할 사람들 같아 뵈지는 않고, 그러나 뭔가 임무를 띠고 나온 사람들임에는 분명해 보였다. 시모다는 어디쯤 앉아 있는 걸까. 분위기가 대충 정돈이 되었으므로 나는 고개를 늘여 빼고 장내를 둘러보았다. 일본인 학자들과 한국인 학자들이 반반일 것이고, 키 작은 러시아인이나 갈색 머리의 독일인 학자도 한두 명 정도는 눈에 띄었다. 뜻밖에도 건너편 맨 갓줄 중간쯤에 김무조 교수가 눈에 띄었다. 아, 김 선배도 왔구나, 하고 놀라면서 바라보니, 그 안쪽으로 나란히 시모다가 앉아 있는 것이 보였다. 나는 손을 들어 아는 체하고 싶었지만, 그쪽에서 눈을 주지 않았기 때문에 그만두었다.

사회자가 마이크 앞으로 나와 선 것은 바로 그때였다.

"지금은 질의 토론을 할 시간입니다만, 오늘 마침 귀한 손님들이 우리 학회에 네 분씩이나 참석해주셨습니다. 이분들은 모두 일본인으로서 조선 식민기에 아버지 어머니를 따라 한반도로 건너가 살다가 패전이 되자 다시 일본으로 돌아온 분들입니다. 벌써 60년이 지난 먼 옛날이야기지만 그럴수록 이분들이야말로 살아 있는 역사가 아닐까, 소중하게 생각되어 이 자리에 모셨습니다." 아, 그래서 그랬구나, 나는 의심을 풀고 사회자의 말에 귀를 기울이기 시작했다. "이분들은 지금 후쿠오카에 사시는 분들이 아닙니다. 한 분은 구마모토, 한 분은 미야자키, 또 한 분은 야마구치, 이런 식으로 멀리 떨어져 살면서도 오늘 한일 공동 심포지엄이 있다는 걸 알고 반가워서 찾아온 것입니다. 무슨 목적이나 주제가 있는 것도 아닙니다. 그냥 편하게 이분들의 회고를 한번 들어보십시오. 그리고 궁금한 사항이 있으면 이따가 질문을 해주셔도 좋습니다. 자, 그러면 시작할까요?"

사회자는 일본인 교수였다. 그는 자신의 능란한 한국말 솜씨를 자랑이라도 하듯 빠른 속도로 소개하고, 또 같은 말을 일본어로 바꾸어 말하기를 반복하면서 차례대로 한 사람씩 불러 세웠다.

첫 번째 남자 : 후리후리하게 키가 크고, 안면 골격이 울퉁불퉁 튀어나와 강인한 인상을 풍겼다. '저는 미나미 쿠니가즈라고 합니다. 만나서 반갑습니다.' 그는 한국말로 말하였다. 1933년 함흥 출생. 아버지가 함흥 지방교통국에 근무하는 공무원이었는데, 전근을 자주 다녀서 그런지 강원도 평창에 살던 기억, 서울에 살던 이야기를 많이 들려주었다. 아버지는 시계처럼 정확한 사람이어서, 밤이면 일찍 퇴근하지만 외출은 하지 않고 집에 친구들을 불러들여 견도見刀를 하곤 하던 기억을 갖고 있다. 견도란 말을 쓸 때 그는 사회자를 향해 빠른 일본말로 뭔가를 한바탕 물었고, 사회자는 지금 그가 우리에게 '칼자랑' 을 뭐라고 설명해야 되는지를 물었다고 전해주었다. 함흥의 교통국 관사에서 패전을 맞았다. 그때 아버지는 징집을 나가고 어머니만 집에 있었는데, 분위기가 몹시 험악해서 무서웠던 기억을 갖고 있다. 거리로 나왔을 때 태극기와 소련기가 함께 펄럭이던 기억이 나고, 스탈린과 김일성의 사진이 거리에 나돌던 기억도 갖고 있다. 1946년 13세 때 함흥에서 배를 타고 미야자키 니치난으로 귀환했다.

두 번째 여자 : 엷은 금테 안경을 끼고 머리가 하얗게 센 단정한 할

머니가 일어선다. '저는 오하라 나루라고 합니다.' 머리 숙여 인사하더니 사회자를 향해 일본말로 하겠다고 말하는 것 같다. 1926년 나가사키 출생. 아홉 살 때 경성의학전문학교 교수인 부친 하자마 분이치를 따라 1935년부터 1945년 11월까지 10년 동안 서울 신당동에 살았다. 학교 친구들과 어울려 놀던 기억이 난다. 위험하다고 밖에는 못 나가게 해서 멀리는 못 가봤지만, 거리가 조용하고 집들이 낮았다고 기억된다. 그녀의 일본어는 그다지 빠르지 않았고, 콧소리가 섞여 있었다. 한국말은 모르냐고 물었다. 조금은 알 것 같아서 한국말로 말하고 싶은데, 막상 하려고 하면 되어 나오지를 않는다고 한다. 그 뒤에 한국엔 가본 적이 있느냐? 아주 최근에 딱 한 번 가봤다. 전에 살던 집이 보고 싶고 또 친구들도 만나고 싶었는데, 너무 변해서 도대체 어디가 어딘지 분별할 수가 없어서 괜히 거리만 방황하다가 돌아왔다. 패전 당시의 상황을 물었다. 언제 어떤 식으로 패전의 소식을 들었고, 또 어떻게 귀환하였는지? 대학에 입학하기 위하여 패전 전 봄에 동경으로 갔었다. 그런데 폭격설로 인하여 동경이 너무 위험했으므로 그만 아버지의 고향인 나가사키로 옮겼다. 그러나 나가사키도 불안하기는 마찬가지였다. 그래서 그해 4월 다시 서울로 돌아왔다. 패전의 소식은 8월 15일 그날 들었다. 시내에 나갔었는데 해방이 되었다고 거리가 몹시 소란스러웠다. 너무 무서워서 성동역에서 그만 전차를 타고 집으로 돌아와버렸다. 그러나 만세를 부르는 모습은 보지 못했다. 그 뒤 부산으로 내려가 배를 타고 하카타로 귀환하였다.

세 번째 여자 : 소탈하고 친절하게 생긴 여인이다. 이시바시 유쿠코 데스. 한국말은 전혀 모르는 것 같다. 처음부터 일본어로만 말해버린다. 1936년 충남 대전 출생. 1945년 패전 때까지 9년 동안 줄곧 대전에서만 살았다. 아버지가 일상용품을 팔러 다니는 사람이어서 늘 집을 비우고 멀리 돌아다녔다는 걸 보면 아마 행상이 아니었는가 싶다. 특기할 만한 진술은 없지만 그러나 누구보다도 더 어린 시절을 그리워하고, 그것들을 아름답게 간직하고 있었다. 그동안 대전은 두 번이나 가봤다고 한다. 그렇지만 자신이 살던 곳을 찾을 수는 없었다. 부산에서 배를 타고 하카타에 내린 기억을 갖고 있다.

네 번째 남자 : 그는 하얀 와이셔츠에 단정하게 넥타이를 맨 정장 차림이지만 얼굴빛이 검붉어서 그런지 표정은 어두워 보인다. 이노우에 히로시라고 합니다. 그는 한국말로 말한다. 유창하지는 않지만 그가 구사하는 한국어 문장은 완전하다. 나는 1925년에 태어났고요, 태어난 디는 전라북도 익산군 춘포면 대장촌인디요, 살기는 완주군 삼례면 혜전리 451번지로 이사를 가서요, 1945년 패전할 때까지 주욱 거기서 살았어요. 그는 신기하게도 태어난 마을의 주소뿐만 아니라, 이사해서 살던 집의 번지까지도 정확하게 기억하고 있었다. 나는 내 옆자리 장 교수의 옆구리를 질벅거리며 웃지 않을 수 없었다. '재미있는디요. 저 영감 완전히 우리 동네 사람인디요?' 그리고 장 교수도 들으라고 실제로 내 전라도 말을 장 교수에게 해보였다. '그러네, 얼라! 진짜 그러네.' 장 교수도 신기하다는 듯 이노우에를 향해 고개

를 늘여 빼고 웃었다. 아는 사람은 알 것이다. 이 영감이 말하는 익산 군 춘포면 대장촌이란 바로 지금의 익산과 전주 사이에 펼쳐진 넓은 평야지대로서 말하자면 호남평야가 열리는 관문에 해당된다. 이노우에가 바로 거기 살았다고 하면서 그 고장 사투리를 구사하는 것이다. 마을에 커다란 농장이 두 군데가 있었는디요, 하나는 호소카와 농장이고요, 또 하나는 이마무라 농장인디요, 이마무라 농장에는 신사가 있었어요. 아버지는 농사일을 했는디요, 그중의 어느 농장에서 일했는지는 잘 몰라요. 벌판을 빙 둘러 커다란 마을이 듬성듬성 에워싸고 있었는디요, 전체가 500세대라고 했어요. 그중의 30세대가 일본 사람이었어요. 늘 함께 놀던 친구가 어느 날 갑자기 이렇게 말한 적이 있어요. 이제부터 나는 창식이가 아니라 니시무라니께 그렇게 불러야 되어. 그래도 익숙하지 않아서 나는 그냥 창식이라고 불렀어요. 그랬더니 안 부르면 혼난다고 어서 부르래요. 그래서 불렀어요. 징용되어 가던 친구 이야기도 들려주었다. 그 친구는 열다섯 살 때 순사한테 연행되어 갔어요. 그렇지만 신체검사에서 탈락되어 곧 다시 돌아왔어요. 그래서 다시 만날 수 있었어요. 패전 때요? 중학교를 마치자 부산의 수산전문대학에 입학했어요. 스무 살 때였어요. 공부는 안 배우고 매일 근로봉사를 나갔어요. 울산에서 근로봉사를 하는데 사람들이 갑자기 만세를 부르며 좋아했어요. 나는 왜 사람들이 만세를 부르는지 몰랐어요. 해방이 뭔지, 패전이 뭔지, 그때까지 전혀 그런 거 몰랐어요. 아, 일본 땅에는 이런 부류의 일본인들도 있었구나. 나는 처음으로 그런 생각을 하며 놀라기 시작했다. 그도 배를 타고 하카타로 귀환했다고 한다. 귀환한 지 33년 만에 처음 대장촌을 찾아가 봤는데, 옛 모습이 꽤 남아 있었고, 대충 짐작되는 곳도 많았다. 그러나 만나고 싶은 친구는 한 사람도 없었다. 소식조차 들을 수 없었다.

증언을 마치자 여기저기서 질문이 쏟아져 나왔다. 관심의 초점은 단연 이노우에 쪽으로 집중되었다.

질의 : 한국말을 꽤 잘하시는군요. 어렸을 때 배운 말을 어떻게 잊어버리지 않고 간직하셨습니까?

이노우에 : 다 까먹었습니다. 그래서 나중에 다시 배웠습니다.

질의 : 새로 배웠다면서 억양까지도 새로 배웠습니까? 억양을 들어 보면 당신이 어릴 때 살았다는 전라도 억양 그대로인데, 그렇다면 새로 배울 때도 전라도 사람한테 배웠다는 뜻입니까?

이노우에 : 잘 모르겠는디요. 그냥 혼자서 공부했는디요.

질의 : 이노우에 씨, 당신이야말로 '일본 속의 전라도 사람'이군요. 아직도 고스란히 전라도 억양을 간직하고 있다니. 내가 바로 그 고장 출신이랍니다. 솜리, 압니까?"

이노우에 : 압니다.

질의 : 나는 이리에서 학교를 다녔습니다. 이리, 압니까?

이노우에 : 네, 압니다.

질의 : 그 당시 이리를 솜리라고 불렀습니까? 이리라고 불렀습니까?

이노우에 : 솜리.

질의 : 마지막으로 한 가지만 더 묻겠습니다. 일본에 와서 당신 같은 고향 사람을 만나게 된 것을 대단히 기쁘게 생각합니다. 지금까지 당신의 말을 듣다 보니, 당신은 태어나기도 한국 땅에서 태어났고, 어린 시절 초등학교 중학교도 한국에서 다녔고, 또 대학도 한국의 대학으로 진학을 했는데, 그렇다면 졸업하고 직장도 한국에서 잡고, 결혼도 한국에서 하고, 그렇게 영원히 한국 땅에서 살 생각을 하셨는지, 아니면 언젠가는 다시 일본으로 돌아간다는 생각을 하고 살았는지, 당신처럼 한국에 나와 사는 일본인 젊은이들이 그 당시 어떤 생각을 갖고 자신의 진로를 결정했는지, 알고 싶습니다.

이노우에 : ―?

이노우에의 쭈뼛거리는 모습이 먼빛으로 보였다. 묻는 말을 잘 못 알아들은 것일까, 알아들었지만 적당히 할 말을 찾지 못해서 그러는 것일까, 그쪽에서는 끝내 아무 반응이 없었다. 아, 일본 땅에는 이런 부류의 일본인들도 있구나, 나는 까닭 모를 호기심에 빠져들기 시작했다. 태어나기도 한국 땅에서 태어나고, 자라기도 한국 땅에서 자라고, 초등학교에서 대학까지 학교도 한국 땅에서 다니고, 놀기도 한국 친구들하고 놀고. 이처럼 순수한 상태로 유년기, 소년기를 한국 땅에서만 보내다가 지금은 일본으로 돌아와 사는 사람들, 그런 사람들이 품고 사는 어린 시절의 추억이란 어떤 것일까? 추억은 누구나 어린 시절의 것이 아름답다는데, 지금 그들의 추억도 그토록 아름다울까.

이노우에 영감의 경우, 그 추억의 고장이 나와 같은 전주인데, 나에게 전주가 그토록 정답고 애틋하듯이, 이노우에의 전주도 그토록 정답고 애틋할까? 나는 어느덧 한 편의 소설을 상상하고 있었다. 이노우에와 내가 어떤 추억을 공유한다면 우리는 어떻게 될까. 함께 정다울까, 미울까. 나는 냉정을 되찾고 나의 마음을 읽어나갔다. 그러고 보니, 이노우에와 나는 추억을 공유하면 안 되는 사이였다. 우리는 어린 시절 어떤 삶을 공유했던 것이 사실이다. 그러니까 그 추억조차 함께 아름다워도 된다고? 나는 그렇게는 되고 싶지 않았다. 전주에 대한 이노우에의 추억이 내 것만큼이나 아름답다면 그건 부정하고 싶었다. 나는 내 소설이 무작정 아름다운 추억 속으로 빠져들지 못하고 머뭇거리는 것을 알았다.

사회자가 폐회를 선언하기 위해 단상으로 올라간 것은 그때였다.

"오늘 참석해주신 네 분 증언자에게 감사드립니다. 이분들은 모두 그 부모가 한반도에 이주하여 사는 동안 거기서 태어났고, 거기서 자라다가 패전이 되자 다시 일본으로 귀환한 사람들입니다. 이분들의 가슴속에는 모두 어린 시절의 일본이 없습니다. 오로지 한반도에서 살던 추억만이 들어 있을 뿐입니다. 이런 인구가 일본에는 지금도 50만 명 이상이나 된다는 사실을 여러분은 알아야 할 것입니다. 이런 '자이니치 자파니즈'야말로 살아 있는 역사가 아닐 수 없고, 이런 '살아 있는 역사'를 듣는 일이야말로 오늘을 사는 우리가 해야 할 일이 아닌가 싶습니다."

"잠깐! 자이니치 자파니즈라고? 그게 뭐죠?"

그 순간 나는 사회자를 향해 손을 번쩍 들어 올렸는데, 그것은 실로 예기치 못한 일이었다.

"네, 그렇습니다. 자이니치 자파니즈라고, '재일在日 일본인日本人'이란 뜻이죠. 일본에 있는 일본인, 학계에서도 이미 인정된 공식 명칭이랍니다."

사회자는 그럴 줄 알았다는 듯 자세히 설명하였다.

"무슨 뜻이죠?"

"일본에 사는 일본인, 그러니까 그냥 일본인이 아니라, 어딘가에 나가 살다가 다시 일본에 들어와 사는 일본인이란 뜻이지요. 좀 더 구체적으로 말한다면 일제 식민기에 한국 땅에 나가 살다가 패전이 되자 다시 일본으로 귀환한 사람들로서, 지금 '한국에 사는 일본인'이 아니라, '중국에 사는 일본인'이 아니라, '일본에 사는 일본인'이란 뜻입니다. 지금 '일본에 살고 있는 한국인' '일본에 살고 있는 대만인'이 아니라, '일본에 살고 있는 일본인'이란 말입니다."

"어떻게 다르지요? 왜 그런 말이 생긴 거죠?"

"일본에서는 한때 재일교포 지문 날인 거부 사건이란 것이 있었습니다. 그러자 일본 내에서도 일본에 살고 있는 여러 민족이 마침내 문제가 되었습니다. 아주 먼 옛날부터 살고 있는 일본 사람이 아니라, 현재 일본에 살고 있는 일본의 구성원들이 말입니다. 국가와 민족의 개념을 뛰어넘어서 볼 때 그들은, 누구는 일본에 살고 있는 한국인,

일본에 살고 있는 중국인, 일본에 살고 있는 일본인일 뿐이지만, 그 가운데 누구는 일제 식민지 시대 한반도로 건너가 살다가 패전이 되자 다시 돌아온 사람, 혹은 한반도에 나가 사는 부모로부터 태어나 처음부터 한반도에 살다가 할 수 없이 돌아온 사람들이 많은데, 이 사람들을 과연 어떻게 볼 것이냐 하는 문제가 그때 생긴 것입니다. 그때 일본에서는 이 사람들도 역시 일본인이니까, 그리고 지금 일본에 살고 있으니까, 재일 일본인일 수밖에 없지 않은가, 이런 식으로 일본 정부가 자이니치 자파니즈들을 껴안은 것입니다."

4

　학회는 막을 내렸다. 단상은 텅 비어 있었고, 참석했던 사람들도 자리에서 일어나 통로 쪽을 향해 길게 줄을 지어 서 있었다. 나는 자리에 앉아 긴 줄에 끼어 나가는 이노우에 영감을 곁눈질로 보았다.

　"왜? 만나보고 싶어서?"

　장 교수가 내 심중을 짚었는지 가볍게 한마디 던졌다.

　"한 번 더 만나볼까?"

　"만나서 어쩔 건데?"

　"그냥. 일본에 와서 고향 까마귀를 만나다니, 신기하지 않아?"

　나는 그렇게 이노우에를 만나볼 욕심으로 서둘러 밖으로 나갔다.

시모다가 달려와 악수를 청한 것은 그렇게 현관 로비로 나왔을 때였다.

"와주셨군요. 안 오셨으면 어떡하나 궁금했었는데, 반갑습니다."

시모다는 3년 전 교토에서와 달라진 것 없이 상냥하고 친절하였다. 그녀의 남편은 어디쯤 있을까, 궁금해하면서 나는 그녀와 잡은 손을 오래도록 놓지 않았다. 그런데 하필이면 그때 안쪽에서 이노우에 영감이 걸어 나오는 것을 나는 목격한다. 나는 나도 모르는 사이에 시모다의 손을 놓는다. 그리고 이노우에 앞에 내 손을 내민다.

"아까 말씀 잘 들었습니다. 나도 고향이 전줍니다만……"

"아, 네에……"

그것이 끝이다. 이노우에는 더 이상 말하고 싶지 않은 듯 자리를 피해버린다. 어처구니가 없지만 나는 내민 손을 거둬들일 수밖에. 도망치듯 달아나는 이노우에를 멀리 눈으로 배웅하면서 나는 다시 시모다 쪽으로 갔다.

"여어! 정명인. 규슈에서 보니까 새삼 반갑구나!"

김무조 선배가 다가와 알은척을 한 것은 그러고 나서였다. 시모다의 남편은 끝내 모습을 나타내지 않았다. 어디 갔을까, 궁금했지만 나는 묻지 않았다.

시모다와 김 선배와 나는 간친회장으로 자리를 이동하였다. 그리고 주최 측에서 차려준 원탁에 둘러앉아 교토에서의 분위기를 연출하였다.

"아까 그 사람, 아는 사이인가요?"

시모다가 이노우에 영감을 물은 것은 뜻밖이었다. 아까 자기 손을 붙들고 악수하던 내가 이노우에 쪽으로 가자, 시모다는 그것이 맘에 걸렸던 모양이다. 나는 물론 아니라고 대답하였다.

"그냥. 이런 데 와서 옛날 우리 동네 살던 사람을 만나다니, 얼마나 신기합니까? 놓치고 싶지 않았습니다, 이런 일은 워낙 처음이었으니까."

"그래서? 그 영감, 뭐라던가요?"

"뭐라기는요? 오히려 나를 피하는 눈치였습니다."

"왜 그랬을까?"

시모다는 고개를 갸우뚱하며 생각에 잠겼다. 그리고 그런 얘기는 그만하고 싶다는 듯 말을 아끼는 것 같았는데, 그 침묵도 오래가지는 않았다.

"그래도 정명인 씨, 정명인 씨가 아까 그 영감을 약탈자 다루듯 몰아붙인 건 잘못이었어요."

시모다가 나를 정명인 씨라고 부른 건 반가운 일이었다.

"내가 뭘 어쨌던가요?"

"이노우에 그 사람들, 그 당시 겨우 열 살 안팎이었어요. 그런 애들이 뭘 알아요? 조국에 대해 뭘 알아요? 마냥 철부지들인걸요. 아까도 그러잖아요? 같이 뛰놀던 친구들이 보고 싶고, 예전에 살던 집이 그립고, 그래서 막무가내 달려가 봤지만 천지가 다 변해서 아무것도 없더라고. 그런 철부지들한테서 무슨 말을 듣고 싶으세요? 네 조국이 어떻고, 민족이 어떻고? 괜히 내 얼굴이 화끈거려서 죽는 줄 알았어요."

추궁은 이노우에들이 당했는데, 왜 시모다의 얼굴이 화끈거렸다는 말일까. 나는 따져 묻고 싶었지만 참았다. 갑자기 시모다 이 여자가 혹시 자이니치 자파니즈나 아닐까 하는 생각이 퍼뜩 떠올랐기 때문이다. 그 순간 나는 교토에서의 추억 한 자락을 문득 떠올렸다.

쥐똥꽃 향기 때문이었을 것이다. 간호전문학교 울타리를 끼고 막 골목길 안으로 접어들 때였다. 잘 익은 술 냄새처럼 어디선가 확 끼쳐오는 서슬 퍼런 꽃향기. 그때 시모다가 말했다. "아, 쥐똥꽃 냄새!" 그녀는 그렇게 손등으로만 자신의 코밑을 가리더니, 불쑥 할아버지 이야기를 꺼내는 것이다. "우리 할아버지는요, 아주 어렸을 적부터 서울로 건너가서 살았대요." 그녀는 식민지 조선 땅을 말할 때 언제나 서울이라고 말하고는 했다. 나는 내 코를 킁킁거리며 쥐똥꽃 향기에 젖어들기 시작했다. "마을에 커다란 농장이 있었대요. 보리 이삭이 누렇게 익어갈 무렵이었대요. 애들아, 놀자! 아이들이 불러내 밖으로 나가 놀았대요. 그래, 뭐 하고 놀까? 보리 민대 해먹을까?" '보리 민대'를 아느냐고 시모다가 물었다. 나는 처음 들어보는 말이었으므로 모른다고 대답했다. "아직 덜 익은 보리 이삭을 불에다 구워낸 낱알맹이래요. 그때는 워낙 배가 고프니까 아직 거두지도 않은 보리 이삭

들을 꺾어다가 그렇게들 불에 태워 먹었답니다. 그날도 그렇게 아직
은 푸르딩딩한 보리 모가지를 한 움큼씩 꺾어 들고 산모퉁이 멀리 외
딴 곳으로 갔대요. 거기 모락모락 피어오르는 모닥불 속에 푸른 보리
이삭들을 굽는 거래요. 불에 탄 보리 이삭을 싹싹 비벼 후후 입안에
털어 넣고 씹으면 그렇게 맛날 수가 없대요. 그러다가 아마 밭주인한
테 들켰다나 봐요. 아이들은 재미로 장난삼아 한 일이지만 어른들은
그해 보리농사를 망쳐놨으니 왜 안 그렇겠어요? 꼼짝없이 잡혀 들어
가야 할 판이 되었대요. 그런데 다음 날 할아버지 친구인 일본인 아이
가 와서 그러더래요. 괜찮아. 내가 우리 아버지한테 다 말했으니까.
안 그러면 이 중에 누군가는 감옥에 가고 말 텐데, 그때는 인마! 갑자
기 서울 아이를 가리키며 그러더래요. 네가 가야 돼. 아니야, 내가 왜
가니? 넌 조선 사람이잖아. 가면 네가 가야 된다고. 마구 싸웠대요."
시모다가 하는 말을 듣다 보면 그때마다 나는 누가 일본 사람이고, 누
가 서울 사람인지 늘 헷갈렸다. 간호전문학교 울타리가 끝나가고 있
었다. 거기 어둠뿐인 허공에 달무리처럼 얽혀 있는 한 무더기 쥐똥꽃
을 바라보며 나는 물었다. "시모다 상은, 아버지는 안 계십니까?" "아
버지는 우리 할아버지를 몹시 싫어하셨답니다. 서로 없는 거나 마찬
가지였으니까요." "왜죠?" "우리집은 아버지가 되레 서울에서 나고
서울에서 자랐거든요. 그래서인지 우리 아버지 가슴속에는 일본인이
면서 일본이 들어 있지 않은 거예요." "근데요?" "왜 하필이면 일본을
떠나 서울서 살았느냐 이거죠." "그게 뭐가 어째서요?" "할아버지가

서울 살아서 우리 아버지가 좋을 건 없지요.” “그게 뭐죠?” “모르겠어요. 난 그래도, 어쨌든 서울은 한번 가보고 싶어요.” 만나면 늘 서울 이야기를 하고 싶어하던 여자, 할아버지의 서울은 그런 식으로 늘 그립다가도 아버지의 서울이라면 그만 할 말이 없어 입을 다물어버리고 마는 시모다를 나는 이해할 수 없었지만 싫지는 않았다. “아, 냄새 독하다.” 시모다 앞에 내가 쥐똥꽃 냄새를 아는 척한 것은 그날이 처음이었다. 쥐똥에서도 만일 꽃향기가 난다면 아마 이런 냄새가 아닐까. “왜, 이 냄새가 싫으세요?” 골목길을 거의 빠져나갈 즈음 시모다는 힐끔 오던 길을 돌아보았다. 그리고 이번에는 그녀 자신만의 이야기를 하고 싶어하는 것 같았다. “나, 이런 이야기 잘 안 해요. 명인 씨가 오늘 두 번째일걸요. 김무조 교수님이 처음이었어요. 그날도 불쑥 말해놓고는 얼마나 후회했는지 모른답니다. 그날 내가 왜 그랬던지, 서울 사람을 만나자 그만 나도 모르게 좋았던가 봐요. 그런데 오늘 또 그러네. 어머! 여기에요. 정명인 씨.” “네?” 나는 나도 모르는 새에 그녀의 집 앞에 서 있는 나를 발견하였다. 다시 말하지만 쥐똥나무 꽃향기 때문이었을 거라고 생각한다. 9호관 201호실, 그 앞에서 나는 잠시 머뭇거렸고. “우리 남편은 참 바쁘답니다.” 시모다의 그 말과 함께 나는 용기를 내어 그녀의 방 어두운 층계를 두려움 없이 밟고 올라갔다.

나는 더 이상 시모다를 캐묻지 않기로 했다. 그러자 조금 전 이노우에 이야기가 다시 원점으로 돌아가 나를 기다리고 있다는 걸 알았다. 내가 왜 이노우에 이야기를 들어야 했다지? 나는 그 이유를 시모다에게 물었다.

"지금 뭘 알고 싶으신 거죠?"

시모다가 되물었고, 나는 나의 질문을 그녀에게 짧게 요약해주었다.

"이노우에의 증언을 우리가 왜 들어야 했는지, 주최 측에서는 오늘 왜 그런 자리를 마련했는지, 까닭을 알고 싶었습니다."

그러나 시모다 쪽에서 날아온 대답은 내 것보다 더 간단했다.

"별 뜻 없어요. 그냥 들어두는 거예요."

"네?"

"자이니치 자파니즈 세대가 끝나가고 있지 않아요? 지금 안 들으면 못 들어요. 이 사람들이 죽고 나면 앞으로 어디 가서 누구한테 이런 말을 듣겠어요?"

"뭘 듣는다는 거죠?"

"그냥 들어요. 뭘 말했냐가 중요한 게 아니라, 누가 말했냐가 중요한 거지요. 그 말을 한 사람이 다름 아닌 자이니치 자파니즈라는 것뿐, 무슨 의미가 있겠어요?"

"아까 그게 역사학회였던가요?"

"인류학회라니까."

그러고 보니 영문학자로만 알고 있었던 시모다가 왜 인류학회까지 와서 발표를 해야 했는지, 이제는 알 것 같았다. 시모다는 영문학도였다. 어제 그녀의 전화를 처음 받았을 때, 아 한국학연구센터에서 인류학 관련 학회가 있는 것 같더니 거기 오나 보다, 했었는데 영문학도가 인류학회는 왜 오겠다는 거야? 하는 생각은 미처 못 했었다. 그러나 지금 인류학회라는 말을 듣는 순간, 당신은 영문학이 아니오? 라고 캐묻지 않아도 되어서 다행이었다.

5

그날 밤 김무조 교수를 따돌린 건 순전히 내 뜻이었다. 간친회장을 빠져나온 시각이 저녁 여덟 시를 넘긴 때였고, 나는 그때 시모다의 숙소가 있다는 하카타까지는 어쨌든 가볼 작정이었다. 시모다와 김 선배와 나는 규슈대학 북문을 통해 리젠트 호텔 쪽으로 걸어가고 있었다. 저만큼 앞에 어둠을 밝히고 서 있는 편의점 간판이 보였다. 그때 김 선배가 가던 길을 멎고 물었다. 하카타가 여기서 먼가? 어두운 밤공기가 차가웠다고 기억된다. 하카타 항을 말하는 겁니까? 역을 말하는 겁니까? 나는 하카타 항과 역이 각각 다른 곳임을 상기하고 그 어느 쪽인지를 물었다. 어둠 속의 시모다와 김 선배가 잠시 얼굴을 마주 보는 것이 느껴졌다. 그리고 시모다의 말소리가 들렸다. 항구는 무슨? 우리가 무슨 배 탈 일이 있나? 하카타 역이겠지. 그러자 나는 걸을 수 있는 거리는 아니라고 대답해줬다. 택시를 타든지 버스를 타든지 해야지 그냥은 못 간다고 말해줬다. 그랬더니 김 선배가, 그래? 그렇다면 난 여기서 헤어질래, 그러고는 구다라 신사가 있는 쪽으로 씽씽 가버리는 것이다. 그러는 그를 시모다는 우두커니 바라만 볼 뿐 말리지 않았다. 나도 내가 바라던 바였기에 붙잡지 않았다.

김 선배는 그렇게 갔고, 시모다와 나는 어디까지가 될지는 모르지만 어쨌든 가는 데까지는 가기로 하고 걷기를 계속하였다. 불 밝힌 높은 빌딩보다는 희미하게 불빛이 새어나오는 주택가 골목길이었다고 생각된다. 그것은 교토에서 김 선배를 따돌리고 맨 처음 시모다하고만 따로 걷던 쥐똥나무 꽃길을 연상시켰다. 그날 무심코 9호관 201호실 앞까지 걷던 기억을 떠올리며 나는 오늘 또 같은 일이 벌어져주지 않을까 가슴을 설렜다.

"아까, 이노우에 영감님 말예요." 시모다가 낮에 있었던 일을 돌이킨 것은 그때였다. "왜들 그래요? 촌스럽게시리."

시모다가 지금 뭘 불평하고 싶어하는지 나는 알 것 같았다.

"고향 까마귀를 보자 그만," 나는 대답 대신 내 소감을 들려주고 싶었다. "이런 경험은 워낙 처음이었습니다. 옛날 우리 동네 살던 사람을 여기 와서 만나다니, 더구나 여기는 일본 아닙니까? 역사책을 읽는 기분이었답니다."

"그건 그렇더라도 말입니다. 천년만년 한국 땅에서 살 생각이었나, 아니면 언젠가는 떠날 테니까 한탕 해먹고 빠져나갈 생각이었나, 그런 촌스러운 질문이 어디 있어요? 명인 씨가 그랬었나요?"

"내가요?" 나는 아니라고 말했지만, 그 촌스러움에 대해서는 대신 사과하고 싶었다. "그 이노우에 씨 말입니다. 그 사람, 태어나서 자란 마을뿐만 아니라, 이사해서 살던 집 번지까지 어떻게 그렇게 기억할 수가 있다지요?"

"왜요? 단상 위로 뛰어올라가 덥석 손이라도 잡아주고 싶던가요?" 오늘 시모다는 왜 자꾸만 차고 냉랭해지고 싶어하는 것일까? 3년 전 교토에서 그녀는 이러지 않았었다. "여기, 그런 사람들 많아요."

"그런 사람들이라니, 뭐가요?"

나는 어느새 그녀의 눈치를 살피는 입장이 되어 있었다. 이자카야나 우동집 같은 가게들이 듬성듬성 박혀 있는 골목길을 그녀는 별 감정 없이 걸어갔다.

"일본에 살다 보면 그런 사람들 많다구요."

"그게 무슨 뜻이지요?"

"그러니까 그런 사람들 앞에서 너무 감상적일 필요 없다 이거죠. 그 사람들, 알고 보면 지금 그 경력 가지고 우리들 앞에서 뽐내는 거라구요. 그게 그 사람들은 대단한 자랑거리라도 되는 줄 안다니까요."

시모다는 이노우에를 크게 동정하지 않는 것 같았다. 처음 이노우에 영감을 몰아세울 때는 그러지 말라고 나를 불평하더니, 내가 좀 호의적인 것 같자 이번에는 너무 감상적이 되지 말라고 또 나를 나무란다. 같은 일본 사람이라도 시모다가 이노우에를 보는 시각과 내가 이노우에를 보는 시각은 크게 다른 것을 알겠다. 그렇다면 이노우에는 뭐고, 시모다는 뭐란 말인가. 시모다가 이노우에 이야기를 꺼내는 바람에 처음부터 쥐똥꽃 향기를 꿈꾸던 나의 기대는 실망스럽게 무너져갔다. 걸어가는 길이 애매하게 넓다는 생각이 들기도 하고, 골목 안이 애매하게 밝다는 생각이 들기도 하였다. 그만 불빛이 휘황한 거리로 나가버릴까? 생각하면서 나는 코를 킁킁거려보지만 내 가는 길 어디서고 쥐똥꽃 향기를 맡을 수는 없었다.

"아까 사회자가 그러더군요."

나는 마침 할 말이 생겼으므로 시모다에게 물었다.

"사회자가, 뭘요?"

"아까 이노우에 씨는 인생의 가장 아름다운 소년 시절을 한반도에서 보냈고, 그 아름다운 추억들을 그곳에 두고 왔다고 했습니다."

"그래서요?"

"이노우에 씨 가슴속에는 지금 어린 시절의 일본이 없다고 말하더군요."

"그런데요?"

"내 고향 솜리가 내게 그토록 그립고 아름다운 고장이듯이, 그렇다면 그의 솜리도 그에게 그토록 그립고도 아름다운지를 묻고 싶었습니다."

"소용없어요." 헛웃음처럼 시모다가 피식 흘려내는 웃음을 나는 어둠 속에서 보았다. "그런 우리 아버지는 그럼 어떡하라구요? 태어나기도 한국 땅에서 태어나고, 자라기도 한국 땅에서 자라고, 그렇지만

326

지금은 일본 땅에서만 살아야 하는, 저런 사람들 가슴속에는 도대체 뭐가 들어 있을까, 오죽하면 곡괭이로 마구 파헤쳐보고도 싶었답니다."

내가 이노우에 영감 이야기를 하는데 시모다가 그녀 아버지를 들고 나온 건 뜻밖이었다. 이노우에 영감과 시모다의 아버지는 처음부터 비교될 수 있는 상대는 아니었다. 그냥 이야기를 하다 보니까 나는 이노우에 영감을 주목하게 되었고, 시모다는 자기 아버지를 말했을 뿐인데, 그 둘은 어쩌면 정반대의 입장에서 비교도 안 될 만큼 서로 다른 성질의 것이었는지도 모른다. 문제는 추억이었다. 인생은 누구나 어린 시절이 가장 아름답다는데, 그 아름다운 추억의 고장이 같다고 할 때 그 추억의 빛깔조차 같은 것일까, 아니면 다른 것일까? 내가 그 추억의 빛깔을 알고 싶다고 말했을 때 시모다는 다시 아버지를 들고 나오는 것이다.

"이제는 추억까지도 함께 공유하시겠다? 꿈꾸지 마세요. 우리 아버지는 아주 어렸을 때 이미 할아버지를 거부했답니다. 아니다. 우리 할아버지를 거부한 것이 아니라, 아버지는 자기 몸속에 있는 이분의 일의 추억을 거부해버린 겁니다. 추억은 공유될 수 없는 거니까요. 할아버지 추억일랑 이제 할아버지 가슴에 묻어두고, 아버지는 아버지대로 아버지의 추억을 갖고 싶었던 거죠."

"그렇다면 오늘 이노우에 그 영감은 뭐죠? 왜 나와서, 그까짓 묵은 추억은 파헤치는 거죠? 왜 그런 일이 있었다죠?"

“그건 추억이 아니랍니다. 버려야 할 낡은 기억일 뿐입니다. 역사일 뿐입니다.”

“추억은요? 이노우에 씨에게 그렇다면 추억은 뭐죠?”

“없어요. 그들에게 무슨 추억이 있겠어요? 아까 들었지요? 가보고 싶었다, 가보고 싶어서 한두 번씩은 다 가봤지만 아무도 만나지 못했다고, 아무것도 찾을 수 없었다고. 사실입니다. 가보고 싶었던 것도 사실이고, 만나고 싶었던 것도 사실입니다. 그렇지만 그게 무슨 추억입니까? 추억도 아닌 단지 기억뿐인 그것들을 그들은 그것이 추억인 줄 알고 그렇게 매만지며 사는 겁니다. 불쌍하지요. 추억을 잃어버린 사람들. 아니다, 추억에 잘못 길들여진 사람들. 딱하지 않습니까? 이런 자이니치 자파니즈들이 지금 일본 안에만도 50만 이상이 살고 있다니, 놀랍죠?”

“놀랍습니다.”

“그게 역사니까요. 역사가 그렇게 만든 거죠. 일본 사람이면서 기억 속에 한국이 들어 있는 일본 사람들. 그들도 따지고 보면 피해자들 아니겠어요? 잘못된 역사가 만들어낸 불구자들 말이에요.”

“그 한국이란 뭐죠?”

“기억이죠 뭐. 쓸데없는 기억.” 시모다는 마지막으로 기억이란 말을 힘주어 입에 담고 있었다. “추억 아니에요.”

시모다가 많이 달라졌다는 생각이 들었다. 아니다. 그건 그동안 내가 시모다를 너무 피상적으로만 보았다는 말일지도 모른다. 시모다는 처음부터 그런 문제를 안고 있는 인물이었다. 그 문제를 시모다의 관점에서 보지 못하고 쥐똥꽃 향기로만 보려고 했던 내가 지금은 문제라면 더 문제인지도 모른다. 이노우에 영감이 내게 희한한 호기심으로 다가오듯 이제는 시모다 할아버지가 또 같은 호기심으로 내 앞에 다가오는 것을 나는 알았다. 거리의 소음이 갑자기 왁자지껄 커지면서 골목길이 환하게 트였다. 9호관 201호, 골목 끝까지 가면 거기 시모다의 방이 있을까? 나는 네거리 큰길 가로 시모다를 인도하였다. 다시 걷기를 계속하려면 큰길을 건너야 되고, 그만 걷겠다면 여기서 택시를 타야 한다. 어떻게 할까, 나는 네거리 신호등 앞에 잠시 서 있었다.

"후쿠오카에 갈 생각을 하는데, 명인 씨가 와 있다는 걸 알았어요."

쥐똥꽃 향기처럼, 시모다가 바람결에 반가운 목소리를 실어 보내고 있었다.

"전화 받고 얼마나 기뻤는지 모릅니다."

"남편이 말해줘서 알았어요. 난 까맣게 모르고 있었지 뭐예요."

시모다는 또 남편이란 말을 입에 담고 있었다. 그 남편이 누군데 내가 여기 와 있는 걸 알까? 그 순간 저만큼 앞에서 돌진해 오는 빈 택시가 하나.

"아, 우리 택시 탑시다."

차는 숨 가쁜 짐승처럼 내 앞으로 다가와 멈췄고.

"아니에요. 혼자 가겠어요."

시모다는 열린 문짝을 차지하고 서서 나를 거부하였다.

"아닙니다. 같이 갑시다."

나는 내 몸을 구겨 차 안으로 들어갔고.

"남편이 올 거예요. 지금쯤 아마 호텔방에 가 있을지도 몰라요."

시모다의 건성 대답을 나는 들었다.

차가 큰길을 달리자 세상은 대낮처럼 북적거리기 시작했다. 우리 남편은 워낙 바쁘답니다, 시모다의 방금 그 말을 나는 그렇게 알아들었다고 기억한다. 나는 내 한쪽 팔을 들어 시모다의 어깨 위에 걸쳤다. 3년 전 교토에서의 추억이 내 팔로 하여금 그렇게 하도록 시켰을 것이다. 이 여자의 남편이란 사람은 누구지? 나는 그녀의 남편이 궁금하다는 생각을 처음으로 떠올렸다.

"이러실 필요 없어요." 시모다가 예의 바르게 내 팔을 걷어내면서 말했다. "호기심이었던가 봐요. 그래요. 한때의 호기심이었답니다." 3년 전 교토에서의 추억을 말하고 싶은가 보았다. "서울 사람을 만나기만 하면 누구나 우리 할아버지와 같은 사람일 거라는 생각을 하고는 했답니다. 명인 씨를 만났을 때도 아마 같은 생각이었을 겁니다." 그것은 거부였다. 3년 전 교토에서의 추억을 지금 거부하고 있음이 틀림없었다. "사분의 일의 추억 때문에 아마 그랬을 거예요. 내 안에도 분명 사분의 일만큼의 할아버지는 들어 있었으니까요. 그 사분의 일의 추억으로 명인 씨를 만나면 나머지 사분의 삼의 할아버지가 채워질 줄 알았던가 봅니다. 적어도 3년 전까지만 해도요. 그렇지만 지금은 아니에요. 그냥 우리 아버지를 닮기로 했답니다. 사분의 일의 추억으로 사분의 삼의 추억을 채울 필요는 없었어요. 차라리 내 안의 사분의 일을 묻어두는 수밖에요. 운명이려니, 하고 접어두는 수밖에요.”

호텔 현관 앞에서 차는 멈췄다. 이제 어떻게 할까, 나는 창밖을 내다보며 잠시 주저했다. 어머! 여기에요. 정명인 씨, 저희 집 다 왔어요. 3년 전 교토에서라면 아마 시모다는 그렇게 말했을지도 모른다. 그러나 오늘 시모다는 아무 말도 하지 않았다. 3년 전 그때, 나는 나도 모르는 새에 그녀의 집 앞에 서 있는 나를 발견하고 얼마나 가슴 벅찼던가. 활짝 뒷문이 열리고, 시모다가 말없이 차에서 내리고 있었다. 3년 전 교토에서, 9호관 201호 그녀의 방 어두운 층계를 걸어 올라가던 내 모습을 나는 떠올렸다.

“오늘 반가웠답니다. 내일은 다시 교토로 가요. 다시 만나기로 하지요.”

시모다가 가볍게 손을 흔들며 현관문 쪽으로 걸어 올라가고 있었다. 나는 서둘러 차에서 내렸다. 시모다를 따라잡을까 생각했지만 그럴 필요는 없었다. 거기 우두커니 서서 나는 시모다의 뒷모습을 지켜보았다. 가로등 불빛에 눈이 부셨다는 생각을 해본다.

“가는 거야?”

바로 그 순간, 누군가 나를 향해 외치는 소리를 나는 듣는다. 소리 나는 쪽에서 김무조 선배가 걸어오는 것이 보였다.

"아, 선배님."

하고 놀란 척하며 나는 그쪽으로 걸어 내려간다.

"왜, 좀 들렀다 가지 않고?"

"갑니다."

나는 짧게 대답하고, 저 아래 번화한 거리를 향해 잽싸게 뛰어갔다. 아, 그랬었구나. 뒤늦게나마 그들의 부부 된 모습이 떠오른 것은 언덕 아래 건널목 신호등 앞에서였다. 곧 파란 신호가 켜졌다. 생각에 잠겨 천천히 길을 건너는데, 누군가 나를 향해 외치는 소리가 들리는 것 같았다. 그래, 나머지 사분의 삼의 추억은 내가 채워주기로 했다네. 김 무조 교수인 것 같아 뒤돌아보았지만 거기 휘황한 불빛 속에 이미 그 는 없었다.(2006)

세상에 뿌려진 사랑만큼의 소설들

김동식

(인하대 국문과 교수)

1. 텍스트에 매혹된 여행

송하춘의 작품집 『스핑크스도 모른다』에 수록된 10편의 작품들은 여행에 근거한 서사라는 공통점을 갖고 있다. 바이칼호湖와 시베리아 벌판, 동해의 울릉도와 독도, 일본의 교토와 후쿠오카, 이집트의 피라미드, 실크로드와 돈황 등등 작가는 참으로 많은 장소들로 독자들을 인도한다. 그렇다고 해서 송하춘의 작품들이 소설의 형식을 차용한 여행기라는 점을 결코 의미하지는 않는다. 일반적으로 여행이 소설을 산출하는 과정은 다음과 같다 : 별다른 기대 없이 여행을 떠났는데 그곳에서의 경험이 특별해서 글로 남겼고 그 결과 소설의 꼴을 갖추게 되었다는 것. 송하춘의 소설들은 거의 예외 없이 문학 작품을 인유引喩하거나 참조하고 있는데, 여행은 바로 이 문학적 텍스트들로부

터 시작된다. 송하춘에게 소설은 여행의 사후적 결과가 아니다. 오히
려 작품 바깥에 있는 문학적 텍스트에 대한 그 어떤 매혹이 소설을 여
행으로 이끈다.

여행지가 다양한 만큼 『스핑크스도 모른다』에 수록된 소설들이 인
유 및 참조하고 있는 작품들도 매우 다채롭다. 단편 「그 먼 나라를 알
으십니까」의 경우 신석정의 시를 제목으로 가져왔고, 이광수의 장편
소설 『유정』이 시베리아 여행의 상징적 가이드이며, 고려가요 「쌍화
점」이 자유롭게 인유되면서 주제를 암시하고 있다. 「쉽게 씌어진 시」
와 「파도야 어쩌란 말이냐」의 경우에도 작품의 제목을 윤동주와 유치
환의 시에서 가져왔음을 한눈에 알 수 있다. 또한 「스핑크스도 모른
다」에서는 소포클레스의 『외디푸스 왕』이, 「그가 내게 티카해주었다」
에서는 혜초의 『왕오천축국전』이, 「쉽게 씌어진 시」에서는 미시마 유
키오의 『금각사』가 여행의 동기 또는 목적으로 제시된다. 성적 폭력
에 노출된 현대사회의 청소년들을 다루고 있는 「오감도를 조감하다」
에서는 이상의 「오감도 시 제1호」에 등장하는 무서운 또는 무서워하
는 아이들의 이미지가 차용되며, 노인들의 안타까운 사랑을 그린 「하
늘은 왜 파란가」에서는 무라카미 하루키의 장편소설 『상실의 시대』가
작품의 주제를 상징하는 기호로 제시된다.

송하춘의 소설에서 여행은 단순한 관광이나 공간 이동이 아니라 글
읽기이자 글쓰기이다. 여행을 추동했던 문학 작품과 여행에서 만나
게 되는 공간을 겹쳐놓고 읽고 쓰는 행위가 다름 아닌 여행인 것이다.

그곳에 경치든 또는 유적이든 볼거리가 있기 때문에 여행을 떠나게 된 것이 아니라, 문학적인 기록과 기억의 흔적을 좇아 공간에 이르게 된다. 바깥에서 보자면 별다를 것 없는 여행으로 비쳐지겠지만, 실질적으로는 텍스트(문학적 기록과 기억)를 현실 속으로 불러내는 문학적 제의祭儀에 가깝다. 송하춘의 소설에서 여행은 이미 씌어진 글과 앞으로 씌어질 글 사이에 있다.

2. 평범해서 특별할 것이라고는 없는 사랑을 찾아서

「그 먼 나라를 알으십니까」의 여자 주인공은 문학인들과 함께 시베리아로 여행을 떠난다. 그녀는 매우 독특한 인물인데, 그 이유는 이광수의 소설 『유정』(1933)으로부터 불쑥 튀어나온 인물이기 때문이다. 『유정』의 스토리가 최석이 독립운동을 함께 하던 동지의 딸 정임을 맡아서 기르게 되는 데서 시작된다는 것은 널리 알려진 바와 같다. 문제는 정임이 성장하게 되면서 최석과 정임이 서로 연정을 품게 되었다는 것. 정임의 일기장을 본 최석의 아내가 오해를 하게 되어 걷잡을 수 없는 스캔들로 비화되고, 최석은 교장직을 사직하고 일본으로 건너가 정임을 만난 후 시베리아로 가서 죽음을 맞이하고자 한다는 내용이다. 다름 아닌 최석의 아내가 「그 먼 나라를 알으십니까」의 여자 주인공이다. 『유정』의 발표 연대를 고려할 때 그리고 작품 속에서의 나이들을 고려할 때 지극히 비현실적인 설정이라 할 것이다. 하지만 비현실적이기 때문에 오히려 무척이나 매력적인 설정이다. 『유정』에서 정임에 밀려 별다른 주목도 받지 못하던 최석의 아내가 작품의 바깥으로 걸어 나와서 남편이 자신을 버리고 바이칼호와 시베리아로 떠나게 되었던 이유를 직접 확인하고자 하는 것이다.

누구나 시베리아에 오면 시베리아 마술에 걸린다고 합니다. (…) 시베리아에서는 어느 것 하나 마술을 걸어오지 않는 것이 없습니다. 시베리아 마술에 걸리면 누구나 사랑을 하게 됩니다. (…) 여러분들은 그동안 시베리아에 와서 어떤 마술에 걸리셨습니까. 이 세상에 사랑처럼 아름다운 마술은 없습니다.

최석은 왜 시베리아에서 죽으려 했던가. 정임의 사랑을 뿌리치고 시베리아로 가서 죽고자 했던 것은 스스로에게 내린 징벌이었던가. 그렇지는 않을 것이다. 그렇다면 그녀가 시베리아에서 보았던 것은 무엇인가. 의외로 명료하다. 그녀가 본 것은 시베리아에 흩뿌려져 있는 사랑이었다. 남편 최석을 시베리아로 불러들였던 것은, 그 드넓은 대지에 뿌려져 있던 사랑 때문이었던 것이다. 시베리아에서 그녀는 묻는다. 남녀의 사랑이 뭐 그리 대단한 것인가. 남편과의 데면데면했던 생활도 사랑일 것이고, 「쌍화점」처럼 만두 사러 갔다가 회회아비에게 손목을 잡히는 것도 사랑이 아니겠는가. 자유연애라고 해서 뭐 그리 대단할 것도 없지만, 촌부村婦의 전혀 특별할 것도 없는 사랑도 엄연한 사랑이라는 것. 아마도 시베리아 벌판에 흩뿌려져 있던 사랑이 아니라면, 무수한 사랑의 양상에 대해 깨닫지 못했을 터이다.

송하춘의 소설은, 영화나 드라마 또는 소설에서 끊임없이 발신하고 있는 아주 특별한 사랑 또는 너무나도 드라마틱한 사랑이 아니라, 너무나도 평범하고 특별할 것이라고는 없는 사랑들에 대해 이야기한다. 세상의 곳곳에는 아주 다양한 사랑들이 흩뿌려져 있다. 그리고 그 사랑의 아픔과 환희를 기억하고 있는 사람들이 살고 있다. 소설은 세상에 흩뿌려져 있는 사랑을 찾아서, 그리고 사랑의 기억을 가지고 살아가는 사람들을 찾아서, 여행을 떠난다.

3. 언제나 아직은 씌어지지 않은 것

국경을 넘고 바다를 지나야만 여행은 아닐 것이다. 서울 시내에서도 여행은 얼마든지 가능하다. 노인들의 슬픈 사랑 이야기를 담고 있는 「하늘은 왜 파란가」의 경우, 종로의 찻집과 삼청동 주변을 걷는 일이 여행에 해당할 것이다. 공간적인 이동은 매우 소략하지만, 그 대신에 과거와 현재가 겹쳐지고 과거와 현재를 왕복하는 시간 여행이 제시된다.

「하늘은 왜 파란가」는 생활체육반에서 요가를 하다가 사랑에 빠지게 된 노인들의 이야기이다. 노인들이 등장하는 「소나기」라고나 할까. 서로 마음을 확인하고 데이트도 하고 그랬는데, 며칠째 소식이 없어서 연락을 취했더니 할머니가 사망했더라는 내용이다. 그들은 삼가연정이라는 찻집에서 만났고, 영화 〈자유부인〉에 나왔던 길을 데이트 코스로 삼았고, 무라카미 하루키의 『상실의 시대』에 대해서 이야기를 나누었다. '침묵 속에 그는 그 "사랑"을 떠올렸다. 하루키가 상실한 단어. 우리 시대에 실종된 낱말.' 별로 특별할 것도 없는 이 이야기에서 핵심은 노인들이 마치 첫사랑처럼 마지막 사랑을 했다는 점에 있다. 작품이 진행되는 가운데 남자 주인공이 가지고 있는 사랑에 대한 첫 장면과 기억이 반복적으로 회상되는 이유도 여기에 있다.

사랑은 나이를 가리지 않기에 노인들에게도 불쑥 찾아들며, 장소를 가리지 않기에 종로 뒤편의 전통찻집에 자리를 잡는다. 하지만 안국역 4번 출구로 나와서 찻집으로 왔던 그녀는 마지막 데이트를 하고 5일이 지나서 하늘로 갔다. 그들은 일흔이 넘어서 마치 첫사랑처럼 가슴 떨리게 사랑했다. 무엇보다도 그녀에게는 그 사랑이 마지막 사랑이었다. 작품의 내용은 평범하고 단순하지만 작품이 남긴 여운은 결코 몇 줄로 요약되지 않는다. 여운은 어디에서 오는가. 그것은 죽음의 침묵 속에 봉인될 수밖에 없었던 그녀의 마지막 사랑 이야기를 소설이 기록하고 있기 때문이 아니겠는가. 소설의 미학적인 여운이자, 작가에게는 소설의 윤리학이라 할 것이다. 사랑에 대한 첫 장면(기억)부터 마지막 사랑에까지 이어지는 여행을 담고 있는 소설인 것이다.

표제작 「스핑크스도 모른다」에는 왕년에 꽤나 유명한 동화작가였던 할아버지와 삶에 대한 많은 지식을 인터넷의 웹 페이지에서 구하는 손녀가 등장한다. 할아버지는 환상적인 경로를 통해 이집트에 가게 되는데, 그를 이집트로 불러들였던 것은 소포클레스의 『외디푸스

왕』이었다. 그렇다면 스핑크스와 피라미드의 그늘에서 할아버지가
본 것은 무엇인가. 스핑크스의 질문과 그에 대한 답변은 삼척동자도
다 아는 내용일 터. 아침에 네 발, 점심에 두 발, 저녁에 세 발로 걷는
것은 인간이다. 스핑크스의 물음에서 유년기, 청장년기, 노년기는 아
침, 점심, 저녁 시간에 대응된다. 하루의 시간들을 가지고 인간의 운
명을 비유한 것이다. 하지만 스핑크스의 질문과 외디푸스의 답변 속
에는 아직 말하여지지 않은 것이 있다. 죽음이 그것이다. 어렸을 때
보았던 친구 아버지의 애꾸눈에 대한 기억과 자신의 운명을 깨닫고
스스로 눈을 파버린 외디푸스 사이에 지극히 개인적인 유비 관계를
설정하고 있는 것은 불만스러운 대목이지만, 할아버지는 이집트의
스핑크스를 바라보며 아직 씌어지지(말하여지지) 않은 것을 읽고 돌
아온다. 말하여지거나 씌어 있지 않은 채로 이미 그곳에 있던 것, 또
는 죽음. 손녀가 살아야 할 삶과 할아버지가 겪어야 할 죽음이 대비되
며, 인터넷 웹 페이지에 씌어진 기록이 전부라고 천진난만하게 믿고
있는 손녀와 아직 씌어 있지 않은 죽음을 통해 인간의 운명을 바라보
는 할아버지가 마주 보고 있다. 한국에서 이집트를 오가는 공간적인
여행 속에, 고대의 시간과 현재의 시간의 연속성 위에, 여전히 인간의
운명이 있다.

4. 실재의 작은 조각들 : 운명과 글쓰기

송하춘의 소설에는 심각한 갈등이 등장하지 않는다. 부친의 사망

소식을 접한 해군이 운항 중인 배에서 내릴 것인지를 고민한다든가, 문학을 가르치는 교수의 인정을 받기 위해 친구와 눈에 보이지 않는 경쟁 관계에 돌입한다든가, 젊은 여행 가이드에게 호감을 표하는 여류시인에게 경쟁어린 질투심을 느낀다든가 하는 정도이다. 하지만 그 인물들은 모두 자신들의 내부에서 격렬한 싸움을 하고 있다. 다만 아무 일도 없는 듯이, 마치 어떠한 운명도 없었던 것처럼, 마치 언제나 그곳에 있었던 것처럼, 일상을 살고 있을 따름이다. 일상에 깃들어 있는 운명은 글로 씌어 있지 않다.

「시모다 후미요의 연애방정식」은 자이니치在日 재패니즈를 다루고 있는 작품이다. 자이니치 재패니즈는 식민지 조선에서 살다가 패전(1945) 이후 일본 본토에 귀환하여 살아가는 일본인을 말한다. 내면에는 유년 시절을 보낸 조선에 대한 그리움이 남아 있고, 일본 사회 내부에서는 조선 태생이라는 이유로 차별을 받는다. 시모다의 할아버지는 유년 시절을 조선에서 보낸 자이니치 재패니즈이다. 할아버지에게 조선은 운명이었고, 조선이라는 운명은 쥐똥나무로 표상된다. 홋카이도에 이주해서도 쥐똥나무를 심고 싶어했다. 조선에서 살 때 집의 울타리가 쥐똥나무였기 때문이다. 흥미롭게도 손녀인 시모다는 쥐똥꽃 냄새에서 한국(서울)을 연상한다. 상대가 한국인일 때 그녀에게 사랑의 감정은 쥐똥꽃 냄새와 함께 찾아온다. 주인공인 정명인과는 3년 전에 교토에서 만났는데, 연인으로 발전하지는 못하고 그냥 지인知人으로 남았다. 놀라운 사실은 그 사이에 일본인 남편과

이혼을 하고, 정명인의 선배인 김무교 교수와 재혼을 했다는 것이다. 김교수와 사랑에 빠졌을 때에도 그녀는 쥐똥꽃 냄새를 맡았다고 한다.

시모다가 할아버지의 욕망(조선에 대한 그리움)을 욕망하고 있다는 것은 한눈에도 알 수 있다. 그렇다면 시모다는 왜 할아버지의 욕망을 욕망하는 것일까. 조선에서 태어난 것이 할아버지의 운명이라면, 일본에서 태어난 것은 시모다의 운명이다. 할아버지는 시모다에게 일본 태생이라는 운명을 부여한 기원인 것이다. 할아버지의 쥐똥나무가 조선이라는 실체에 대한 경험과 기억이라면, 시모다의 쥐똥꽃 냄새는 할아버지의 기억과 경험에 대한 시뮬라크르(모의模擬, simulacre)에 지나지 않는다. 하지만 시모다에게 쥐똥꽃 냄새는 할아버지의 쥐똥나무로부터 전승된 문화적 유전자meme이자 운명의 기호sign이다. 할아버지를 생물학적 기원이자 운명(일본 태생)의 기원으로 승인한다면(부정할 수 없다면), 시모다는 할아버지의 조선에 대한 그리움을 모방적으로 욕망할 수밖에 없다. 그녀가 일본 사회에 동화되기를 꿈꾸면서도 한국인 남자와 재혼한 이유가 여기에 있는 것이다. 그렇다면 시모다에게 쥐똥꽃 냄새는 무엇인가. 향기로 전달되는 운명의 무의식이자 실재의 작은 조각(슬라보예 지젝)이 아니겠는가. 세상의 어느 누가 쥐똥 냄새가 나는 꽃에서 운명의 표정을 볼 수 있다고 생각이나 하겠는가. 하지만 소설은 쥐똥꽃 냄새에서 운명(사랑)을 느끼는 어느 여인을 기록하고 기억한다.

「그 섬에 그녀가 산다」는 정년퇴직한 교수가 학생 시절에 찾아갔던 울릉도를 다시 방문하여 동해라는 이름의 민박집에 머문다는 이야기이다. 혼자 살면서 민박집을 운영하고 있는 여주인의 인생사를 듣게 된다. 그녀는 서울의 북창동에서 살았는데 남편과 사랑에 빠져 울릉도로 도망쳐 왔다. 그녀는 울릉도에서의 막막한 생활을 도저히 견뎌낼 수 없었지만, 남편이 보여준 서면 태하의 해변과 남편이 타고 있는 오징어잡이 배의 황홀한 풍경 때문에 울릉도에서 눌러 살게 되었다.

언덕에서 내려다보는 저동 앞바다. 그 밤바다처럼 아름다운 것이 이 세상에 또 있을까. 바다에 어둠이 내리면 세상의 배라는 배는 모두 다 저동 앞바다로 모이는 거 있지. 집어등을 켜 어둠을 밝히고, 무장한 병사들처럼 바다를 헤젓는 거야. 아 황홀했던 거, 종로나 명동 같은 서울은 댈 바가 아니었다. 그 불빛 속에서 어떻게 오징어를 건져 올린다는 것인지, 새벽이면 한 구럭씩 잡은 고기를 부려놓는 우리 그이는 마술사였다. 예서 나는 죽어도 좋았다니까.

마술사 같았던 남편은 태풍에 휘말려 죽었고, 홀로 아들을 키우며 살아왔다는 것. 그렇다면 그녀는 왜 울릉도를 떠나지 않았을까. 이유는 간단하다. 울릉도에는 서면 태하의 해변이 있고, 오징어잡이 배의 집어등 불빛이 있기 때문이다. 관광객들에게 서면 태하는 그저 그런 해변에 불과할 것이고, 오징어잡이 배의 불빛은 텔레비전에서 본 장면과 다르지 않을 것이다. 하지만 그녀에게 서면 태하의 해변과 오징어잡이 배의 불빛은 그 모든 사랑과 행복과 고독과 슬픔을 감싸 안고 살아갈 수 있게 해준 그 무엇이었다. 그것을 황홀경이라고 해도 좋고, 운명의 표정이라고 불러도 좋을 것이고, 삶에 실재성을 부여하는 작은 이미지들이라고 해도 무방할 것이다. 중요한 것은 다른 사람에게는 일상적인 풍경에 불과하지만, 그녀에게는 운명이 황홀하게 깃든 장소라는 사실이다. 그런 의미에서 밤바다를 배경으로 펼쳐지는 오징어잡이 배의 불빛은, 그녀의 운명이 씌어 있는 또는 씌어지는 글쓰기écriture였던 것이다. 정년퇴임한 교수 역시 30년 전에 울릉도로 답사를 왔을 때 스쳐지나듯 만난 적이 있는 여인(서울의 북창동에 살았다는 여인)을 지금 다시 만난 것이리라. 소설이 아니라면 오징어잡이 배의 불빛이 그녀의 운명을 기입記入한 글쓰기였다는 사실과 그의 시간 역시 울릉도에 그녀와 함께 살고 있었다는 사실을 그 어느 누가 기억하고 기록해 줄 것인가. 그녀의 운명과 그의 시간처럼 문자로 씌어 있지 않고 눈에 보이지도 않는 글쓰기를 소설로 옮기는 일, 이를 두고 다시 소설의 윤리학이라 해도 좋을 것이다.

5. 세상에 뿌려진 사랑만큼의 소설들

소설집에 수록된 작품들을 읽으면서 몇 곡의 노래 제목이 머릿속에서 떠돌아다녔다. 이승환의 〈세상에 뿌려진 사랑만큼〉, 블랙 아이드

피즈의 〈Where is the love〉, 그리고 커티스 풀러의 〈블루 에테Blues-Ette〉 음반에 수록된 〈Love, your spell is everywhere〉 등과 같은 노래들이 그것. 노래의 구체적인 가사나 뮤직 비디오의 서사와는 무관하고, 다만 노래 제목들 사이에서 감지되는 그 어떤 공통점들 때문이었을 것이다. 우리가 사는 세계 속에 사랑이 존재하는 양상에 주목하고 있는 제목들이라고 보아도 크게 틀리지는 않을 것이다. 세상에 무수한 양태의 사랑이 뿌려져 있다고 생각하든, 사랑이 어디에 있는지 묻고 찾아 나서든, 사랑의 흔적들이 어느 곳에든 있다고 믿든, 이 모든 내용들은 송하춘의 소설과 닮아 있다. 그의 소설은 씌어 있지 않고 보이지도 않는 삶의 결들과 사랑의 모습들을 찾아 나선다. 그리고 아직도 세상의 곳곳에는 아주 다양한 사랑과 삶의 운명들이 흩뿌려져 있음을 이야기한다, 여전히.

스핑크스도 모른다

지은이 ｜ 송하춘
펴낸이 ｜ 양숙진

초판 1쇄 펴낸날 ｜ 2012년 7월 10일

펴낸곳 ｜ ㈜ 현대문학
등록번호 ｜ 제1-452호
주소 ｜ 137-905 서울시 서초구 잠원동 41-10
전화 ｜ 02-2017-0280
팩스 ｜ 02-516-5433
홈페이지 ｜ www.hdmh.co.kr

© 2012, 송하춘

ISBN 978-89-7275-607-1 03810

* 책 값은 뒤표지에 있습니다.